번역 | 이용숙 이화여대 독문학과와 동대학원을 졸업하고, 독일 프랑크푸르트대학에서 독문학·음악학을 공부했다. 마르셀 바이어의 소설 『박쥐』 번역으로 제6회 한독문학번역상을 수상한 바 있다. 이화여대에서 독문학을 가르쳤으며, 현재 번역가이자 음악칼럼니스트로 활동 중이다. 지은 책으로 『사랑과 죽음의 아리아』, 『오페라, 행복한 중독』이 있으며, 옮긴 책으로는 『책상은 책상이다』, 『섹스북』, 『인생은 짧다』, 『세실리의 세계』, 『마법의 도서관』 등이 있다.

마법의 도서관

초판 1쇄 발행 | 2004년 3월 20일
초판 9쇄 발행 | 2014년 12월 22일

지은이 | 요슈타인 가아더, 클라우스 하게루프
옮긴이 | 이용숙
펴낸이 | 조미현

펴낸곳 | (주)현암사
등록 | 1951년 12월 24일 · 제10-126호
주소 | 121-839 서울시 마포구 동교로12안길 35
전화 | 365-5051 · 팩스 | 313-2729
전자우편 | editor@hyeonamsa.com
홈페이지 | www.hyeonamsa.com
트위터 | www.twitter.com/hyeonami
페이스북 | www.facebook.com/hyeonami

BIBBI BOKKENS MAGISKE BIBLIOTEK
by Klaus Hagerup and Jostein Gaarder

Copyright ⓒ 1999 by Klaus Hagerup and Jostein Gaarder.
Korean translation copyright ⓒ 2004 by Hyeonamsa Publishing Co., Ltd.
This Korean edition is published by arrangement with
H. Aschehoug & Co., Oslo through Korea Copyright Center, Seoul.
All rights reserved.
표지 일러스트 ⓒ Carl Hanser Verlag

ISBN 978-89-323-1213-2 03890

한 권의 책이란,
죽은 자를 깨워 다시 삶으로 불러내고
산 자에게는 영원한 삶을 선사하는
작은 기호들로 가득 찬 마법의 세계이다.

요슈타인 가아더 (Jostein Gaarder)

1952년에 노르웨이에서 대학 학장인 아버지, 교사이자 아동문학가인 어머니 사이에서 태어났다. 오슬로대학에서 문학·철학·신학을 전공했으며, 10년간 철학 교사를 지냈다. 1986년에 단편소설집 『디아그노시스와 다른 이야기들』을 내면서 작가 활동을 시작했고, 이듬해에 소설 「수크하바티에서 온 아이들」을 내면서 아동문학에도 손을 댔다. 1990년에 청소년을 위한 철학소설인 『카드의 비밀』로 노르웨이 문학비평가협회상과 문화부상 등을 받아 일약 명성을 쌓았다. 이듬해에 내놓은 『소피의 세계』가 전 세계 45개국에서 번역되어 각국 청소년문학상을 휩쓺으로써 국제적 명성을 얻고 전업작가의 길에 들어섰다. 현재는 부인, 두 아들과 함께 오슬로에 살면서 꾸준히 창작 활동을 펼치고 있다.

국내 번역서 『소피의 세계』(1996), 『카드의 비밀』(1996), 『여보세요, 거기 누구 없어요?』(1996), 『세실리의 세계』(1997), 『인생은 짧다』(1998), 『마야』(2004)

클라우스 하게루프 (Klaus Hagerup)

1946년생으로, 영화감독이자 극작가이다. 원래 시인으로 데뷔했으나 노르웨이 텔레비전과 라디오의 방송작가로도 일한다. 그가 쓴 첫 번째 어린이책은 노르웨이 문학비평가상을 받았으며, 그 밖에 소냐-하게만상을 받기도 했다. 요슈타인 가아더와 전화·팩스를 주고받으며 함께 지은 『마법의 도서관』 외에도 출간된 작품이 꽤 많으며, 최근 작품으로는 『코너와 페널티에어리어 사이에서 사랑에 빠져』(2001)가 있다. 현재 오슬로에 산다.

소설로 읽는 책의 역사

마법의 도서관

『소피의 세계』 작가 요슈타인 가아더 외 지음
이용숙 옮김

Ⓖ 현암사

차 례

1부

편지책

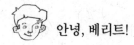 **안녕, 베리트!**

이번 여름방학에 너를 만날 수 있어서 참 좋았어. 정말 멋진 시간을 보냈잖아? 내일이 개학인데, 솔직히 말하면 다시 학교에 가는 게 별로 신나지는 않아. 제멋대로 구는 철없는 어린애들이 득시글 거리니 말야. 하지만 상관없어. 내년이면 이 학교도 졸업이고, 이 닐스 뵈윰 토르게르센은 고등학생이 될 테니까.

본론부터 얘기할게. 그 '편지책' 이라는 거 있잖아. 많이 생각해봤는데, 그럴듯한 아이디어 같아. 책 모양의 노트에 편지를 써서 오슬로와 피엘란을 오가게 하자는 거지. 그러니까 앨범을 사진 대신 말로 채우는 거라는 생각이 드는구나(＾＾). 우리한테 뭔가 편지 쓸 거리가 있다면 말야. 하긴 그게 바로 문제야. 입 속에서 아사삭 부서지는 치즈 크래커만큼 스릴 있는 일들이 당장 올 가을에 나한테 일어나리라는 보장은 전혀 없잖아. 그리고 네가 사는 피엘란에서도 지금 당장 곰이 뛰쳐나왔을 것 같지는 않은데? 혹시 그곳 빙하 지대에서 신비에 싸인 설인(雪人)이 발견되기라도 했니?

이쯤에서 편지를 마쳐야겠어. 우리 엄마의 안부 인사를 전한다. 엄마는 그레테 이모가 구한 새 호텔 일자리가 이모 맘에 드시면 좋겠대. 그리고 비행기가 착륙할 때 기장의 기내 방송 인사처럼 "다시 만나게 되길 고대한다."고 하셨어. 너랑 이모를 말야. 아버지도 틀림없이 인사를 전하고 싶어하시겠지만, 지금 택시 운전하러 나가셨으므로 내가 너한테 편지 쓰고 있는 걸 모르고 계시지.

네가 존경해 마지않는 네 사촌 닐스가.

PS. 그래도 내가 편지를 주고받기 위해 이 노트를 살 때 생긴 이상한 일은 얘기하고 넘어가야겠어. 이걸 산 건 오슬로에 와서가 아니고 피엘란에서 집으로 돌아오는 도중이었거든. 그 이상한 여자 생각나? 접시 같은 눈을 하고 핸드백 속에 너덜너덜해진 책을 가지고 있던 여자 말이야. 플랏브레 산장에서 투숙객들이 방명록에 써놓은 글을 읽고 있던 우리가 그 방명록에 시를 적어넣을 때 우리 어깨 너머로 들여다보던 그 여자. 우리가 그때 뭐라고 썼는지 기억나? 난 기억하고 있어.

즐거운 여름을 이곳에서 보내며
우리는 콜라 한 잔을 함께 마신다.
그 '우리'는 바로 닐스와 베리트.
지금은 신나는 방학중.
이 산꼭대기가 너무나 아름다워
둘 다 집에 돌아가고 싶은 생각이 없다네.

내 의견을 말하라면, 상당히 잘 쓴 시라고 하겠어.

하지만 내가 얘기하려는 건 우리가 쓴 시에 대해서가 아냐. 문제는 그 여자라고. 송달에서 서점에 갔더니 바로 그 여자가 있었거든. 여자는 책장 사이를 이리저리 돌아다니며 책들을 살펴보고 있었지. 그런데 말야, 베리트, 침을 흘리면서 바라보는 거야! 정말 달리 표현할 말이 없어. 책들을 살펴보면서 침을 흘리더라니까. 책들이 무슨 맛있는 초콜릿이나 과자라도 되는 것처럼 말야.

그런데 진짜 해괴한 일은 내가 이 편지책을 들고 가 돈을 내려고 할 때 일어났지. 그 여자가 나한테 다가오더니, 책값의 일부를 자기가 보태주고 싶다고 하는 거야. 나는 당황해서 뭐라고 대꾸를 해야 좋을지 알 수가 없었어. 하지만 그 여자가 어찌나 겁나는 눈빛으로 나를 노려보던지 도저히 싫다는 말을 할 수가 없더라고. 그 눈빛은 말야, 뭐라고 할까, 마치 펼쳐놓은 책을 읽듯 내 속을 읽고 있는 것 같았어. 난 여자가 주는 돈을 받아들고 그저 "정말 고맙습니다."라는 말밖에 할 수가 없었지. 그런데 그 여자가 뭐라고 했는지 알아? "아니다, 고마운 건 내 쪽이지!" 그러는 거야. 그런 다음 손수건을 꺼내 입가를 닦더니 사라져 버렸어.

어쨌든 이게 그 편지책이야. 열쇠 하나를 함께 넣어 보낼게. 편지를 쓰고 있지 않을 때는 언제나 잠가 둬야 해. 너랑 나랑 함께 쓰는 이 책의 내용이 '포 유어 아이즈 온리.(For your eyes only, 당신만 보세요.)' 라는 사실을 잊지 마. 표지 그림은 어쩔 수 없어. 송네 피오르드 풍경이랑 빨간 하트가 태양 대신 꽂혀 있는 일몰 풍경, 이렇게 두 가지가 있었는데 그 중에서 이걸 골랐거든. 너라면 어떤 표지를 골랐겠니? 편지 끝.

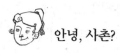 안녕, 사촌?

편지책 고마워. 방금 우편함에서 꺼내 포장을 풀었어. 지금 이 순간에는 나에 대해서도 우리 집에 대해서도 아무런 할 얘기가 없

어. 오늘 오후에 일어난 일 때문에 다른 건 아무것도 생각할 수가 없거든. 그래서 당장 너한테 편지를 써야겠어. 손이 덜덜 떨리고 있지만 말야. 그래도 내 글씨를 읽을 수는 있겠지?

바로 그 희한한 여자에 대한 얘기야. 네가 송달에서 보았다는 그 여자 말야. 아휴, 대체 어떻게 얘기를 시작해야 좋을지 모르겠어.

그러니까, 나는 선착장에 서서 두 시에 도착하는 배를 기다리고 있었지. 이쪽은 월요일에야 학교가 다시 시작되기 때문에 난 한가 했거든. 그런데 배가 들어오자 제일 먼저 배에서 내린 사람이 바로 그 여자인 거야. 내 곁을 스쳐 지나면서 그 여자는 '바로 너로 구나.' 하는 눈길로 나를 바라보더라고. 그때는 네 편지를 받기 전이었지만 플랏브레 숙소에서 만났던 게 기억나서 그 여자를 미행하기로 마음먹었지. 안전 거리를 유지하면서 말야. 어떻게 내가 그런 짓을 할 용기를 냈는지 나 스스로도 이해할 수가 없어. 하지만 꼭 그 여자가 그러라고 나한테 최면을 건 것 같았어.(지금 내가 얼마나 심하게 손을 떨고 있는지 내 글씨를 보면 알겠지?) 교회 앞을 지날 때 여자가 뒤를 돌아보더라. 나는 재빨리 도로변에 있는 도랑 속으로 몸을 숨겼지. 문달스달렌 거리를 지나가면서 여자는 두어 번 더 뒤를 돌아다보았지만, 나를 보지는 못했을 거야.

성문이 있는 그 성벽 생각나니? 여자는 거기서 오른쪽으로 길을 꺾더니 숲가에 달랑 혼자 서 있는 노란 집 쪽으로 걸어가더군. 나는 성벽 뒤에 몸을 숨기고 있었어. 이제 중요한 얘기가 나와. 그여자가 열쇠로 대문을 열었을 때 갑자기 핸드백에서 뭔가 나풀거리며 땅으로 떨어진 거야. 그리고 여자는 집 안으로 사라져버렸지.

12

나는 너무나 흥분해서 더 이상 아무것도 생각할 수가 없었어. 처음으로 범죄를 저지르는 사람의 기분이 틀림없이 그럴 거야. 재빨리 나는 그 집 문 앞으로 달려가 우뚝 섰지. 눈 깜짝할 새에 창구 앞으로 뛰어들어 "꼼짝 마." 하고 외치는 복면 쓴 은행 강도처럼 말야. 물론 나는 은행을 터는 게 아니니까 아무 소리도 지르지 않았지. 복면을 하고 있지도 않았고. 난 얼른 작은 편지 봉투를 주워들고 다시 성벽 뒤로 숨었어. 그 봉투 안에는 이런 편지가 들어 있더군.

안녕, 비비?

　오전 내내 이 도시를 헤매고 다녔지만 그 희한한 고서점은 도저히 다시 찾아낼 수가 없었어. 어제 이후로 문을 닫은 건 아닐까? 기억나는 건 그 가게가 분명히 나보나 광장 주변에 있는 좁은 골목 중 어딘가에 있었다는 것뿐이야. 어쨌든 그 골목들을 다 뒤졌는데도…….

　나는 원래 『페르 귄트』의 이탈리아어 번역본을 찾고 있었지. 하지만 내가 노르웨이 사람이라는 얘기를 듣자 그 서점 주인은 한 책장 쪽으로 나를 데리고 가더니, 거기 꽂힌 다른 것들과는 전혀 달라 보이는 책 한 권을 가리켰지. 아주 새 책이었다는 얘기야.

　"저는 이미 쓰여진 책들만 취급하고 있는 게 아닙니다."

　그는 이렇게 속삭이며 퍽 의미심장한 눈길로 나를 바라보더군. 나는 그 말이 무슨 뜻인지 몰랐어. 그런 다음 가게 주인은 그 책을 책장에서 뽑아내더니 바짝 다가서서 나를 훑어보며 이렇게 설명하는 거야.

"저는 아직 쓰여지지 않은 책도 수집하죠. 물론 이런 책들은 끝없이 많지만, 한 권이라도 손에 넣기는 결코 쉬운 일이 아니랍니다."

그러면서 그는 그 책을 내 손에 쥐어주더군. 표지에는 높은 산들이 그려져 있고 제목은 뭔지 확실히 기억이 안 나지만 하여튼 '마법의 도서관'이라는 말이 들어 있었지. 하지만 여기서 중요한 건 제목도 표지도 아니야. 정말 중요한 건, 이 책이 대체 언제 오슬로에서 출간되었느냐는 거야!

그러니까 그 책은 내년 언제쯤인가에 출간된 책이었단 말야, 비비! 그 서점 주인 영감도 그게 아주 특별한 책이라는 점을 강조했다니까. 겁이 나서 나는 그 책을 얼른 내려놓았지. 뭔가 뜨거운 것에 덴 듯한 기분이었어. 그 책의 저자가 누군지 제대로 볼 여유도 없었다고. 날 좀 도와줄래, 비비? 노르웨이 전체에서 단 한 명의 서지학자(書誌學者)를 꼽는다면 그건 바로 너잖아. 그러니까 문제는, 누가 '마법의 도서관'에 대한 책을 썼는가가 아니라 누가 지금 그 책을 쓰고 있는가를 알아내는 거야.

나는 그 고서점에서 재빨리 도망쳤지. 열차를 놓치면 안 된다고 핑계를 대면서 말야. 하지만 문을 열고 나오다 다시 뒤를 돌아보며 주인에게 물어봤어. 그 희한한 책이 대체 얼마냐고 말야. 그러자 영감이 어찌나 화를 내던지, 네가 그 모습을 직접 봤어야 하는 건데. 그는 눈썹을 치켜 뜨며 고함을 치더군.

"어떻게 감히 그런 질문을 할 수가 있습니까? 애지중지하는 사랑하는 자식을 돈 받고 팔아 넘기는 부모도 있단 말입니까? 아주 희귀한 중세 고판본(古版本)보다 더 큰 가치가 있는 이 책을 감히……."

서점 주인은 귀머거리가 아닐까 하는 생각이 들더군. 그가 하는 이탈리아어가 또렷하지 않은 데다, 내가 하는 말을 입 모양을 보고 알아듣는 것처럼 보였거든.

어젯밤 늦은 시간에 전화를 걸어 미안해. 하지만 난 정말 제정신이 아니었거든. 그 고서점을 다시 찾아낼 수만 있다면! 정말 하룻밤 새에 땅속으로 꺼져버린 것만 같아!

지리, 캄포 데이 피오리, 1998년 8월 8일.

이게 그 편지야, 닐스. 어떻게 생각해? 얼떨결에 비밀스런 편지 한 통을 훔쳐다가 몰래 읽었지 뭐야. 어떻게 하면 그 편지를 잊어버릴 수 있을까?

넌 내가 항상 가방 속에 메모첩을 넣고 다닌다고 비웃곤 했잖아. 하지만 난 괜찮은 생각이 떠오르면 그 자리에서 적어두길 좋아해. 그래야 잊어버리지 않으니까 말야. 그리고 이번에는 그 수첩을 정말 유용하게 사용했어. 그 편지 내용을 얼른 수첩에 베껴 적은 뒤에 노란 집으로 살금살금 되돌아가 편지를 원래 있던 자리에 갖다놓았거든.

그리고 나서 집에 돌아온 지 이제 삼십 분밖에 안 됐어. 그런데 네 편지를 읽고는 마음이 더욱 불안해졌지. 그 여자가 우리 편지책을 사는 데 돈을 보태주었다는 게 영 맘에 걸려. 그 여자가 우리 머릿속 생각까지 사버린 듯한 느낌이 든단 말야.

어떻게 해야 하지? 커다란 물고기를 낚을 기회가 우리한테 온 것 같긴 해. 그 여자의 이름이 비비라는 것까지 알게 됐잖아. 그리고 우리가 그 편지 내용을 믿는다면 그 여자는 '서지학자'야. 하지만 서지학자라는 게 대체 뭐 하는 사람이야? 그리고 '중세 고판본'이라는 건 또 뭐지?

금방 울음이 터질 것만 같아. 그러니 편지를 그만 쓰는 게 좋겠어. 사인펜 글씨라 번질 테니까 말야.

이제 이 편지책을 들고 곧장 우체국으로 갈게. 편지 받는 대로 즉시 답장 해줘야 돼!!!

너의 겁먹은 사촌 베리트 뵈윰.

 ## 베리트, 안녕? 안녕? 안녕?

정말 이상하다. '내년에 출간될' 책이라니 말이야. 너, 나를 진짜 헛소리나 하는 애로 아는 거니? 우리가 편지책을 주고받는 건 정말 멋진 일이라고 생각해. 하지만 그렇다고 금방 소설을 꾸며낼 필요는 없잖아. 내가 네 거짓말에 그렇게 쉽게 놀아날 거라고 생각한다면 그건 오산이야. 내가 너보다 한 살 어리고 키도 십 센티미터나 작긴 하지만, 네 말이라면 곧이곧대로 다 믿는 어린애가 아니란 말야. 네 속을 훤히 꿰뚫어본다고. 네가 훔쳐봤다는 그 편지 내용을 내가 믿기를 바란다면 나한테 그 편지 원본을 보내봐. '베리트 뵈윰의 창작 동화' 따위로는 충분하지 않으니까.

하지만 좋아. 나는 '서지학자(bibliographer)'가 무슨 뜻인지, 그리고 '고판본(incunabula)'이 무엇인지 정말로 사전에서 찾아봤어.

'비블리온(biblion)'은 그리스어로 책이라는 뜻이야. 그러니 어느 서지학자가 책을 두고 사랑에 빠졌다는 건 말도 안 되는 괴상한 얘기야. '고판본'이라는 단어는 라틴어 '인쿠나불라(incunabula)'에서 왔는데 '(아기의) 요람' 또는 '첫출발기'라는 뜻이더라.

비비라는 인물은 그러니까 책에 미친 여자란 말이지. 그리고 그 편지를 쓴 또 한 여자가 아직 쓰여지지는 않았지만 '요람'보다 더 소중한 어떤 책을 찾아냈다는 거잖아. 그래, 네 말을 믿을게. 네 말을 믿겠다고.

내 말이 빈정대는 것처럼 들렸다면 제대로 알아들은 거야. 하지만 오늘은 농담할 기분이 아니야. 오늘 체육 시간에 엄청나게 벌을 받았고, 정말이지 화가 나 미칠 지경이었거든.

그리고 이제 내가 지리 캄포 데이 피오리라는 여자가 쓴 편지의 원본을 기다리고 있다는 사실을 믿어도 돼.

인사와 키스를 전하며, 닐스.

 친애하는(?) 닐스,

세상에 이렇게 원통한 일이!

네 비열한 편지를 소화시키느라고 나는 한 시간 내내 비 오는 창밖을 쏘아보며 꼼짝 않고 앉아 있었지. 네가 내 말을 믿지 않다니!!! 나는 목숨을 걸고 사자굴 앞에서 그 기막힌 편지를 훔쳐다가 너한테 전했는데, 은혜를 그 따위로 갚는단 말이지. '인사와 키스', '베리트 뵈윰의 창작 동화'라니!

아마 이건 너한테 보내는 마지막 편지가 될 거야. 날 믿지도 않는데 편지 쓰는 게 무슨 의미가 있겠어. 그러니 넌 이 편지책을 그냥 가지고 있으면 돼. 그리고 썩은 달걀에서 물이 넘치듯 그냥 너 혼자 속에서 나오는 대로 여기다 글을 쓰면 되잖아. 그런 다음 나중에 거기다 코를 박고 냄새를 맡으면 될 거야. 네가 꼬부랑 영감탱이가 되고 나면 말이야.(히히히!) 내가 베르겐에서 이사온 지 얼마 안 됐다는 거, 그리고 베르겐에서 알고 지내던 열다섯에서 스무 명쯤 되는 사람들한테 편지 쓰기로 약속했다는 거, 벌써 잊어버린 모양이지? 뿐만 아니라 내 머릿속에서는 나만의 은밀한 수첩에 적어둘 소재가 항상 샘솟듯이 흘러나오고 있어. 그러니 이런 편지책을 "저는 송네 피오르드의 높은 산들 사이에서 외롭고 쓸쓸하게 살아가는 사람입니다." 따위의 '애인 구함' 광고 같은 거라고 생각하면 오산이야.

내가 한 이야기를 네가 믿지 않으리라고는 생각하지 않아. 넌 웃음거리가 될까봐 겁을 먹고 있을 뿐이야. 네 나이 또래의 남자애들은 보통 그렇지. 하지만 "용감하게 뛰어드는 자가 얻는 법이다." 하는 속담이 있어. 그 비밀에 찬 편지를 네가 전혀 믿지 않았더라면 넌 그 괴상한 단어들을 사전에서 찾아보지도 않았을 거야. 나도 그 단어들을 사전에서 찾아봤지. '서지학자(bibliographer): 도서 목록을 만들고 책에 대해 잘 아는 사람'. 너는 이 단어를 '책을 사랑하는 사람. 희귀하거나 아름다운 책을 수집하는 사람'이라는 뜻의 '비블리오필(bibliophil)'이라는 단어와 헷갈렸나보더라. '고판본'이라는 단어가 원래 '요람'이라는 뜻이었다는 건 맞아. 하지만 현재 그 단어는 책에 대해서만 쓰이지. 고판본은 서기 1500년 이전에 인쇄된 책들을 가리키는 거라고.

이제 앞뒤가 어떻게 연결되는지 알겠어? 고서점의 그 남자는 마법의 도서관을 거쳐온 그 책이 오백 년 전에 인쇄된 고판본들보다 더 희귀한 책이라고 말했던 거야. 고판본 가운데 많은 책이 가톨릭 교회의 손에 불타버렸대. 이단의 책으로 간주되었기 때문이지. 혹은 뭔가 다른 이유로 사라지기도 했고. 어쨌든, 아직 출간도 되지 않은 어떤 책을 손에 넣는다는 건 정말 희한하고도 희한한 일이 아니겠어? 게다가 그 책은 비밀로 가득한 책인 거야, 닐스. 나 스스로도 내가 본 그 편지를 믿기는 어렵다고 생각해. 그렇다고 해서 네가 '나를' 못 믿는다는 건 너무하잖아! 다 큰 여자가 서점에서 책들을 둘러보면서 그것들이 초콜릿이나 코코넛으로 만들어진 양 입술을 빨고 입맛을 다셨다는 이야기가 믿기 쉬운 일은 아니지, 안 그래? 그리고 그 여자가 핸드백에서 지폐를 꺼내 편지책을 사려는 사내애한테 주었다는 것도 마찬가지야.(너도 그렇게 생각할걸?)

너를 보니 예수의 상처에 자기 손을 넣어보고서야 예수를 믿게 되었다는 제자 생각이 나는구나. 내가 너한테 보여줄 수 있는 상처라고는 네가 오늘 나한테 입힌 영혼의 커다란 상처가 전부야. 하지만 그 속으로는 손을 들이밀기도 쉽지 않아. 그렇다고 또 특별히 쉽게 나을 만한 상처도 아니지. 하지만 난 더 많은 것을 체험하고 싶어. 아무튼 네가 내 얘기를 그래도 믿지 않는다면 어쩔 수 없는 일이지. 엄마는 요즘 호텔에서 일하고 계셔. 때문에 나도 한 쪽 발을 그 문 안에 걸쳐놓고 사는 셈이지. 앞으로 차츰 그 고색창 연한 건물 뒤편에서 벌어지는 삶에 대한 얘기를 들을 수 있을 거야. 지금은 그 노란 집에 사는 여자에 관해 들은 얘기만 할게.

그 여자의 이름은 비비 보켄인데, 물론 그 이름만으로도 소설책 한 단원은 쓸 수 있을 정도야. 하지만 누구도 그 여자의 진짜 이름을 몰라. 그 여자는 아무하고도 얘기를 나누지 않거든. 그 여자도 나처럼 여기 이사온 지 얼마 안 됐어. 비비 보켄이 기껏해야 이삼 년 전에 피엘란에다 첫발을 들여놓은 것과는 달리 나는 이곳에서 태어났지만 말이야.

그 여자는 피엘란 피오르드를 한눈에 굽어볼 수 있는 멋진 집을 샀어. 아마 넌 그러지 못할 이유가 뭐냐고 생각하겠지, 그렇지? 하지만 비비라는 여자가 이사온 뒤로 그 집에서 두어 번 뭔지 알 수 없는 이상한 소리가 들렸다는 거야. 어쩌면 집을 수리하고 벽을 뜯어내고 책장들을 들여놓았는지도 몰라. 그럴 수도 있겠지. 하지만 그 설명할 수 없는 소음은 특별히 밤중에 들려왔어. 가끔은 뭔가가 아주 날카롭게 부딪치는 소리도 났지……. 이 얘기는 호텔의 야간 경비원 아주머니한테 들은 거야. 그 아주머니의 이름은 힐데 메우리첸인데 아주 멋진 사람이야. 게다가 힐데는 국회의원의 딸이기도 해.(그러니 상당히 믿을 만하지, 어때?) 그 밖에도 힐데는 많은 이야기를 들려주었어. 비비 보켄은 예전에 오슬로에 있는 큰 도서관에서 사서로 일했다는 거야. 그런데 어느 날 짐을 꾸려서는 피엘란에 불쑥 나타난 거지.

이 일에 대해 오슬로에서 좀 알아볼 수 있겠니? 어쨌든 전화번호부에서 '보켄'이라는 이름을 좀 찾아봐.(지금은 거기 살지 않는다 하더라도 전화번호부에는 아직 이름이 있을 수도 있어.)

아마도 마지막 편지겠지만, 베리트가 인사를 전하며.

PS. 그 이상한 편지를 쓴 여자의 이름은 지리 캄포 데이 피오리가 아니야. 내가 그 편지를 아주 정확하게 베껴 쓴 것만은 확실한데, 거기에는 이렇게 적혀 있었어. '지리, 캄포 데이 피오리, 1998년 8월 8일'. 그 말은 이 지리라는 여자가 캄포 데이 피오리(이탈리아 로마의 지명—옮긴이)라는 곳에서 그 편지를 썼다는 뜻이야. 지금도 그 장소는 존재하겠지. 어쨌든 글을 읽을 때는 글자뿐만 아니라 쉼표나 마침표 같은 부호까지도 꼼꼼하게 읽어야 할 필요가 있어. 내가 '베리트, 굿나잇'이라고 쓴다고 해서 내 이름이 베리트 굿나잇이 되는 건 아니잖아.

PPS. 내 말을 아직도 못 믿겠니, 닐스? 제발 믿어줘! 우리의 편지 교환을 위해 나는 두 가지 원칙을 제안하고 싶어. 그러면 모든 게 훨씬 수월해질 거야.

원칙 1: 편지책에 거짓말을 써서는 안·된다.
원칙 2: 상대방이 거짓말을 한다고 생각해서는 안 된다.

네가 이 원칙을 지키지 않을 생각이라면 편지책은 그냥 영원히 갖고 있도록 해. 만일에 대비해 열쇠를 여기 넣어 보낸다. 그럼 넌 그걸 잉그리드 고모한테 드리면 되겠지. 네가 쓴 글을 어쨌든 누군가는 읽어주기를 바라고 있을 테니 말야.(놀리느냐고? 내가?)

PPPS. 그리고 다음과 같은 격언을 명심하도록 해. "최후에 웃는 자가 승리자다."

베리트, 굿나잇!

 사랑하는 베리트,

정말 미안해. 너를 화나게 하려는 생각은 없었어. 그저 조금 놀려먹으려 한 것뿐이야. 내가 어떤지 너도 잘 알잖아. 외강내유(︶). '영혼에 깊은 상처'를 남겼다고 쓴 걸 보고 대성통곡을 할 뻔했어. 왜냐하면 난 정말이지 네 마음을 상하게 할 생각이 없었기 때문이고, 또 네가 그처럼 예민한지도 몰랐거든. 하지만 네가 그렇게 예민한 인간이라니 이제부턴 네 말을 믿겠어. 네가 진실을 말하지 않았더라면 그렇게 깊은 상처를 받았을 리도 없고, 또 아주 다른 반응을 보였을 테니 말이야. 그러니까 너를 믿을게. 진심으로 사과하며 열쇠를 돌려보낸다. 그러니 이 열쇠를 가지고 있어 줘. 이제부터 네가 제안한 두 가지 원칙을 성실하게 지킬 것을 약속할게. 나 자신을 속이지도 않도록 노력할 거야. 그건 아주 어려운 일일 수도 있지만 말이야. 내가 이 일을 진지하게 받아들이고 있다는 사실을 입증하기 위해 이 사건과 관련한 조사에 착수했지. 우선 캄포 데이 피오리가 어디 있는지 알아냈어. 엄마한테 물어봤거든. 엄마가 짬짬이 잡지에 내보내려고 글을 쓰고 있다는 거 너도 알지? 엄마 말로는 "집안 재정 상태를 개선시키고 지루한 일상으로부터 일탈을 꿈꾸는" 행위라는 거지.

요즘 엄마는 어떤 잡지 수기 공모에 응모하려고 이야기를 지어내고 계셔. 캄포 데이 피오리와 나보나 광장이 어디 있느냐고 여쭤봤더니 태초의 어둠 속에서 빛이라도 발견한 듯한 눈빛으로 나를 뚫어지게 바라보시더라.

"그래, 그건 로마에서 일어난 일이야!"

엄마는 그렇게 외쳤어.

"확실해요?"

그렇게 물으면서 나는 엄마가 몰래 우리 편지책을 읽었을지 모른다고 생각했지.

"맞아, 로마에 있는 나보나 광장이라고. 우린 거기서 처음 만난 거야!"

엄마가 그러시더라고. 그러고 나서 엄마는 타자기 앞으로 가 열심히 자판을 두들기기 시작하셨어. 우리 편지책에 대해서는 한마디도 않고, 막 머릿속에서 반죽해낸 통속소설을 글로 옮기고 계셨던 거야.

"닐스, 네가 나한테 영감을 주다니!"

그렇게 중얼거리면서 말야.

영감이라는 게 뭔지 확신할 수는 없었지만 그건 글을 쓰는 사람들이 얻게 되는 일종의 아이디어 같은 걸 거야. 어쨌든 엄마는 글을 시작하셨지. 내가 엄마한테 뭘 주었는지 그건 상관없어. 중요한 건 나보나 광장이라는 곳이 로마에 있다는 사실이야! 그게 내가 조사한 것 한 가지야. 하지만 다른 조사를 하다보니 생각지 못한 일과 맞닥뜨리게 되었어. 네가 한 말이 맞다면 넌 상당히 위험한 상황에 처해 있는 거야, 베리트. 현재로서 나는 다음과 같은 충고를 할 수밖에 없어. 비비 보켄을 피해 다니고 네 책들을 전부 숨겨. 말하자면 내가 설정한 이론이 있어. 쉽게 말하자면 가설이야. 비비 보켄이 과연 누구이며 무엇이 그 여자를 움직이고 있는가 하는 데 대한 생각이지. 하지만 너무 무서워해서는 안 돼, 베리트. 네가 얼마나 예민한지는 알아. 하지만 이제야말로 넌 정말 냉철한 머리를 유지해야 돼. 그러니 잘 들어봐.

네 말대로 전화번호부를 뒤져봤어. '보켄 주식회사'라는 회사 이름이 있더군. 전화를 걸었더니 어떤 남자가 받았어. 그 사람은 비비 보켄이라는 이름을 들어본 적이 없대. 그래서 나는 거기가 어떤 종류의 회사냐고 물어보았지. 그랬더니 식료품 가공업 회사라더군. 난 너처럼 어려운 단어들을 잘 알지 못해.(비블리오필과 비블리오그라퍼의 차이를 내가 설명했잖아?) 그래서 식료품 가공업 회사가 뭐 하는 데냐고 물었지. 그랬더니 하는 말이 푸루셋의 식육도시에 그 회사의 지점들이 있다는 거야. 그리고 그들은 도축업자들에게 수입 기계를 판매한대.

식육도시라니!

24

몸이 덜덜 떨렸어. 그래서 우선 내 이론을 정리해보았지. 한참 생각한 뒤에 나는 그 모든 것을 작문하듯 적어 내려갔어. 어차피 내일까지 학교에 작문 숙제 하나를 내야 하거든. 그리고 오로지 비비 보켄과 식육도시밖에는 아무 다른 생각을 할 수 없었으므로 나는 거기에 대해 아주 상세히 써 내려갈 수 있었지. 이름과 그 모든 것을 말이야. 진짜 이름을 밝혔다는 게 별 문제가 되지 않았으면 좋겠어. 여기서는 아무도 비비 보켄을 아는 사람이 없을 거야. 그리고 내가 세운 이론이 맞다면 그 여자의 원래 이름은 절대로 비비 보켄이 아니야.

보다시피 내가 쓴 작문을 복사해서 편지책 속에 붙여놓았어. 네가 뭐라고 할지 궁금해. 하지만 어쨌든 공포에 질릴 필요는 없어, 베리트. 도움이 필요하면 내가 직접 피엘란으로 갈 거야. 학교를 빼먹는 한이 있더라도 말이야. 그리고 다시 한번 사과할게. 네 상처가 이제 어느 정도 아물었기를 바란다.

후회로 가득한 너의 사촌 닐스.

PS. 이건 아주 중요한 일인데, 무슨 일이 있어도 비비 보켄이 우리 편지책을 손에 넣어서는 안 돼. 그렇게 되면 너는 아주 위험해질 수 있어.

식육도시에서 온 살인녀

비르테 바켄은 입술을 핥았다. 스스로도 대단히 만족스러웠다. 오슬

로의 식육도시에서 송의 피엘란까지는 먼 길이었지만 그녀는 마침
내 이곳에 오고야 말았다. 모든 흔적은 지워졌고 경찰은 아무것도
알아내지 못했다. 비르테 바켄이 비비 보켄으로 변신한 것은 정말
천재적인 발상이었다. 그런 아이디어가 떠오른 것은 그녀가 도축업
자들 명단에서 식료품 중개상인 보켄이라는 이름을 발견했을 때였
다. 아주 적절한 순간에 그 이름을 발견한 셈이다. 자신의 정체가 들
통나는 날 과연 어떻게 처신해야 좋을지 그녀는 오래 전부터 고심해
왔다. 여권에서 바켄을 보켄으로 변조하는 것은 쉬운 일이 아니었
다. 그러나 가능했다. 그리고 비르테의 모토는 언제나 "용감하게 뛰
어드는 자가 발견한다."였다. 그녀의 용기는 정말 그 무엇과도 비교
할 수 없었다.

　바켄은 암벽 등반가였고 낙하산 훈련을 받았고 전투기 조종도 할
줄 알았다. 자질구레한 일이라고는 해본 적이 없었다. 문제는 그녀
가 모든 것에 너무나 빨리 싫증을 낸다는 사실이다. 비르테는 말할
수 없이 정열적인 사람이었다. 하지만 그녀의 정열은 타오르는 것만
큼이나 빠른 속도로 꺼져버렸다. 그런데 결코 사라지지 않는 정열이
꼭 한 가지 있었다. 그녀는 책을 사랑했다.

　그리고 그것은 결코 만족을 모르는 사랑이었다. 비르테는 자신을
서지학자라고 칭했지만, 사실은 서지학자가 아니라 도서광이었으며
그 두 가지는 엄연히 다른 것이다. 그녀는 책을 사랑했다. 아니, 그
건 전적으로 옳은 말은 아니다. 그녀는 책을 훔치는 것을 좋아했지
만 결코 책을 읽지는 않았다. 책을 살 돈이 없는 사람들처럼 그런 짓
을 하기도 했다. 그러나 그녀의 입장에서는 다만 책을 훔치고 나서

얻는 기쁨 때문에 그랬을 뿐이다. 일단 어떤 책을 훔치고 나면 더 이상 그 책에 흥미를 갖지 않았으며, 다시 새로운 책을 훔쳐야만 했다. 그것도 당장!

당시 그 비극이 시작된 것은 비르테 바켄이 오슬로의 큰 도서관에서 일자리를 얻었을 때였다. 하루 업무를 마치고 나면 그녀는 언제나 아주 오래된 책들이 있는 서고로 들어갔다. 그곳에는 고판본들도 있었다. 거기서 비르테는 탐욕스럽게 책을 챙겼고, 그러면서 아주 행복해했다. 그러나 어느 날 경비원 한 사람에게 꼬리를 잡혔다. 엄청나게 가치가 높은 고판본 한 권을 막 가방 속에 집어넣을 때였다. 비르테 바켄이 몹시 놀라고 겁을 먹었으리라는 것은 의심할 여지가 없다. 하지만 문득 정신을 차린 그녀는 언제나 품에 지니고 다니던 편지칼을 꺼내 경비원의 가슴을 찔렀다. 그의 이름은 로게르 라르센이었다.

하지만 그녀는 그 시체를 어떻게 해야 할지 고민이었다. 푸루셋의 식육도시가 떠올랐다. 로게르 라르센의 시체를 그곳으로 가져가 도축된 고기 속에 숨겨 넣을 수만 있다면 일은 간단히 끝나는 셈이었다. 그녀는 그 계획을 실행에 옮겼다.

비르테가 로게르 라르센을 어떻게 식육도시로 짊어지고 가서 도축된 고기 속에 섞어 넣었는지는 또 다른 얘기다. 하지만 어쨌든 그런 일이 일어났다. 그때부터 그녀는 자신이 새로운 정열을 얻게 된 것을 알았다. 그건 살인이었다. 책과 살인. 그것이 비르테의 삶이 되었다. 비르테가 스타번 출신인 프레드리크 빌헬름센의 시체를 고기 거는 갈고리에 걸어놓으려 했을 때, 오스에서 온 수의사가 마침 그 순간에 도축한 고기를 소독하지 않았더라면 모든 일은 순조롭게 진행되었을 것이다.

"이게 무슨 짐승이지?"

수의사가 그런 의문을 품자 비르테는 게임이 끝났음을 알았다. 이 난국을 뚫고 나갈 묘책이 없었다. 보조 도축사인 비르테 바켄이 이 짐승을 도살했다는 사실을 모두가 알게 되었다. 그건 짐승이 아니라 빌헬름센 책방의 주인인 서적상 빌헬름센이었다. 그를 아는 사람은 많지 않았지만 결국 그가 누구인지 밝혀졌고 비르테는 줄행랑을 놓아야 했다.

그리고 이제 그녀는 모습을 바꿔 피엘란에 살고 있다. 그녀는 피오르드를 건너다본다. 이제는 안전 지대에 있으니 만족해야 마땅한 상황이었다. 그러나 비르테는 만족을 몰랐다. 너무나 지루했고 시간을 어떻게 보내야 할지 알 수가 없었다. 그녀는 마을 공동묘지 옆을 지나는 도로를 내려다보았다. 소녀 하나가 그 길을 걸어오고 있었다. 열세 살이나 열네 살쯤 되어 보였다. 소녀의 손에는 책이 한 권 들려 있었다.

비르테는 벌떡 일어나 입술을 핥았다. 배가 팽팽하게 당겨지는 느낌이었다……

 '피를 나눈' 사촌, 안녕!

너를 용서할게. 하지만 넌 정말 미쳤어! 얼마 전만 해도 너는 내가 비비 보켄의 집 앞에서 편지를 발견했다는 사실을 믿으려 하지 않고 그 모든 이야기를 '창작 동화'라고 말했잖아. 그러더니 이제 는 '식육도시에서 온 살인자'에 대한 말도 안 되는 이야기를 내 앞에 펼쳐놓다니!!! 비디오를 너무 많이 봐서 그런 게 틀림없어, 이 녀석아.

그러니까 너, 이젠 믿을 수 없는 얘기처럼 들리는 건 뭐든 써도 된다고 생각하고 비르테 바켄이라는 괴상한 여자 이야기를 지어낸 거지? 하지만 뭐든지 써도 되는 건 아니야. 그리고 네 조사 연구 속도에 네 스스로 어느 정도는 브레이크를 걸어야 한다고 생각해.

우리 편지책의 첫 번째 원칙을 깨뜨렸다고 너를 비난해야 할지 는 나도 잘 모르겠어. 하지만 거의 그렇다고 할 수 있겠지. 네가 써 보낸 이야기가 그저 상상에서 나온 이야기일 뿐이라고 고백한 다면 넌 용서받을 수 있어. 네가 고상하게 들리게 하려고 '가설' 이라는 표현을 쓴 그 이야기 말이야. 하지만 너희 선생님이 네가 지어낸 그 이야기를 읽고 뭐라고 말하실지 참 궁금하다. 네가 이 번 학기에는 평점이 없고 다음 학년부터 평점을 받게 된다는 게 그나마 다행이야.

이건 아주 중요한 생각이야, 닐스. 내 말은, 결국 상상이라는 게 거짓말과 마찬가지가 아니라는 거야. 물론 상상해낸 이야기나 거짓말이나 마찬가지일 경우가 많지. 예를 들어 이런 경우를 생각 해봐. 네가 학교에 지각을 했는데, 오는 길에 빙판에 미끄러져서 다리가 부러진 어떤 할머니를 도와 드리느라고 늦었다고 하는 거 야. 그러면 그건 정말 못된 거짓말이지. 왜냐하면, 머릿속에서 지어낸 이야기를 마치 진실인 것처럼 얘기하는 거니까 말이야. 하지만 모든 경우가 다 그런 건 아니야.

만일 상상과 거짓말이 같은 거라면 작가들은 모두 그럴 듯한 거짓말쟁이인 셈이지. 그 사람들은 그걸로 먹고 살고, 다른 사람들은 그들이 지어낸 거짓말을 기꺼이 돈을 주고 산다는 거야. 독자들은 심지어는 북클럽에 가입해 우편으로 그 거짓말을 받아보기까지 하지.

세상에는 거짓말하기를 즐기는 사람도 있고, 또 속는 걸 좋아하는 사람도 있어. 어느 지역에서나 커다란 건물을 지어 수많은 거짓말을 가지런히 분류해놓고 그걸 도서관이라 부르지. 그러니 우리는 도서관을 '거짓말 실습실' 또는 뭐 그런 비슷한 말로 부를 수 있을 거야. 아마도 도서관이라는 이름 대신 '거짓말과 사실들의 보관소'라고 부르는 게 가장 적당한 일이겠지. 책에 쓰여 있는 모든 것이 거짓말은 아니니까 말이야. 어떤 경우에는 한 권의 책 속에 진실과 지어낸 이야기들이 함께 들어 있기도 하거든. 그렇기 때문에 전체를 파악하기가 늘 쉬운 것은 아니지. 완전하고 순수한 진실이라 하더라도, 거짓말이나 그저 꾸며낸 이야기처럼 믿기 어려운 것들도 있거든. 예를 들어서 『안네 프랑크의 일기』 읽어봤어? 어쨌든 그 책은 정말 믿기 어려운 이야기였어. 하지만 그 내용이 처음부터 끝까지 진실이라잖아???(내 말을 믿어!) 그리고 그 반대의 경우도 마찬가지야. 지어낸 이야기라는 것들 중 대다수가 너무나 일상적이고 지루하기 짝이 없어서, 바로 그것 때문에 꼭 진실처럼 보이거든. 하지만 그것들도 무슨 우주 여행기처럼 다 가

짜로 꾸며낸 이야기란 말이야. 요즘 학교에서 너무너무 지루한 영
어책을 읽고 있기 때문에 이런 점에서 나는 정말 모르는 게 없지.
"메리는 종종 노르웨이에서 방학을 보낸다, 어쩌고저쩌고……."
이런 얘기들이 들어 있단 말이야. 이런 게 꾸며낸 이야기라니, 참
한심하지 뭐야!

　네가 『페르 귄트』 이야기를 들어보았는지 모르겠구나. 그 이야
기는 어쨌든 상당히 생생한 판타지야. 주인공의 어머니는 그 사실
을 이미 간파하고 있지. "페르, 너는 거짓말을 하고 있어." 어머
니는 이렇게 말하는데, 바로 그 대사로 이 희곡이 시작되거든. 그
어머니는 자기 아들을 계속 '거짓말쟁이'라 욕하고, 아들이 그렇
게 많은 일을 머릿속으로 상상해낸다는 이유만으로 더 고약한 별
명을 아들에게 붙이곤 하지. 그런데 이 페르라는 남자가 무슨 짓
을 하는지 아니? 그는 자기 어머니를 방앗간 지붕 위로 던져버린
단다. 어머니는 페르가 어떤 결혼식에 가서 있는 대로 퍼먹고 마
시는 동안 지붕 위에 앉아 고함을 지르고 비명을 질러대지. 이 모
든 이야기는 페르가 결혼식에서 남의 신부를 납치하는 것으로 끝
난단다!!!(그 뒤로도 물론 이야기는 계속되지만, 학교에서는 아직 1막까지
만 읽었거든.)

　하지만 다시 비비 보켄 이야기로 돌아가보자. 비비 이야기를 할
때도 우리는 거짓말과 사실을 구분하려고 노력해야 할 거야. 자,
이렇게 구분해볼게.

　거짓말: 비비 보켄의 '원래' 이름은 비르테 바켄이고 적어도 두

건의 살인을 저질렀다. 그녀가 등반가이고 낙하산 훈련을 받은 데다 전투기 조종사라는 사실은 굳이 이야기하지 않더라도, 비비는 어쨌든 책을 훔치는 일에 비상한 관심이 있다. 그녀는 이름을 바꾸고 피엘란으로 이사했는데, 그건 무거운 범죄를 숨기기 위해서였다. 노르웨이 경찰은 너무나 멍청해서 비비의 얼굴은 몽타주로도 나온 적조차 없다. 하지만 사실 누가 그런 작은 살인 사건에 세세한 관심을 갖겠는가?(오스의 수의사는 그녀가 바로 살인자라는 사실을 그래도 알아내지 않았는가!)

사실: 최근에 비비 보켄이라는 이상한 여자가 피엘란으로 이사 왔다. 그녀는 서점을 돌아다니며 입술을 핥는다. 책을 달콤한 사탕이나 초콜릿처럼 생각하기 때문이다.(출처: 닐스 뵈윰 토르게르센) 뿐만 아니라 그녀는 송네 피오르드를 찍은 사진이 표지를 채우고 있는 편지책을 살 수 있도록 지폐 한 장을 후원해주기도 했다.(출처: 닐스 뵈윰 토르게르센) 그녀는 비밀 가득 찬 편지 하나를 지리라는 여자에게서 받는다. 이 편지에는 일 년 후에 출간될 어떤 책에 대한 이야기가 쓰여 있는데, 그 책이 이미 로마의 어떤 서점에 나와 있다는 것이다. 그 책은 아마도 '마법의 도서관'과 관련이 있는 것 같다.(출처: 베리트 뵈윰) 비비 보켄이 피엘란으로 오고 나서 지금까지 그녀의 집에서는 한밤중에 알 수 없는 소리가 들려왔다.(출처: 힐데 메우리첸, 보수당 국회의원 스베레 메우리첸의 딸) 그 밖에도 비비는 핸드백 속에 고서 한 권을 넣고 다니길 좋아하며 어떤 소년, 소녀가 해발 이천 미터 고지에 있는

산장의 방명록에 뭐라고 써넣는가에 비상한 관심을 보인다.

좀더 들어볼래, 닐스? 물론 '꾸며낸 이야기' 중에는 많은 것이 사실일지도 몰라. 하지만 그건 우리가 확실히 알 수 있는 일이 아니지. 그리고 우리가 진짜 탐정일을 해낼 생각이라면 우리가 알고 있는 사실들을 토대로 해야 하는 거야. 물론 우리는 상상력을 동원해서 갖가지 가설을 세울 수도 있어. 하지만 그 가설에서 어느 정도가 진실인가를 점검하려고 노력해야 할 거야.(내 말은, 우리 상상 속의 흔적이 아니라 진짜 현실의 흔적을 추적해야 한다는 거지. 우리의 상상을 좇아가다 보면 결국 이곳 피엘란이 아닌 꿈의 나라에 도달할 테니까 말이야.)

그 때문에 우리 편지책을 위한 세 번째 원칙을 제안하고 싶어.

원칙 3: 우리는 새로운 가설을 세우기 전에 비비 보켄에 대한 모든 정보를 점검해야 한다.

이 말에 동의하니, 닐스? 여기에 대한 답변을 바란다.

PS. 이제 프로이트와 사생활의 고통에 관해 몇 마디 덧붙여야겠어. 그 사이에 이곳 학교도 다시 개학을 했고, 쬐그만 계집애들이 찡얼대는 소리로 몹시 시끄러워!!! 거의 징징 우는 소리에 가까운데, 하지만 이곳에는 내 연령대에 적합한 학교가 따로 없기 때문에 어쩔 수 없지. 정말 끔찍한 일이지 뭐야. 어서 빨리 자라서 학교를 바꿀 수 있게 되기만 바랄 뿐이야. 유일한 위로는 내가 이제 8학년과 9학년(중학교 2학년과 3학년—옮긴이)이 공부하는 반에서 배운다는 사실이야. 그걸 여기서는 '모듬 학급'이라고 부르지. 나는 이 상급생들 중에서 친구를 사귀어보려고 애쓸 생각이야.(사실은 나를 벌써 9학년으로 생각하는 사람이 많아. 정말이라니깐!)

그러면 이제 내가 여기서 누리는 유일한 기쁨에 대해 이야기해야겠구나. 우리 학교엔 노르웨이어를 가르치는 여자 선생님이 있단다! 그런데 그게 기쁨이냐고? 넌 나를 미쳤다고 생각하겠지. 하지만 이 여자는 정말 끝내줘! 이름은 아스비에르그. 길고 검은 머리를 하나로 땋아내려 진짜 인디언 처녀처럼 보여. 우리가 첫 노르웨이어 수업 시간에 한 일이 뭔지 아니? 바로 그거야! 우리는 자기 엄마를 방앗간 지붕 위로 던져버린 그 거짓말쟁이에 대한 얘기를 읽기 시작했다고!

너 당장 답장 써야 돼. 그럼 잘 지내고, 작문 잘해.

너의 고상하고 품위 있는 사촌 베리타 뵈-윰으로부터.

 친애하는 뵈-윰!

푸하하! 도대체 넌 나중에 뭐가 되려고 그러니? 탐정? 아니면 철학자? 네가 이번에 보낸 편지는 이제까지 읽은 것 중에 가장 캡이었어. 그 편지를 읽고 나니 내가 얼마나 난쟁이처럼 느껴지던지. 하지만 그런 생각이 든 건 한순간뿐이었지. 나는 곧 머리를 굴리기 시작했거든. 내 특기는 과연 무엇이던가 하고 말이야. 난 이마에 잔뜩 주름을 잡은 채 귀를 팔락팔락 움직일 수 있어. 너도 본받을 만한 점이지, 안 그래? 하지만 열심히 생각해본 결과, 너의 가설에 뭔가 맞지 않은 점이 있다는 사실을 깨달았어. 자, 이제 정신 똑바로 차리고 잘 읽어, 뵤윰! 여기 N.B. 토르게르센의 몇 가지 생각을 들어보라고!

사실: 나는 전화번호부를 뒤져 보켄 주식회사에 전화를 걸었다. 그래서 그들이 비비 보켄이라는 여자를 모른다는 사실을 알아냈다.(출처: 보켄 주식회사) 그런 다음 나는 몇 가지 "유치한" 가설을 세우고 내가 의심하는 것들을 글로 썼다.(출처: 닐스 뵤윰 토르게르센의 상상)

그 작문을 나는 브룬 선생님에게 제출했다.(출처: 닐스 뵤윰 토르게르센. 교사 브룬 씨가 증명할 수 있음)

꾸며낸 것(거짓말): 닐스 뵤윰 토르게르센은 비디오를 많이 본다.(출처: 베리트 뵤윰. 자기가 무슨 말을 하는지도 모르고 있음) 닐스 뵤윰 토르게르센은 집에 비디오가 없다.(출처: 택시기사 트뤼그베 토르게르센과 여성 통속소설 작가 잉그리 뵤윰의 증언)

비비 보켄은 송달의 어느 서점에서 입술을 핥으며 돌아다녔다.(출처:베리트 뵤윰. 닐스 뵤윰 토르게르센의 발언이 아님)

나는 비비 보켄을 서점에서 보고 나서, 그녀가 침을 흘렸다고 썼어. 침을 흘리는 것과 입술을 핥는 것은 분명히 다른 행위야. 입술을 핥는 것은 뭔지 모르게 훨씬 기분 나쁘게 느껴지잖아.

자, 우리의 두 번째 원칙을 잊어버리지 마. 상대방이 거짓말을 한다고 생각하는 것은 금물이다.

세 번째 원칙은 합리적으로 들리는구나. 하지만 우리는 상상력도 약간은 동원할 필요가 있어. 가능한 모든 것을 미리 검토해봐야 한다면, 우리는 한 발도 앞으로 나아갈 수가 없다고. 토르 오게 브링스베르라는 작가는 다음과 같은 짧고 훌륭한 시를 썼지.

두 다리로 땅을 딛고 서 있는 사람은 말없이 조용히 서 있다.

이 한마디가 글쓰기와 독서에 관해 많은 이야기를 해주고 있다고 생각해. 마음에 드는 책을 읽으면, 내가 읽은 것이 생각에 날개를 달아주어 날아가게 만드는 것처럼 보이거든. 책이란 종이 위에 쓰여 있는 말과 그림으로만 이루어진 것이 아니라, 책을 읽으면서 함께 써가는 그 모든 것으로 이루어지는 것 같아.

지금 나는 영어 실력을 키우기 위해서 『곰돌이 푸』를 영어로 읽고 있어. 거기에 리틀 피스와 호랑이가 나중에 어떻게 내려와야 할지도 모르면서 나무를 올라가는 장면이 나와. 호랑이는 자기가 늘 주장하는 대로 '모든 것을 정말 완벽하게 해내려고' 나무에 올라갔지. 하지만 자기가 위로 올라갈 줄만 알았지 아래로 내려오는 방법을 모른다는 사실을 잊어버린 거야. 걔들을 나무에서 내려오게 해주려고 푸는 다른 동물들과 함께 구조대를 결성하지.

크리스토퍼 로빈은 재킷을 벗어 리틀 피스와 호랑이가 안전망으로 사용할 수 있게 해주지. 그러면서 작가 A.A.밀네는 아기 돼지와 크리스토퍼 로빈의 바지 멜빵에 대해 썼어.

아기 돼지는 크리스토퍼 로빈의 바지 멜빵을 태어나서 단 한 번밖에 보지 못했지. 그런데 그 멜빵이 어쩌나 새파란 색이었던지 한 번 보고도 결코 잊을 수가 없었던 거야. 아기 돼지는 그 바지 멜빵을 다시 본다는 상상만 해도 엄청나게 흥분하곤 했지. 그러면서 끔찍하게 신경이 날카로워졌지. 만일 그 바지 멜빵이 진짜로 그렇게 눈에 시리도록 새파란 색이 아니라면, 그러면 어떻게 해야 할지가 걱정이었어. 만일 그 멜빵이 아기 돼지가 이제까지 수없이 보아온 보통의 별볼일없는 파란 색이라면? 하지만 크리스토퍼 로빈이 재킷을 벗었을 때, 아기 돼지는 기뻐서 기절할 지경이 돼. 그 바지 멜빵이 정말 자기 기억 속에 있는 그대로 시리도록 새파란 색이었거든. 그래서 아기 돼지는 그날이 너무도 아름답다고 생각하는 거야. 이 이야기는 그저 별것 아닌 멜빵 이야기 같지만, 사실 거기엔 그 이상의 뜻이 담겨 있어. 이 이야기를 읽으면 난 어떤 돛단배 그림이 떠올라. 언젠가 우리가 여행을 갔을 때 묵었던 어느 시골집 벽에 걸려 있던 그림이야. 그건 분명 아주 평범한 배에 지나지 않았을 거야. 하지만 나한테는 세상에서 가장 아름다운 배로 보였지. 매일 저녁 엄마는 나한테 여러 이야기를 들려주셨는데 그 이야기 속에서 난 그 돛단배를 타고 지구를 돌며 낯선 나라들로 배를 저어갔던 거야.

그리고 보니 뭔가 생각나는 게 있는데, 너하고 관련이 있는 일이야, 베리트. 우리가 그 산 위에 있는 플랏브레 산장에서 초콜릿을 나눠먹던 일 생각나니? 햇살이 눈부신 날이었지. 기억나? 그리고 우리는 완전히 지쳐 있었어. 그래서 초콜릿을 입 속에 쑤셔 넣었고, 그러면서 넌 나한테 미소를 지었지.

너의 미소와 초콜릿 맛과 우리가 마침내 정상에 도착했다는 사실 때문에 그 순간 모든 것이 너무나 환상적으로 느껴졌어. 그리고 그때와 똑같은 기분이 크리스토퍼 로빈의 바지 멜빵 이야기를 읽었을 때 느껴졌지. 그래서 난 책 읽는 걸 그처럼 좋아해. 책을 읽을 때면 어느 정도는 나 자신도 작가가 될 수 있거든. 너무 앞뒤 없이 아무렇게나 이야기를 늘어놓았지만, 비비 보켄 이야기가 내 상상력을 자극했다고 생각해. 그건 아주 기분 좋은 느낌이야.

하지만 다음 편지에서는 쓸데없는 얘기는 그만두고 비비 보켄 이야기만 쓰도록 할게. 약속해. 이제 손에 힘이 빠져 더 이상 쓸 수가 없구나. 내일 작문 숙제를 돌려 받아. 난 최악의 사태를 걱정하고 있어.

네게 인사를 전하며, 문학부 교수 닐스 B. 토르게르센.

PS. 네가 난쟁이들한테 둘러싸여 산다니 정말 안됐구나. 6학년 조무래기들이 너만큼 의젓하고 상냥할 수 있다면 얼마나 좋을까. 하지만 그 애들도 일종의 인간이라는 사실을 기억해줘.

새롭게 인사를 전하며, 6학년 B반 꼬마 닐스가.

PPS. 그런데 안네 프랑크가 누구야?

친애하는 꼬마 교수 6학년 B반 '심오한' 씨,

네 편지 잘 읽었어. 『곰돌이 푸』의 영어판이라면 근처에도 가본
적이 없다는 걸 고백해야겠구나. 그 얘기를 들려준 6학년 꼬마 사
내애가 나한테 상당히 감동을 주었다고 말하지 않을 수 없어. 하
지만 책을 읽을 때 우리 머릿속에서 온갖 작업이 이루어진다는 얘
기는 정말 옳아. 나도 이제 크리스토퍼 로빈의 새파란 바지 멜빵
을 내 눈으로 본 것 같은 느낌이 들거든. 아마도 우리 두뇌 속 어
딘가에는 온갖 무지개 빛깔이 다 들어 있을 거야. 온갖 냄새와 맛
도 마찬가지겠지.(물이 많은 배나 신맛이 나는 머루 같은 걸 생각해봐. 상
상만 해도 벌써 입에 침이 고이잖아! 그러니까 ABC로 이루어진 단어 철자와
우리의 미각 신경 사이에는 어떤 연관이 있는 게 분명해!)

  "두 다리로 땅을 딛고 서 있는 사람은 말없이 조용히 서 있다."
하는 말은 정말 옳은 얘기라고 생각해. 지구가 자전한다는 사실은
접어두더라도 말이야.(누군가는 이 세상이 하나의 무대라고 말했지. 사
실 무대라면 좋겠어. 하지만 그건 분명 회전 무대여야 할 거야!)

  네가 토르 오게 브링스베르가 쓴 시구를 보냈기에, 나도 엄마가
갖고 계신 『서정시 선집』에서 네게 보낼 '짧고 훌륭한' 시를 찾아
보았지. 내가 그 책을 뒤적거리는 걸 보더니 엄마는 아주 기뻐하
시면서 얀 에리크 볼드라는 시인의 시에 대해 쭉 설명을 해주셨
어.(그 사람은 엄마가 제일 좋아하는 시인이야. 그래서 어릴 때부터 그 사람
얘기를 수없이 되풀이해 들어야 했지.) 혹시 너 텔레비전에서 그 시인
본 적 있니? 정말 미친 사람이고 시들도 마찬가지야. 그 사람은

흰 빵 조각이나 전철 선로 같은 온갖 자질구레한 걸로 아주 길고 복잡하기 짝없는 시를 쓴단다. 하지만 나름대로 이 세상 전체를 다룬 아주 짧은 시들도 썼어. 한번 볼래?

물방울은 거기
매달려 있지
않다.

어떻게 생각하니, 닐스? 확실히 해두기 위해 이제 아주 깊이 있는 내 나름의 해설까지 곁들여주지. 아마 너도 틀림없이 지붕 홈통을 타고 흘러내리는 빗방울이나 뭐 그런 비슷한 걸 본 적이 있을 거야. 그러다가 그 물방울이 홈통 끄트머리에 매달려 있잖아, 안 그래? 하지만 네가 제대로 들여다보기도 전에 물방울은 벌써 거기 매달려 있지 않지. 나와 얀 에리크 볼드의 견해에 따르면, 세상 모든 것이 그렇다는 거야. 끊임없이 변하고 있다는 거지. 이 시는 세상 전체를 다루고 있지만, 이 시를 이루고 있는 건 고작 여섯 단어일 뿐이야.

이제 가장 중요한 얘기를 할 차례야. 몇 시간 전 난 두 다리로 발레스트란에서 오는 배 위에 서 있었어.(하지만 조용히 서 있지는 않았지.) 그 이야기를 몽땅 털어놔야겠어. 아주 중요할 수도 있으니까 말이야. 안됐지만 내 이빨 교정기 얘기부터 시작해야겠구나. 부탁이니까 동정하는 말은 제발 하지 마! 치과에서 집으로 돌아오는 길에 엄청나게 웃기는 꼴을 겪어서, 그 이야기를 하려고 이

빨 교정 얘기를 꺼낸 거야. 배 안에 있는 카페에서 내가 누구를 만났게? 맞아! 바로 거기 비비 보켄이 앉아 있었어. 두꺼운 파란 책 위로 몸을 굽히고 몽당 파이프를 빨고 있었어. 비비 보켄이 몽당 파이프를 빨고 있었다고. 하지만 그건 사실 전혀 중요한 일이 아니야. 정말 중요한 건, 그 여자가 갑자기 혼잣말을 시작했다는 거야. 나는 그 여자보다 상당히 떨어져 뒤쪽에 앉아 있었기 때문에, 나를 보지는 못했을 거야. 그런데 갑자기 이렇게 외치는 거야.

"정말 기가 막혀, 내가 얼마나 듀이(Melvil Dewey, 1851~1931. 미국 도서관 사서로 1873년에 듀이십진분류법 창안—옮긴이)를 싸아아랑하는지!"

머리통에서 귀가 떨어져나갈 만큼이나 놀랐어. 사람들은 여간해서 혼잣말을 소리내어 하지 않잖아. 더구나 이곳 송네 피오르드에서는 절대로 그러는 사람이 없지. 그리고 사랑하는 사람 이야기를 그렇게 남들 앞에서 할 수는 없는 거잖아!

하지만 조금 후에는 더 끔찍한 일이 일어났어. 비비 보켄이 이렇게 말하는 거야.

"공룡……. 567, 9. 완전히 어둠 속으로! 풍진…… 618, 92. 다시 한번 완전히 어둠 속으로!"

그 말을 마치자마자 그 여자는 나를 돌아보았어. 마치 뒤통수에 눈이 달리기라도 한 듯이 내가 뒤에 앉아 있다는 걸 알고 있었던 거야. 비비는 크리스토퍼 로빈의 멜빵만큼이나 새파란 그 두꺼운 책을 가리키면서 이렇게 말했지.

"듀이는 맛있는 것 한입 한입마다 자리를 정해주었지. 밥밥 도서관에서 말이야."

(그런데 비비는 '도서관'이라는 단어를 발음할 때 말을 더듬었어. 확실해.)

이 상황이 기분 좋았다고 말하기는 어렵겠지. 그 여자와 같은 배를 타고 있다는 사실만으로도 너무나 언짢았어. 아마 네가 쓴 어이없는 작문 숙제가 생각났던 듯해. 어쨌거나 난 자세를 가다듬고 갑판 위를 달려갔어. 내가 그 여자 곁을 지나칠 때 알 수 없는 단어 하나가 귀에 들어왔지. 그 파란 책 속에 쓰여 있는 말이었나 봐. '십진분류법'이라는 단어였지. 하지만 십진분류법이라는 게 도대체 뭐야? 그리고 듀이라는 사람은 도대체 누구지? 그게 네가 알아내야 할 과제야, 닐스. 넌 어쨌든 나보다 문명 사회에 가까이 살고 있잖아. 이곳 우리 동네에서 '십진분류법' 따위에 골몰하고 있는 인간은 비비 보켄 말고는 아무도 없을 거야.(아마 그 점에서 나는 중요한 단서와 마주친 것 같아. 어쩌면 아닐지도 모르고.)

PS. 안네 프랑크는 유대계 독일인 가정에서 태어난 소녀였어. 1933년에 독일을 떠나 암스테르담으로 도망갔지. 하지만 독일 사람들이 네덜란드까지 점령하자 그곳에 살던 유대인들도 강제 수용소로 끌려갔어.(독일 사람들은 유럽의 모든 유대인을 죽이려고 했거든. 육백만 명이나 되는 유대인들이 죽음을 당했대!) 살아남기 위해 안네 프랑크의 가족은 그 아버지가 일하는 상점 뒤편의 골방 몇 개에 숨어 살았어. 그들은 이 년 뒤에 발각되었는데, 안네는 그동안 일기를 쓰며 시간을 보냈지. 안네는 작가가 되고 싶어했고, 자기가 쓴 일기가 전쟁이 끝난 뒤에 출판되길 바랐어. 그러나 1944년 8월에 그 끔찍한 일이 벌어진 거야. 나치가 그들이 숨어 있는 곳을 알아내 가족 모두를 끔찍한 독일 강제 수용소로 끌고 갔지. 거기서 안네는 전쟁이 끝나기 겨우 두 달 전에 죽고 말았어.(그 책을 읽었을 때 몇 번인가 굉장히 화가 났어. 몇몇 대목에서는 엄청나게 울었지. 지금도 눈물이 나……) 다행히 안네가 쓴 일기는 좋은 사람들에게 발견되어 잘 보관되었지. 전쟁이 끝나고 나자 그 책은 온갖 언어로 번역되어 전세계에 알려졌어. 이런 식으로 안네는 결국 죽은 뒤에 작가가 되었던 거지. 세계에서 가장 유명한 책 중 한 권을 쓴 셈이었어. 하지만 그렇게 유명해졌다는 사실을 안네 자신은 결코 알 수가 없었지. 그 책에 대해서라면 얼마든지 이야기를 더 해줄 수 있지만, 관심이 있다면 네가 직접 도서관에 가서 빌려다 보도록 해. 하지만 내가 잠깐 맛보기로 보여줄게. 안네의 일기는 1942년 6월 14일부터 1944년 8월 1일까지 계속되었어.(그러니까 나치가 은신처를 습격하기 사흘 전까지지.) 1942년 6월 20일(그때 안네는 지금의 나랑 나이가 똑같았어.)에 안네는 이렇게 썼지.

나 같은 애가 일기를 쓴다는 것이 참 묘한 일이라는 생각이 든다. 이제까지 한 번도 일기를 써본 일이 없기 때문만은 아니다. 그보다는 나뿐만 아니라 그 누구라도 세월이 지난 뒤에 열세 살짜리 여학생의 고백 따위에 관심을 가질 리 없기 때문이다. 하지만 그런 건 문제가 되지 않는다. 나는 글을 쓰고 싶고, 내 마음을 밑바닥까지 완전히 비워내고 싶으니까. 종이는 인간보다 참을성이 많다.

어떻게 생각해, 닐스? 그런 다음 안네는 함께 이야기를 나눌 여자 친구가 한 명도 없다고 썼어. 그래서 이제부터 일기장이 자기의 여자 친구가 되어주어야 한다는 거였지.

그래서 일기를 쓰게 된 것이다. 오래 전부터 갖고 싶었던 친구에 대한 상상을 내 마음속에서 더 키워놓기 위해, 이제 나는 다른 사람들처럼 일기장에 뻔한 이야기만 늘어놓지는 않을 생각이다. 이 일기장은 바로 마음속으로 그려온 그 친구니까. 그리고 그 친구를 앞으로는 키티라고 부를 것이다.

PPS. 그 머리가 좀 모자라는 곰을 영어로도 '위니 더 푸' 라고 부르니? 그리고 아기 돼지는 영어로 뭐라고 부르지?

그럼 잘 지내.

베리트는
쓰지
않는다.

 사랑하는 듀이!

나는

이제

쓴다.

침대에 앉아서 쓴다.

오늘 우리는 작문 숙제를 돌려 받았는데, 네 짐작대로 선생님은 내 작문에 별로 감탄하지 않았어. 맨 아래쪽에 빨간 글씨로 이렇게 썼더라. "네 상상력에 브레이크를 걸도록 해라, 닐스." 공책을 돌려주면서 선생님은 수업 끝난 뒤에 자기한테 좀 오라고 말했지. 그 순간 나는 내가 중요한 시점에 놓였다는 사실을 알아차렸어. 눈먼 닭도 한 번쯤은 알을 낳는 법이야! 그 닭이 알이란 내용을 낳기 전에 검토해볼 수는 없다 하더라도 말이야.(흠흠.)

일을 정확하게 하기 위해서 이제 오로지 사실만을 쓰도록 할게. 교사 브룬과 학생 뵤윰 토르게르센의 만남을 있었던 그대로 기록해볼 생각이야. 한두 마디를 잊어버려 문제 하나하나를 고스란히 옮겨놓을 수 없을지도 몰라. 하지만 전체 분위기와 중요한 정보들이 그대로 전달되면, 몇 단어가 빠졌다 하더라도 사실이라 할 수 있겠지, 안 그래? 아니라고? 잘 모르겠다고?

교사 브룬과 학생 뵤윰 토르게르센의 회담

발소리. 마지막 학생이 교실을 떠난다. 문이 닫힌다. 뵤윰 토르게르센(이제부터 '학생'으로 칭함)이 책상 위를 뚫어지게 본다. 교사 브룬(이제부터 '교사'라 칭함)은 천천히 학생 쪽으로 다가온다. 잠시 침묵.

교사: 흐음.

　　(침묵)

교사: (진지하게) 자, 닐스? 우리가 무슨 얘기를 해야 할까?

학생: (신경이 곤두서서) 모르겠는데요, 선생님.

교사: 너 비디오 많이 보니?

　　(다시 침묵)

학생: 이제 가도 되나요, 선생님?

　　(학생이 몸을 반쯤 일으킨다.)

교사: 잠깐만, 닐스.

　　(학생이 다시 앉는다.)

학생: 좋아요.

교사: 너처럼 피 튀기는 얘기를 쓰면서 구체적인 사람 이름을 언급
　　한다는 게 얼마나 위험한 일인지 생각해본 적 있니?

　　(학생은 얼굴이 빨개진다.)

학생: 무슨 이름 말이에요?

교사: 대량 학살에 대한 소설을 쓰면서 내가 거기다 닐스 뵈윰 토르
　　게르센이라는 이름을 쓴다면 너도 좀 기분이 이상하지 않을
　　까? 어때?

학생: (작은 소리로) 그렇겠네요.

교사: 뭐라고?

학생: 아무것도 아니에요.

교사: 비비 보켄이라는 인물이 존재한다는 것이 확실하니?

　　(학생은 흥분을 억누르려고 애쓰며 가능한 한 자연스러운 목소리를

46

내려고 노력한다.)

학생: 정말 있냐고요? 그건…… 그건 저도 모르겠는데요.

교사: 그 여자는 친구야……. 우리 집사람이 잘 아는 사람이라고.

학생: (갈라지는 목소리로) 예? 정말이에요?

교사: 그래. 집사람과 비비 보켄이라는 사람은 함께 도서관 연수를 받았어.

학생: (흥분한 목소리로) 도, 도, 도…….

교사: 그래.

학생: 듀이랑 함께요?

교사: 뭐라고?

학생: 듀이가 그분들과 함께 교육을 받았느냐고요?

교사: (듀이의 이름 철자를 천천히 불러주며) D-E-W-E-Y, 그러니까 멜빌 듀이를 말하는 거냐?

학생: 예, 그 이름이 맞을 거예요.

교사: 듀이가 그 사람들과 함께 교육을 받았을 리가 없지. 듀이는 도서관 카탈로그 시스템을 창안한 인물이야.

학생: (몹시 당황하며) 예, 그렇군요.

교사: (좀 날카로워져서) 듀이가 이 일과 무슨 상관이 있는 거냐?

학생: (작은 소리로) 저도 그게 알고 싶어요.

교사: 뭐라고 했지?

학생: (급하게) 아무 말도 안 했어요.

교사: 이제 작문 얘기를 계속하자.

학생: 예.

교사: 네가 비비 보켄이라는 여자를 모른다는 게 확실하니?

학생: (느릿하게) …… 예. …… 저는 그 사람을 몰라요.

교사: 알았다, 닐스. 너한테 그 점을 분명히 해두려고 이야기를 하자
고 한 거야. 다른 사람의 이름을 언급할 때는 상당히 조심해야
한다는 사실 말이다. 화살이 어디에 날아가 꽂힐지 모르는 법
이니까. 알겠니?

학생: 무슨 화살이요?

교사: 어떤 사람한테도 상처를 주어서는 안 된다는 사실을 명심해야
한다고 말하고 싶은 것뿐이다. 내 말이 틀렸니?

학생: 아뇨, 브룬 선생님.

교사: 다음 번 작문할 때는 그렇게 피비린내 나는 소재를 고르지 않
는 게 좋겠구나.

학생: (동의하는 척하며) 예, 브룬 선생님.

교사: (미소를 지으며) 그리고 말이다, 닐스…….

학생: 예?

교사: 그 속담은, "용감하게 뛰어드는 자가 발견한다."가 아니야.

학생: (어리둥절해하며) 아니라고요?

교사: 그게 아니고, "용감하게 뛰어드는 자가 얻는다."야.

학생: 잘 알겠습니다, 브룬 선생님.

　　교사는 학생의 어깨를 두드려준다. 그리고 오른쪽으로 퇴장. 교사
는 학생이 긴장해서 떨고 있는 것을 알아차리지 못한다.

　　끝.

이게 바로 실제로 일어난 일이야, 베리트! 어떻게 생각해? 이제 슬슬 모든 것이 하나의 그림으로 짜맞춰지는 것 같지 않니? 비비 보켄은 도서관 직원이 되기 위한 교육을 받았다는 거야. 그 직업 교육이 정확하게 어떤 것인지는 우리도 아직 모르지. 하지만 그것도 조사해볼 수 있을 거야. 어쨌든 확실한 건, 그 여자가 도서관하고 듀이라는 이름을 가진 그 남자가 만들었다는 어떤 시스템과 특별한 관련을 맺고 있다는 사실이야. 네가 그 점을 알아보면, 나는 여기 오슬로에서 보켄의 과거를 캐볼게.

내가 잘못 생각하고 있다면 말해줘. 하지만 내가 보기에, 이제 우리에겐 두 가지 과제가 주어진 듯해.

1) 우리는 비밀에 싸인 비비 보켄의 진실을 파헤치기로 한다.
2) 우리는 일 년 후에 출간된다는 그 책을 찾아야 한다.

과제 1)에 관해서라면 우리는 이미 꽤 일을 진척시킨 셈이야. 하지만 과제 2)는 아직 손도 못 대고 있지.

하지만 베리트, 내 말도 안 되는 상상에 따르면, 이 두 과제를 해결했을 경우 동시에 우리는 이제까지 전혀 모르고 있는 원래의 가장 중요한 과제를 자동으로 풀게 되어 있다는 거야.

무척 황당한 얘기로 들릴지 모르지만 이미 그 황당한 발상이 우리를 올바른 길로 이끌어온 적이 있잖아. 그러니 다시 한번 그런 짓을 한다고 안 될 이유는 없겠지?

닐스가 인사를 전하며.

PS. '위니 더 푸'는 영어판 제목도 '위니 더 푸'야. 아기 돼지는 피글릿이고. 그건 정말 좋은 책이야. 네 젊은 날의 몇 시간을 기꺼이 바쳐도 아깝지 않을 책이라고.

 고귀한 몸으로 태어나신 닐스 뵈윰 토르게르센,

감동받았어. 네가 연극 한 편을 완벽하게 요약해냈다는 거 알아? 물론 「교사 브룬과 학생 뵈윰 토르게르센의 회담」을 두고 하는 말이야. 제목도 정말 근사하지 뭐니! 네 작품으로 극장에서 하루 저녁을 채울 수는 없겠지만 어쨌든 작품 구상으로는 썩 훌륭해. 정말 잘했어, 닐스. 하지만 문제는 네가 과연 헨릭 입센 같은 위대한 희곡 작가가 될 수 있겠느냐 하는 거야. 어쨌거나 나는 네 작품이 『페르 귄트』와 좀 비슷하다고 생각해.(닐스, 너 거짓말하는 거지!) 선생님이 너더러 그 말도 안 되는 상상력에 브레이크를 좀 걸라고 말했을 때 그를 교탁 위로 집어던지지는 않았지만 말이야. 그런데도 긴장으로 몸이 떨렸다는 거지. 그 선생님이 언젠가는 너한테 따귀를 날릴까 봐 벌써부터 걱정이 되는구나.

　네 작문이 어쨌든 뭔가를 해냈다는 사실에 감탄하고 있어. 하지만 넌 선생님을 너무 쉽게 보내준 것 같아. 그 선생님의 부인이 비비 보켄을 안다면서!!!! 네가 그 여자에 대해 아는 게 있다는 사실을 고백하지 않으려고 한 건 충분히 이해할 수 있어. 하지만 그렇다고 그걸로 만족해서는 안 되지. 다음 번에 그 브룬이라는 선생님과 단둘이 얘기할 기회가 생기면 비비 보켄이 누구인지 모른다는 얘기를 다시 한번 하라고. 그리고 그 여자와 사귀고 싶다는 얘기도 하란 말이야. 아니야, 그러면 안 되겠구나……. 그 여자와 우연히 한 번 마주친 적이 있었는데, 워낙 희한해 보여서 그 여자에 대해 더 많은 걸 알고 싶다고 얘기하는 거야. 그러면 되겠다! 선생님이 다른 질문을 하면 그럴듯하게 둘러대고. 하지만 진짜 단서를 발견하면 넌 '끔찍한 끝장'을 볼 때까지 그 흔적을 따라가야 하는 거야.

그리고 난 조금 전까지 도서관에 가 있었어.(피엘란에도 드디어 노인회관 일 층에 작은 도서관이 생겼거든.) 도서관에 들어가 서고를 둘러보았지. 우선은 내가 아직 못 읽은 책이 너무나 많다는 사실에 끔찍한 기분이 들었어. 하지만 그런 놀라움을 이겨내자, 내가 읽어주기를 바라는 재미있는 책들이 엄청나게 많다는 사실에 기분이 좋아졌지. 내가 그렇게 오랫동안 시 전집 앞에 서서 여러 책을 뒤적이고 있었다는 게 도서관 사서에게 깊은 인상을 주었을 거라 생각해. 그런데 그 사서가 몰랐던 건 내가 오직 얀 에리크 볼드의 책들만 들춰봤다는 사실이지. 너한테도 좀 보여줄게.(나는 언제나 수첩과 볼펜을 갖고 다니거든.) 자, 간다!!!

사실에 대하여

―사실
사실은 사실보다

훨씬 사실적이라고

너는 말하지. 너는 그렇게 생각하지.

넌 안 그래? 그건 아마도 그럴 거라고

나는 대답해. 하지만

사실은 그럼에도 불구하고

더 사실적이지.

물론이야. 사실을 거스르는 게

그처럼 사실적이라고 해서

무슨 소용이 있담.

너는 그렇게 말하지!

어떻게 생각하니, 닐스? 이건 동문서답의 대표적인 예야. 하지만 사실과 그 반대가 서로 맞닿으면 이런 상황을 피할 수 없겠지???

그리고 비비 보켄이 사실과는 반대의 세계에서 온 스파이라면 어떡하지? 게다가 사실의 반대가 사실 속으로 얽혀들면 그때 우린 정말 곤란해지는 거야.

다시 도서관 얘기로 돌아가보자. 시간이 좀 흐른 뒤 도서관 사서가 나한테 다가오더니 뭔가 특별한 책을 찾고 있느냐고 묻더라.

"그런 건 아니에요."

내가 대답했지. 그러고 나서 이렇게 덧붙였어.

"혹시 듀이의 책이 있나요?"

사서는 뭔가 생각이 있다는 듯한 미소를 짓더군. 그러고는 나를 자기 책상으로 데리고 가 서랍에서 두꺼운 파란 책을 꺼내 주는 거였어. 그건 비비 보켄이 배 위에서 가지고 있던 바로 그 책이었어. 그것의 제목은 이랬지. '듀이의 십진분류법'.

‖ 듀이십진분류표(DDC) ‖

◆ 000 (총류)
010 서지학
020 도서관·문헌정보학
030 일반백과사전
040 해당사항 없음
050 일반정기간행물
060 일반사회, 단체
070 신문, 신문학, 출판
080 총서, 전집
090 사본, 희귀본, 향토자료

◆ 100 (철학)
110 형이상학
120 형이하학적 제론
130 과학적으로 알 수 없는 현상
140 철학적 논제, 철학파
150 일반심리학
160 논리학
170 윤리학
180 동양철학, 고대·중세철학
190 현대철학

◆ 200 (종교)
210 자연신학, 자연종교
220 성서
230 교리신학
240 헌신신학, 실천신학
250 목회학
260 교회
270 기독교회사
280 기독교와 각 종파
290 기타 종교, 비교종교학
　　(기독교 외)

◆ 300 (사회과학)
310 일반통계
320 정치학
330 경제학
340 법률학
350 행정학
360 사회복지, 사회문제
370 교육
380 공익사업, 상업, 무역,
　　통신, 교통
390 풍습, 민속학

◆ 400 (어학)

410 언어학
420 영어
430 독일어
440 프랑스어
450 이탈리아어
460 스페인어
470 라틴어
480 희랍어
490 기타 언어

◆ 500 (순수과학)

510 수학
520 천문학
530 물리학
540 화학
550 지구과학
560 고생물학
570 인류학, 생물학
580 식물학
590 동물학

◆ 600 (기술과학)

610 의학
620 공학
630 농업
640 가정학
650 경영학, 경영방법
660 화학공학, 화학공업
670 제조업
680 기타 제조업
690 건축

◆ 700 (예술 · 오락)

710 조원, 도시계획
720 건축술
730 조각
740 도화, 장식예술
750 회화
760 판화
770 사진술
780 음악
790 오락

◆ 800 (문학)

810 미국문학
820 영국문학
830 독일문학
840 프랑스문학
850 이탈리아문학
860 스페인문학
870 라틴문학
880 희랍문학
890 기타 문학

◆ 900 (역사)

910 지지(地誌), 기행
920 전기
930 고대세계사
940 유럽사
950 동양사
960 아프리카사
970 북아메리카사
980 남아메리카사
990 기타 지역 및 지구 밖의 역사

듀이 말야, 닐스. 그 사람은 엄청나게 복잡한 시스템을 만들어 낸 사람이야. 도서관에서는 각 분야의 서적들을 그 시스템에 따라 분류할 수 있다고 했어. 특정한 주제에 속한 모든 책은 숫자 0부터 999 사이의 특정한 숫자를 지정받는 거야. 그리고 각각의 책을 어떤 자리에 꽂을지를 지정하는 분류 목록이 있는 거지. 도서관에서 듀이 시스템의 주요 분류 목록표를 얻어다가 우리 편지책에 붙여놓았어. 하지만 이 수많은 숫자 가운데 또 끝없이 많은 작은 분류가 있어. 콤마와 소수점들을 사용한 복잡한 분류야.(이 듀이라는 남자는 틀림없이 수학광이었을 거야.)

네가 여기서 보는 건 그저 개관일 뿐이야. 이 복잡한 시스템 전체가 그러니까 그 파란 책 한 권을 몽땅 채우고 있다는 거야. 그 책은 너무 두꺼워서 내 책꽂이에는 꽂아놓을 자리도 없어. 그런데 말야, 마지막 분류 그룹인 990번을 좀 보라고. 기타 지역 및 지구 밖의 역사. 나는 이런 책들을 읽고 싶어. 아마 이런 책들이 사실의 반대편을 다루고 있는 게 아닐까?

PS. 비비 보켄의 과거를 계속 파헤치다 보면 아마 그 개가 묻혀 있는 곳을 찾아내게 될 거야. 조심해. 그 개가 네 코를 물지도 모르니까. 더 이상은 얘기하지 않을게.

베리트 비브 리오테크.

닐스가 베리트를 부르고 있음!

포위망이 좁혀지고 있어. 마법의 도서관이 있더라고. 그리고 그 도서관은 비비 보켄의 소유야! 나는 그걸 알고 있지. 네가 얘기한 대로 브룬 선생님하고 단둘이 얘길 좀 해보려고 전화를 걸었어. 그런데 선생님이 아니라 그 부인이 전화를 받더라.

"브룬 선생님 댁인가요?"

내가 물었어.

"예, 그런데요."

"브룬 선생님이랑 통화할 수 있을까요?"

"선생님은 지금 집에 안 계세요. 전할 말씀이 있으세요?"

"지금 말씀하시는 분은 누구신데요?"

내가 물었지.

"아슬라우그 브룬입니다. 레이네르트가 제 남편이에요."

잠시 뭐라고 말해야 좋을지 모르겠더라고. 하지만 곧 정보를 얻어낼 수 있는 출처를 제대로 만났다는 생각이 떠올랐지. 온몸이 떨렸지만 최대한 침착하려고 애를 썼어.

"우리 두 사람은 할 얘기가 많습니다, 브룬 부인."

나는 얼음처럼 차갑게 말했어.

"그래요?"

"물론이죠. 예를 들어 비비 보켄 얘기 말예요."

"뭐라고요?"

"오늘 오후 여섯 시 카페 '스칼켄'으로 나오세요. 저는 단춧구멍에 꽃을 꽂고 있겠습니다. 그걸로 절 알아보실 수 있을 거예요."

그렇게 말한 뒤 수화기를 내려놓았어. 얼굴이 달아올랐지. 너도 알다시피 나는 수줍음을 몹시 타잖아. 그리고 술로 수줍음을 몰아내려는 짓 따위는 하지 않는다고. 어쨌거나 그리고 나자 내 자신이 상당히 멍청하게 느껴졌어. 하지만 동시에 탐정이 된 기분이 들기도 했지. 나는 단서를 찾고 있는 거야. 하지만 물고기가 과연 미끼를 삼킬까? 그런 의심이 들긴 했지만 거실 탁자 위에서 꽃병에 꽂힌 시든 장미 한 송이를 뽑아들고 카페로 향했어.

너 스칼켄에 가본 적 있어, 베리트? 안 가봤으면 가보지 마. 유럽 전체에서 제일 후진 카페가 틀림없어. 문을 열고 들어서자마자 나는 장소를 거기로 고른 걸 엄청나게 후회했지.

카페 안은 상당히 어두웠어. 손님을 생각해 그렇게 해놓았을 거야. 거기 앉아 있는 사람들 대부분이 대낮의 햇빛을 전혀 견디지 못하는 사람들일 테니 말야. 카페 스칼켄에는 테이블이 세 갠가 네 개밖에 없어. 그리고 내가 들어갔을 때는 한 자리를 빼고는 전부 비어 있었어. 그 한 테이블엔 신문이 앉아 있었지. 어쨌든 마치 신문이 자리에 앉아 있는 것처럼 보였어. 신문 뒤에 숨은 사람은 전혀 보이지 않았거든. 나중에야 누가 신문을 펴들고 앉아 있다는 걸 알았다고. 그 얘기는 나중에 다시 할게.

그 순간에는 내가 진짜 탐정이라는 느낌은 들지 않았어. 단춧구멍에 우스꽝스럽게 꽃을 꽂고 있는 코흘리개 사내애 같았지. 나는 아무 걱정 없는 편안한 모습을 가장하려고 애쓰면서 레몬 음료수를 주문했지. 하지만 여러 맥주 말고는 보리 음료수밖에 없는 거야. 보리 음료수 맛은 정말 '웩' 이잖아.

브룬 부인이 나타나지 않을 거라고 생각했을 때 그녀가 문간에 서 있었어.

"네가 전화 걸었니?"

부인이 물었어. 나는 단춧구멍에서 꽃을 빼서 부인에게 주었지.

"이걸로 뭘 하라고?"

부인은 좀 놀란 표정으로 나를 훑어보았지만 묘하게도 기분이 좋아 보였어.

"선물이에요. 수고에 감사하는 뜻으로요."

나는 그렇게 우물거렸지. 그러자 부인은 제대로 웃음을 터뜨렸어. 옆자리의 신문이 다 펄럭거렸지.

"수고스러울 건 전혀 없었단다. 근데, 무슨 얘기를 하려는 거지? 비비한테 무슨 일이 생겼니?"

그러면서 부인은 나한테 윙크를 했어.

그건 아주 결정타였지. 나를 애 취급하며 어린애한테 하듯 윙크를 해 보이는 것은 정말 참을 수 없었어.

"아뇨. 그저 그분에 대해서 잠시 이야기하고 싶을 뿐이에요."

나는 냉정하게 말했어. 그러면서 미지근한 보리 음료수를 입술로 핥았지.

"마법의 도서관 얘기예요."

비비 보켄이 노르웨이 은행을 털려 했다는 확실한 근거를 알고 있다고 내가 주장한다 해도 부인은 전혀 놀라지 않을 것 같았어.

"마법의……"

"도서관 말예요."

나는 차분하게 말하면서 옆 테이블의 신문 뒤에서 대머리 하나가 솟아오르는 것을 놓치지 않고 보았지.

"그런 얘기를 들었단 말이니?"

부인이 물었어.

"예. 그리고 우리는 내년에 나올 책이 그 도서관에 있다고 추측할 만한 근거도 가지고 있어요."

"우리라고?"

물론 그 시점에서 '우리'라는 게 뵈윰&뵈윰 사립탐정회사의 탐정들이라는 사실을 말했어야 옳았지만, 그냥 고개만 끄덕였어.

"그렇다면 비비가 정말 그 일을 해냈구나. 함께 공부하는 동안 비비는 우리나라 도서관에 빠진 게 있다고 늘 불평하곤 했지. 그건 바로……"

"비비 보켄의 마법의 도서관이죠."

내가 속삭였어. 브룬 부인은 고개를 끄덕였지.

그 이상은 알아낼 수가 없었어. 브룬 부인의 말로는, 대학 졸업 시험이 끝난 뒤로 비비 보켄을 더는 보지 못했다는 거야. 그런데 그 무렵 벌써 모든 사람이 비비 보켄을 조금 이상하다고 생각했대. 무슨 마법의 도서관을 얘기하는 거냐고 사람들이 물으면 비비 보켄은 고개를 저으면서, 때가 되면 다들 알게 될 거라고만 했다는 거야. 하지만 비비는 원대한 계획을 세우고 그것을 실천에 옮길 때까지 자기 혼자만 속에 품고 있으려 했다더군.

아슬라우그 브룬은 내 보리 음료수 값을 내고 나서 말했어. 세련된 소년에게서 받은 이 장미를 브룬 선생에게 인사로 전하겠다고 말이야.

부인은 가버렸고 나는 여전히 반쯤 남은 보리 음료수 잔을 앞에 놓고 앉아 있었어.

카페에 편지책을 가지고 갔거든. 그래서 그걸 꺼내 브룬 부인과 나눈 대화를 적었지. 아직 기억이 생생할 때 기록해두려고 말이야.

그런데 그때 뭔가 희한하고 이상한 일이 일어났어. 옆자리에서 신문을 보고 있던 남자가 신문을 밀쳐두고 내 앞으로 와 앉는 거야.

몸이 뻣뻣이 굳어오더라고. 종업원은 주방으로 들어갔고 카페 안에는 나와 그 대머리 남자 말고는 아무도 없었어. 그는 내게 허리를 굽혀 보이며 미소를 지었어. 상냥한 미소가 아니라 입꼬리를 말아 올리며 이빨을 드러내는 웃음이었지. 그런데 갑자기 그 남자가 칼이 꽂혀 피가 뚝뚝 떨어지는 책이 그려진 비디오테이프 하나를 내밀며 나지막한 목소리로 말했어. 상냥한 목소리를 내려고 애쓰는 것 같았지만 전혀 그렇게 들리지 않았지.

"네가 갖고 있는 편지책과 이 테이프를 바꿀지 않을래?"

"비디오테이프랑요?"

나는 갈라진 목소리로 속삭이듯 말했어.

"그래, 『도서관의 유령』이라는 비디오테이프야. 분명 네 마음에 들 거다."

더 이상은 참을 수가 없었어, 베리트.

나는 카페 스칼켄에서 뛰쳐나와 걸음아 날 살려라 하고 도망쳤어. 프로그네르 공원을 지나치고 마요스투 교차로를 건너 보그스타 거리와 비베스 대로를 거쳐 단숨에 집까지 달렸지.

그 이상하게 웃던 대머리가 나를 쫓아왔는지는 모르겠어. 하지만 그는 어쨌든 내가 아슬라우그 브룬과 나눈 이야기를 다 들었던 거야. 그리고 무슨 이유인지는 몰라도 그 남자는 우리가 주고받는 편지를 읽으려고 했어.

아주 이상하고도 오싹한 일이었지. 내일 이 편지책을 너한테 보내고 나면 편안하게 숨을 쉴 수 있을 거야.

하지만 우리는 이제, 비비 보켄이 벌써 대학에 다닐 때부터 마법의 도서관을 꿈꾸었다는 사실을 알게 되었어. 비비가 정말 그런 도서관을 만들었다고 추측할 수 있겠지. 그리고 한 가지 사실만은 분명해, 베리트.

우리가 그 도서관을 찾아내면 아직 출판되지 않았다는 책에 대해서도 확실한 걸 알 수 있을 거야.

하지만 어디서 그걸 찾을 수 있을까. 이 문제는 너한테 맡길래. 이제 난 자야겠어. 잠이 들면 번쩍이는 대머리와 끈적끈적한 미소를 꿈에서 보게 될 것 같아.

일등 수사관 토르게르센.

 편지책 사수대 뵈윰&뵈윰의 토르게르센 탐정에게,

정말 충격 받았어! 로마에 있는 '지리' 란 여자가 '마법의 도서관' 과 관련이 있는 어떤 책을 발견한 거야. 문제는 그 책 안에 내년에 출판되어야 할 내용이 들어 있다는 것뿐이지. 그리고 우리의 탐정 토르게르센은 이 마법의 도서관이 비비 보켄의 소유라는 사실을 인정할 수밖에 없게 된 거야. 그 마법의 도서관에 대해서는 책 한 권이 쓰여질 예정이래. 토르게르센은 형편없는 작문을 제출하고 나서 아슬라우그 브룬을 만나지. 아슬라우그도 비비 보켄이 마법의 도서관을 만들 '원대한 계획'을 세우고 있었다는 사실을 입증 해줄 수 있었지.

정말 알 수 없는 일이야!

하지만 앞뒤가 안 맞는 점이 있어. 어째서 지리는 마법의 도서 관이 비비 보켄과 관련이 있을 수도 있다는 생각을 하지 못했을 까? 그리고 그녀가 손에 넣은 책이 정말 '비비 보켄의 마법의 도서 관'이라는 제목이었다면, 어째서 그녀는 그 제목을 알아보지 못했 을까? 그럴 수는 없을 거야, 닐스. 아마도 아슬라우그 브룬은 네 말을 따라했을 뿐일 거야. 그저 너를 제정신이 아닌 애로 생각한 게 아닐까? 어쨌든 아슬라우그는 네가 쓴 괴상한 작문을 읽었을 거야. 그렇지 않았더라면 너를 만나러 카페 스칼켄으로 오지도 않 았겠지.

그 기분 나쁜 '스마일리'에 대해서는 걱정할 필요 없을 것 같 아.(네가 훤한 대낮에도 유령을 본다는 사실은 잘 알려져 있잖아.) 하지만 그 남자가 우리 편지책을 비디오테이프랑 바꾸자고 했다는 건 좀 이상하긴 했어. 우리 편지로 뭘 하려는 것이었을까? 그 제안을 거 절한 건 정말 잘한 일이야.

그런데 우리는 이렇게 멀리 떨어져 있구나. 그래서…… 고백하기 어려운 얘기긴 하지만 나 요즘 립스틱을 바르고 있어. 이 편지책에 입술로 키스를 찍어 보낼게. 내가 무슨 색 립스틱을 쓰는지 보라는 것뿐이야.

　어떻게 생각해?

　내가 립스틱을 쓴다는 사실이 뵈윰&뵈윰 탐정회사와 아무 상관도 없는 일이라고 생각한다면 그건 오산이야. 이곳에 친한 여자친구가 있거든. 이름은 란디 문달이고 나랑 같은 학년인데, 내가 립스틱을 쓰지 않고도 그 애를 사귈 수 있었을지는 잘 모르겠어. 란디는 문달 윗동네에 사는데, 비비 보켄의 가장 가까운 이웃이지. 그렇다고 해서 그들이 바로 옆에 붙어 산다는 뜻은 아니야. 왜냐하면 이쪽은 집들이 띄엄띄엄 한 채씩 서 있으니 말이야.(비비 보켄은 물론 그 점을 계산했을 거야. '방해받지 않고' 사는 것 말이야.) 하지만 란디는 비비가 정말 이상한 여자라는 걸 알아차리기에 충분할 정도로 그녀와 자주 마주치지. 그리고 토르게르센 탐정님, 다시 조사하러 나가기 전에 다음과 같은 사실을 생각해보기 바란다. 비비 보켄이 마지막 배를 타고 이곳에 도착했을 때 아주 무거운 가방 하나를 노란 집으로 끌고 올라갔다는 거야. 그것도 몇 번이나 말이야. 그 안에 뭐가 들었는지 우리가 볼 수 없다는 게 참 유감이지 뭐야. 하지만 때때로 비비는 그물 가방도 들고 다니는데, 란디 문달은 그 그물 가방이 책으로 가득 차 있는 걸 몇 번이나 보았다는 거야! 그러니까 그녀는 언젠가 백만 크로네(덴마크, 노르웨이, 스웨덴, 아이슬란드 등에서 쓰는 화폐 단위─옮긴이)짜리 복권에 당첨되어 그 돈으로 계속 책을 사들이고 있는 건지도 몰라. 하지만 비비는 새로 나온 신간만 들고 다니는 게 아니야. 그 여자가 들고 다니는 책 가운데는 엄청나게 오래된 책들이 많다고.(그 중에 진짜 고판본들이 있는지 어떻게 알겠어?) 어쨌든 비비 보켄이 제대로 된 도서관을 만들어놓고 있는 것처럼 보이는 것만은 사실이야.

어제 처음으로 란디네 집에 놀러갔어. 그리고 집으로 오는 길에 배에서 내려 걸어오는 비비 보켄과 마주쳤지. 비비의 손에는 정말 빵빵한 그물 가방이 들려 있었어. 하지만 그 속에는 우리가 학교에서 쓰는 것 같은 두꺼운 공책들만 가득했다고!!!(그게 아직 출판 안 된 책들일까? 그냥 한번 물어보는 것뿐이야.)

그런데 나랑 마주친 비비가 뭐라고 말했는지 알아?

"아하, 너희 잘 지내니?"

나를 탐색하듯 훑어보며 그 여자는 그렇게 물었어.

'너희' 라니? 정확하게 누구를 말하는 거지? 그리고 우리가 잘 지내는지 대체 왜 알고 싶어하는 거야? 란디와 나를 너희라고 부른 걸까? 아니면 뵈윰&뵈윰을 생각한 걸까?

아마도 비비 보켄은 우리 편지책을 생각했을 거야, 닐스! 그 여자는 우리가 서로 편지를 주고받기 위해 네가 그 책을 샀다는 걸 알고 있었나봐. 하지만 대체 어디서 그걸 알아냈을까? 점쟁이도 아니면서 말이야.

"그저 그래요."

나는 그렇게만 말했지. 그리고 더 이상은 얘기가 없었어.

하지만 그게 전부가 아니야. 제일 중요한 얘기는 마지막에 하려고 남겨두었지.

그 여자는 국제적인 조직망을 가지고 있었던 거야!

이젠 너도 알겠지? 하지만 우리가 '출처 조사'를 하고 있기 때문에, 그 이야기 전체를 들려주어야겠구나.

이곳 호텔은 몇 사람이 공동으로 소유하고 있는데 그 중 한 사람은 여자로, 이름은 빌리고 원래 영국인이야.(그게 누구냐 하면 바로, 우리가 편지책에 편지를 써서 오슬로와 피엘란 사이를 오가게 하면 좋을 거라고 말해준 사람이야. 누군지 기억나?) 그 아줌마의 성이 뭔지는 모르겠어. 그래서 그냥 늘 빌리 홀리데이라고 부르지.(그 아줌마 맨 처음엔 그 말을 듣고 웃음을 터뜨렸지. 하지만 이제는 그렇게 불리는 데 익숙해졌어.) 새로 이사온 사람과 수다떨기를 좋아하는 상냥한 아줌마야. 특히 엄마가 주방에 서서 일주일에 엿새 동안 풀코스 요리를 해야 할 때면 즐겨 수다를 떠는 아줌마지. 그래서 나는 상당히 은밀한 태도로(근데 이런 말 쓰나?) 물었지. 저 위쪽 노란 집에 사는 아줌마의 직업이 뭔지 아느냐고 말이야. 그랬더니 빌리가 뭐라고 대답했는지 알아? 그 연극 전체를 너한테 그대로 옮겨 보여줄 수는 없어. 하지만 그래도 그 중에서 짧은 독백 하나 정도는 들려주지.

빌리 홀리데이: (상냥한 미소를 띠고 엄청나게 빠른 속도로) 나도 항상

그게 궁금했단다. 어쨌든 그 여자한테는 우편물이 굉장히 많이 와. 세계 곳곳에서 소포와 편지들이 날아들지. 내가 보기엔 그게 전부 책 같아, 베리트. 몰래 그 여자한테 오는 우편물을 몇 번 살펴본 적이 있거든. 어제는 이탈리아에서 소포가 왔더라. 평소에도 거기서 뭐가 많이 와. 발신자 이름이 브레자니······.

어떻게 생각해, 닐스? 호텔 경영인인 빌리 홀리데이는 업무상 우체국과 관련이 많거든. 그런데 이 우체국이야말로 비비 보켄이 외부 세계와 소통하는 창문인 셈이야. 비비는 저 꼭대기 문달에 앉아서 온 세계의 고서적상들에게 은밀한 편지를 쓰고 있는 거지.
  그래서 질문을 되풀이하겠는데, 대체 이 여자는 노르웨이 서부의 피오르드 해안에서 무슨 일을 꾸미고 있는 거지? 이곳이야말로 은하계 전체에서 가장 구석진 동네잖아? 맞아, 어쩌면 바로 그렇기 때문인지도······.
  네가 지난번에 보낸 편지를 읽어보니까, 모든 게 더욱더 비밀에 싸인 것처럼 보이더구나. 좀더 용기가 있다면 비비가 사는 집에 가까이 가 들여다볼 수도 있을 텐데. 하지만 그 집 안에는 틀림없이 책들만 우글우글할 게 분명해.

PS. 주말에 나는 아빠를 만나러 베르겐으로 갈 거야.(중요한 건 나 혼자 간다는 사실이야. 엄마랑 아빠는 지금 서로 꼴도 보기 싫어하는 중이거든.) 그래서 나한테 좋은 생각이 났어. 괜찮은 생각인 것 같아. 갑자기 그런 생각이 떠올랐지.(글을 쓰다보면 언제나 좋은 생각들이 떠올라.)

아빠는 폼스 거리로 이사하시고 나서부터, 바로 옆집에 유명한 추리소설 작가인 군나르 스톨레센이 산다고 허풍을 떤단다. 우리 역시 어떤 범죄 사건을 해결하려는 중이니까, 일종의 탐정이라고 할 수 있겠지. 하지만 그 작가라는 사람과 이 문제에 대해 얘기하고 싶지는 않아. 내년에 이 마법의 도서관에 대한 책이 정말 세상에 나온다면 지금 이 순간에 세상 어디선가 어떤 사람이 그 책을 쓰고 있어야 하는 거잖아. 책이라는 게 저절로 써지는 건 아니니까 말이야!!!

그 책을 군나르 스톨레센이 쓰고 있다는 얘기는 아니야. 하지만 작가들이 서로 현재 쓰고 있는 책에 대해 이야기를 나눈다는 건 생각해볼 수 있는 일이잖아? 작가 모임 같은 것도 있고……

이제 네 의견을 아주 솔직하게 얘기해야 돼, 닐스! 네가 곧장 답장을 보낸다면 아마도 우리 편지책은 내가 베르겐의 호수 속에 들어가기 전 다시 내 곁으로 돌아와 있겠지.

PPS. 그런데 군나르 스톨레센 말야. 이 작가가 바이킹의 보물에 대해 쓴 책 두 권을 읽어봤니?(『바이킹 보물의 비밀』과 『바이킹 보물의 저주』야.) 나는 앞의 책만 읽었어. 그 책은 인디애나 존스 스타일의 훔치고 뺏는 이야기야. 다른 말로 하면 바로 너를 위한 책이지. 카페 스칼켄에서 맥주 마시던 대머리 남자한테 겁을 먹었던 너 말이야.

뵈윰&뵈윰의 반쪽으로부터.

사랑하는 빨간 입술의 베리트!

잘 들어, 사촌. 금요일에 나 여행 가!

　Q: 어디로?　A: 로마로.

　Q: 로마로 간다고?　A: 응.

　Q: 왜 가는데?　A: 우리 엄마가 '내 첫사랑의 도시'라는 주제로 쓴 수기가 공모에 당선됐거든!

　내가 엄마한테 바로 그 영감을 제공했다는 거, 기억나니? 엄마한테 나보나 광장이 어디 있느냐고 여쭤봤을 때 말이야 거기서 영감을 얻어 엄마는 수기 한 편을 써서 응모하셨거든.

　1등을 하면 상으로, 글을 쓴 사람이 첫사랑을 체험한 도시로 여행을 보내주는 거야. 그래서 엄마는 아버지를 만나게 된 이야기를 쓰셨는데…… 그게 어디겠니? 바로 나보나 광장이라는 거야.

　감이 잡히니, 베리트? 비비 보켄은 이탈리아에서 비밀에 싸인 책 소포를 받았지. 그 신비로운 고서점이 로마에 있어. 지리라는 여자가 편지에 쓴 그 서점 말이야.

　여기에 어떤 연관이 있을까? 탐정 닐스 뵈윰 토르게르센이 엄마랑 아버지와 함께 로마에 도착하면 아마도 닷새 안에 이 수수께끼를 해결할 수 있을 거야. 나보나 광장 주변의 거리와 골목들을 샅샅이 뒤져서라도 어떻게든 그 고서점을 찾아내겠다고 너한테 약속할게. 나를 믿어!

　하지만 우리 엄마 얘기로 돌아가보자. 엄마가 얼마나 끔찍하게 낭만적이고 매끈한 거짓말을 꾸며냈는지 말이야. 부모님은 이제까지 한 번도 로마에 가본 적이 없어. 두 사람이 알게 된 건 그뤼네뢰카에서 마요스투아로 가는 차량 번호 AB604를 단 택시 안이었어. 그러니까 엄마가 써보낸 이야기는 말짱 거짓말이었던 거지. 그렇게 새빨간 거짓말을 진실인 양 제출해놓고 상까지 받은 거야. 잡지사 사람들이 그 이야기를 진실이라고 믿었기 때문이지. 어쩌면 그 사람들도 전혀 믿지 않았을지 몰라. 그저 그 이야기를 읽을 잡지 독자들이 진짜로 믿을 거라고 생각했기 때문에 엄마한테 상을 준 건지도 모르지. 그게 사실이라면 거짓말은 우리 엄마만 한 게 아니라 그 이야기를 인쇄해 출판하는 사람들도 거짓말을 한 거야. 그리고 그 이야기를 읽는 사람들이 진실이라고 믿는다면 그들이 속는 거지. 하지만 그게 진실이든 아니든 독자들이 상관없다고 생각한다면 도대체 어떻게 되는 거지? 네가 설명 좀 해줄래? 난 정말 이해 못하겠어.

하지만 지금은 깊이 있는 문학 이론 얘기를 할 때가 아닌 것 같다. 보켄 사건을 확실하게 붙잡고 있어, 토르게르센.

빨간 입술의 베리트, 한 가지 제안을 할게.

내가 로마에서 마법의 도서관에 대한 책을 찾는 동안 너는 그 책과 관련이 있는 도서관을 찾아보는 거야. 하지만 내가 걱정스러운 건, 그러면 네가 비비 보켄을 만나는 걸 피할 수 없으리라는 거야. 외계인과의 만남처럼 말이지. 그러니까 너는 예를 들어……

아냐, 잊어버려. 그건 너무 위험할 것 같아. 하지 마. 그런 건 여자애한테 시킬 만한 일이 아니야. 그 집으로 들어가는 열쇠가 이 온갖 수수께끼를 풀 수 있는 열쇠이긴 하겠지만 말이야.

내가 돌아올 때까지 이불 밑에 숨어 있어. 하지만 베르겐에서 작가 군나르 스톨레센을 만나거든 내 인사를 전해줘. 로마에 가면 헨리크 입센이 살던 집에서 전화를 걸게. 엄마가 그러는데, 입센이 거기 산 적이 있대. 어쩌면 아직까지 계속 거기 살고 있을지도 몰라. 혹시 모르잖아.

닐스라는 녀석이.

PS1. 내가 너한테 분명히 하지 말라고 경고했는데도 네가 어떤 이유에서 비비 보켄의 집 근처에 간다면, 새로 만들어진 책장들을 유심히 살펴보도록 해. 무슨 말인지 알지?

PS2. 엄마가 쓴 이야기를 여기 첨부할게. 이걸 읽어보면 공짜로 해외 여행 가기가 얼마나 쉬운지 알 수 있을 거야.

PS3. 그 잡지사에서 찍은 우리 가족 사진 한 장도 보낸다. 내가 지난번 여름 이후로 얼마나 많이 컸는지 보라고 말이야.

PS4. 기가 막힌 키스를 보내줘서 너무너무 고마워. 그 키스 덕분에 우리 편지책이 정말 그럴듯해 보이잖아.

내 첫사랑의 도시

기억해요, 내 사랑? 성 베드로 대성당, 콜로세움, 판테온, 스페인 계단, 그리고 나보나 광장을요? 아니면 그 모든 것을 잊어버렸나요? 우리 사랑이 낡은 사진첩처럼 벌써 색이 바래고 말았나요? 우리의 사랑이 갓 피어난 붉은 장미 같고 인생이 무한할 것처럼 느껴졌던 우리 젊은 날의 온갖 빛깔과 광채가 당신 눈앞에서 사라져버렸나요?

　나는 흔들의자에 파묻혀 있는 당신의 모습을 바라보고 있어요. 당신의 시선은 허공을 향하고 있고, 당신은 조심스럽게 의자를 앞뒤로 흔들고 있어요. 마치 인생이라는 강물 위에서 탁 트인 바다로 나아가려는 배가 흔들리듯이 말이에요. 나는 당신 두 손의 푸른 정맥과 당신 이마의 깊은 주름살, 그리고 은빛으로 변해버린 당신의 금발을 바라보고 있어요. 그래요, 가브리엘. 우리 인생의 절정은 벌써 오래전에 우리 등 뒤로 흘러갔어요. 당신은 여든다섯 살이고, 나는 이제 여든세 살이 되었죠. 그런데도 지금처럼 햇살이 창문으로 비쳐들 때면, 그리고 꽃이 활짝 핀 사과나무와 시리도록 파란 하늘을 배경으로 당신 얼굴의 윤곽을 더듬을 때면, 당신의 주름살은 사라지고 당신의 머리카락은 황금빛 햇살을 받아 다시 금빛을 띠는군요. 그러면 나는 흔들의자에 앉은 당신의 모습에서 다시 한번 내 젊은 시절의 연인을 본답니다. 슬픔과 기쁨 사이 어딘가에 존재하는 묘한 느낌이 나를 가득 채우고, 눈물에 젖어 어른거리는 시선으로 나는 그 어느 날의 장면들을 되살려 바라보지요…….

　"빌어먹을!"

이렇게 내뱉으며 난 떨어진 구두끈을 들여다보았어요. 그것도 다른 곳이 아닌 로마의 나보나 광장에서요. 주위에는 이탈리아인, 영국인, 덴마크인, 그리고 어디서 왔는지 모를 여러 나라 사람들로 가득했지요. 거기서 동전 한 푼 없이 망가진 샌들을 손에 든 채 나는 망연히 서 있었어요. 뚱뚱한 독일 남자 하나가 내 발을 밟아 샌들 끈을 못 쓰게 만들어놓았거든요.

"미안합니다."

그가 말했어요. 하지만 그 말 한마디로 끝이었어요. 자기 신발이 아니라 이거죠. 그리고 그는, 로마 시스티나 성당에 있는 미켈란젤로의 환상적인 천장화를 꼭 보고야 말겠다며 기를 쓰고 한 푼 두 푼 모은 돈을 몽땅 털어 여행을 온, 미술을 전공하는 가난한 스물한 살짜리 노르웨이 여대생도 아니었거든요.

빌어먹을! 나는 화가 나서 다시 한번 소리쳤죠. 그날은 완전히 잡치고 말았던 거예요. 그래서 난 이틀치 숙박비를 미리 낸 싸구려 여인숙으로 곧장 돌아갈 수밖에 없었죠.

"빌어먹을! 빌어먹을! 빌어먹을!"

"무슨 문제가 있나요, 아가씨?"

깊고 매력적인, 그리고 좀 놀리는 듯한 목소리가 나를 휘저어놓았어요.

그리고 거기 당신이 서 있었죠. 물론 그때는 아직 몰랐어요. 내 가슴은 이미 알고 있었을지도 모르지만요. 마음은 머리가 이해하지 못하는 것을 이해하고, 자기 나름의 지혜를 지니고 있으니까요.

"아뇨, 아무것도 아니에요."

나는 좀 당황하며 대꾸했죠. 내 목소리는 틀림없이 여전히 신경질적으로 들렸을 거예요. 당신이 해를 등지고 서 있었기 때문에 나는 눈이 부셔서 이마에 손을 얹었어요.

"내가 너무 잘생겨서 눈이 부신 모양이죠?"

당신이 물었죠. 나는 웃음을 터뜨릴 수밖에 없었어요.

"그쪽 뒤편에 해가 있어서 그래요."

내가 대꾸했어요.

"그건 해가 아니에요. 내 후광이죠."

나는 뭔가 재치 있는 대답을 속으로 찾고 있었어요. 하지만 당신이 더 빨랐죠.

"구두가 망가졌군요, 그렇죠?"

"네. 끈이 끊어졌어요."

그때 당신은 허리를 굽혔어요. 나보나 광장에서 당신이 내 발치에 무릎을 꿇었을 때 바람이 당신의 머리카락을 가지고 놀았죠. 생각나요, 가브리엘? 아니면 벌써 잊었나요? 맨발의 처녀는 카페 그레코에 들어갔고, 그런 뒤엔 비토리오 에마누엘레 광장, 티베르 강 다리 위, 성 베드로 광장을 돌아다녔죠. 로마의 그 구두 가게와 반짝반짝 빛나는 이탈리아제 샌들 안으로 미끄러져 들어가던 작은 발을 기억하나요? 당신은 내 저항을 웃으며 받아넘겼죠. 입맞춤을 기억해요? 그 첫 번째 키스를요. 우리가 다시 로마로 돌아오기를 기원하면서 트레비 분수에 동전을 던지던 밤을 기억하나요? 그 지하에 있던 상점에서 당신이 산 반지 생각나요? 우리가 우리의 귀염둥이를 가지게 된 시에나 호텔. 그곳으로 갈 때의 긴 산책로를 기억하세요? 나는 당신을 바라보고 있어요, 가브리엘. 당신은 눈을 감고 있군요. 그리고 아주 고르게 숨을 쉬고 있어요. 고요한 미소가 당신 입가에 떠도는 것을 바라보며 나는 당신도 로마에서의 그 시절을 꿈꾸고 있음을 마음으로 느낄 수 있어요. 우리 첫사랑의 도시를 말이에요.

쉽고 돈 많이 버는 직업을 구해. 작가가 되라고.
너의 작은 귀염둥이로부터.

 사랑하는 닐스 파바로티!

이 귀염둥이 녀석아! 이 누나가 혼자 베르겐으로 아빠를 만나러 간다는 사실이 자랑스럽구나. 아마 정원 울타리 너머로 옆집에 산다는 그 유명한 추리소설 작가 군나르 스톨레센과 친밀한 대화를 나눌 수 있을지도 몰라. 그리고 나면 잉그리드 고모는 건포도가 섞인 괴상한 수프를 휘저을 테고, 너는 로마에서 공짜 여행을 즐기고 있겠지. 알프 프뢰이센이 '기요비크에 사는 게으름뱅이 사촌'을 노래한 건 별로 그럴듯하지 않아 보여. 오슬로에 사는 사촌들이 훨씬 더 게으르거든.

  상처에 반창고를 붙여주는 뜻으로 나는 문달에 가서 목숨을 걸어볼게. 네가 로마의 어떤 레스토랑에 앉아 스파게티를 후루룩거리고 있는 동안 말이야. 스파게티 먹고 와서 이렇게 말할 거지? 나 로마에 가봤다!

좀 기다려봐. 모든 걸 다 얘기해줄 테니까. 나는 자기 사촌 누나
가 립스틱을 쓴다고 해서('사랑하는 빨간 입술의 베리트') 엄청난 사
춘기 쇼크에 시달리고 있는 어린 사내애한테서는 어떤 명령도 받
지 않기로 맹세했어. 그런 뒤에, 주방에서 크로켓 한 덩어리를 얻
어먹으려고 문달 호텔을 기웃거렸지.

  그때 그 일이 일어났어. 문달 호텔에서 막 나오는 비비 보켄을
발견한 거야. 내가 해낼 수 있는 생각이라곤 다음날 아침에 베르
겐에 가야한다는 거였어. 그리고 또 한 가지는, 용기가 없어 비비
보켄의 집에 가보지도 못한 채 베르겐으로 떠난다면, 주말 내내
양심의 가책으로 불편할 거라는 사실이었지. 그리고 베르겐에 가
서 그 유명한 추리소설 작가를 만나기 전에 우선 상황을 한 걸음
더 진전시키는 것도 나쁘지 않겠다고 생각했던 거야.

  나는 크로켓 먹으려던 생각을 잊어버리고 노란 집으로 달려갔
지. 비비 보켄은 벌써 큰길까지 내려가 있었어. 그 집에 아무도 없
다는 걸 알고 나자 난 가만히 있을 수가 없었지. 비비는 혼자 살고
있잖아.

  다시 담을 넘어 들어가(하늘의 천사가 나를 보지 못하게 하려고), 집
안으로 살금살금 기어 들어갔어. 살며시 문고리를 잡았는데, 문
이 열려 있는 게 아니겠니! 하지만 그렇게 이상한 일도 아니었어.
이곳 피엘란에서는 많은 사람이 문을 잠그지 않으니까 말이야. 별
로 숨길 게 없는 거지…….

  나는 주위를 둘러보고 나서 안으로 들어갔어, 닐스. 그리고 그
땐 정말 제정신이 아니었어. 비비 보켄이 이 나라를 떠나 멀리 가

는 모양이라고 제멋대로 상상했거든. 닐스 선생처럼 말이지. 비비가 며칠 지나서야 다시 이 집에 돌아올 거라고 되는 대로 짐작했던 거야. 그래서 안으로 들어갔어!

나는 구석에 헌 종이가 여기저기 쌓여 있는 홀로 들어섰어. 거기서 주방을 들여다보니 비비 보켄이 파출부를 전혀 부르지 않는다는 걸 분명히 알 수 있었지. 거기서 작은 거실로 통하는 문을 열었어.

너무 궁금하지? 나도 그랬어……. 나는 책으로 꽉 찬 방을 상상했거든. 숨도 제대로 쉴 수 없을 정도로 말이야. 하지만 그 방에서 내가 본 게 뭔지 아니? 책이라곤 한 권도 없었어. 잡지 한 권 없었다고.

너무나 실망하고 너무나 화가 나서 집 안을 미친 듯이 뒤지고 다녔지. 수색 영장을 발부받는 데 한 번도 성공하지 못한 멍청한 수사관처럼 말이야. 이 방 저 방 돌아다니다가 이 층으로 올라갔지. 그렇다고 찬찬히 제대로 살피지 않았다고 말할 수는 없어. 이 층에는 아무렇게나 펼쳐진 핑크색(!) 침대 시트가 있었지. 아주 얇은 잠옷과 하늘색 잠옷 가운, 그리고 라디오 달린 희한한 자명종 시계. 거기가 비비 보켄의 침실이었어. 욕실에는 온갖 종류의 크림과 화장품이 널려 있었지. 욕조에는 미지근한 목욕물이 차 있었어(!). 그리고 방마다 냄새 고약한 파이프 담뱃재가 수북한 재떨이들이 놓여 있었지.

하지만 책은 한 권도 찾을 수 없었어! 그리고 무엇보다도 그 점이 제일 눈에 띄었지. 비비는 어떤 북클럽에도 소속되어 있지 않았던 거야. 그 집에는 사전 한 권 없었고 성서도 노래책 하나도 없었어. 결국 난 너무나 실망해서 서랍과 옷장까지 다 뒤져봤지.(걱정 마, 닐스. 내가 그런 일을 얼마나 조심스럽게 하는지 너도 알지?) 하지만 책이라곤 수첩 하나 없었어. 계단을 다시 살금살금 걸어 내려올 땐 현기증까지 났지. 다시 거실까지 내려오고 나니 제정신이 들었어. 하지만 이미 때는 늦었어. 창 너머로 보니 집으로 돌아오고 있는 비비 보켄이 보이는 거야. 한 손에는 식료품이 든 비닐 봉지를 들고 있었지. 다른 한 손에는 소포가 들려 있었어.

도망갈 길이 없다는 걸 알겠더라. 이런 경우에는 요란하게 소리를 지르거나 숨을 곳을 찾거나 둘 중의 하나야. 나는 후자를 택했어. 소리를 질러봤자 소용이 없다는 걸 알았기 때문이지. 등받이가 높은 구식 소파 뒤로 기어 들어가 벽에 잔뜩 몸을 붙이고 있었지. 그때 비비 보켄이 방으로 들어왔어! 나는 생포된 거나 마찬가지였지. 내가 나 스스로를 가뒀으니 말이야. 게다가 이젠 숨까지 참아야 했어.

비비 보켄은 방안으로 들어와 거실 탁자 위에 소포 상자를 내려놓았어. 물론 나는 아무것도 볼 수 없었지만 비비가 미친 듯이 서둘러 포장지를 찢는 소리를 들을 수 있었지.

"정말 근사한데, 환상적이야."

비비가 중얼거렸어.

잠시 후 나는 그녀가 방을 나가는 소리를 들었고 곧 밖이 아주 조용해졌지. 이윽고 나는 위층에서 울리는 발소리를 들었어.

내가 어떻게 했게? 맞아! 나는 소파 뒤에서 기어 나왔지. 탁자 위에는 비비가 막 포장지를 뜯은 두꺼운 책 몇 권이 놓여 있었어. 하지만 그 책들을 가까이에서 들여다볼 시간은 없었지.

소파 뒤에 숨었을 때 옷에 먼지가 묻었지만 그 먼지를 털어낼 시간조차 없었어. 나는 재빨리 복도로 나가 현관문 손잡이를 움켜쥐었지. 문을 열고 바깥 자갈길 위로 나섰어……

이제 좀 안심이 되니? 나도 그래! 하지만 아직 엄마가 계신 집에 돌아간 건 아니었지. 우선 눈에 띄지 않게 그 집에서 멀리 도망쳐야 했어. 그런데 그럴 용기가 나질 않는 거야, 닐스. 무릎이 너무 덜덜 떨려서 도저히 움직일 수가 없었던 거지. 다리가 꼭 젤리로 만든 것처럼 흐늘거렸어. 제대로 숨을 쉬려고 우선 심호흡부터 해야 했지. 그때 그 집 현관문 안쪽에서 비비의 발소리가 들렸어. 그래서 내가 어떻게 했는지 아니? 벨을 눌렀어!

아마도 넌 절대로 이해 못할 거야. 그건 네가 남자애이기 때문이겠지. 나는 너무나 겁이 나서 줄행랑을 놓을 용기가 안 났던 거야. 그냥 도망친다는 건 내가 그 집에 침입했다는 사실을 고백하는 것밖에 안 되잖아. 하지만 거기 그냥 가만히 서 있을 수도 없었지. 그래서 벨을 눌렀던 거야.

비비가 금방 문을 열었어. 그리고 문 앞에 서서 뭐라고 말할 수 없는 눈빛으로 나를 훑어보았지.

"아니, 너구나?"

비비는 몹시 놀란 것 같았어. 하지만 난 그녀가 실제로는 전혀 놀라지 않았다는 의심을 품었지.

나는 한쪽 다리에서 다른 쪽으로 체중을 옮겼어.

"저는 그냥……"

"그래, 그냥 뭐, 베리트?"

베리트라니! 비비 보켄은, 그러니까 우리가 플랏브레 산장의 방명록에 이름을 적어넣었을 때 우리 이름을 기억해두었던 거야. 비비는 왠지 모르지만 우리를 계속 지켜보고 있었던 것 같아. 누가누구를 감시하는 건지 모르겠네. 하지만 비비가 내 이름을 불렀을 때 무척 기분이 이상했어.

"복권을 사실 건지 물어보려고요."

내가 말했지. 비비는 짧게 대답했어.

"복권이라고? 그런데 무슨 복권이지?"

나는 재빨리 대답을 꾸며내야만 했어.

"학교 도서관을 후원하기 위한 복권이에요."

나는 입 속으로 우물거렸어. 그러자 비비의 얼굴이 환하게 빛나는 거야.

"그러면 당첨되었을 때 상으로 뭘 받는 거니?"

"그거야 물론 책이죠!"

(대체 내가 달리 뭐라고 말할 수 있었겠어?)

그러자 비비는 두어 번 입맛을 다시고는 혀로 입술을 핥았어.

"끝내준다."

비비가 그렇게 말했어. 그녀는 내게 한 걸음 다가섰지. 그러더니 위협적인 말투로 이렇게 말하는 거야.

"내가 복권을 다 사지. 한 장도 남김없이 말이야. 하하하."

비비는 한 손을 내 앞으로 내밀었어. 하지만 나는 그 손을 빤히 쳐다보기만 했지. 복권 같은 건 한 장도 없었으니까 말이야.

복권이 한 장도 없다니! 닐스, 바로 그 순간에 나는 너를 증오했어. 로마에서 엄마랑 아빠와 함께 신나게 스파게티를 먹어치우고 있는 코흘리개 네 녀석이 눈앞에 떠올랐던 거야. 그러면서 나는, 어떤 마피아 단원이 스파게티 접시 속에 폭탄을 설치했기를 간절히 바랐지.

우선 난 바지 주머니에 손을 넣었다가 양손을 꺼내 펼쳐 보였어. 그러면서 말했지.

"세상에……. 집에 두고 왔네요."

책에 미친 이 여자는 동화 속의 못된 왕비처럼 너무나 달콤하게 미소를 지었지.

"오. 집에 두고 왔단 말이지. 참 재빨리도 꾸며대고 재빨리도 잊어버리는구나."

그래서 이렇게 말했어.

"주머니에 있다고 생각했는데……. 하지만 아마 닐스가 가지고 갔나 봐요."

비비는 내 눈을 들여다보았어. 일 초만 더 들여다보았더라면 아마 내 눈에 구멍이 뚫렸을 거야.

"그러면 그 복권이 지금 로마에 가 있단 말야? 그래서 안 될 것도 없지. 그래, 그렇겠지, 베리트 뵈윰?"

그러니까 비비는 네가 로마에 있다는 것도 알고 있었던 거야. 다시 한번 말할게. 비비 보켄은 네가 로마에 있다는 것을 알고 있어! 조심해, 닐스!(문제는 이 경고가 제때 너한테 전해질 수 없다는 건데…….)

그 나머지 일은 신속하게 이루어졌어. 비비 보켄은 힘차게 내 앞으로 다가서며 한 손을 위로 올렸지. 비비가 나를 때릴 거라고 믿어 의심치 않았어. 너 지금 소름이 돋고 있지? 나도 그랬으니까 너도 좀 그래도 돼!

비비가 그냥 날 한 대 때렸더라면! 그 편이 훨씬 나았을 거야. 하지만 비비 보켄은 내 스웨터와 청바지 위를 부드럽게 쓰다듬었어. 이 여자 완전히 미쳤구나 하고 생각했지. 그 끈적거리는 손길은 대체 무슨 뜻이었을까?

"옷에 먼지가 묻었구나. 이러고 다니면 안 되지!"

비비는 그렇게 말했어.

그 말이 끝나자마자 나는 재빨리 도망쳤지. 달리고 또 달리면서 양동이로 물을 쏟아내듯 엉엉 울었어. 내가 도망치는 동안 등 뒤에서 그 히스테릭한 여자가 큰 소리로 비웃고 있는 게 들렸지.

"하하! 네가 나를 가지고 놀았구나! 하하하!"

이 일은 어제 오후에 일어났고, 나는 지금 (다행히도) 배 위에 앉아 있어. 간밤엔 거의 잠을 자지 못했어. 그래서 이제 편지 쓰기를 그만두고 이 편지책을 발레스트란에서 부치려고 해. 내가 다음 배로 갈아타기 전에 말이야. 편지책을 베르겐으로 가져가고 싶지는 않거든. 이젠 좀 쉬면서 아빠랑 즐겁게 지내고 싶어. 비비 보켄도 잊어버리고, 엄마·아빠의 두 번째 신혼여행에 따라가 로마에서 어정거리고 있는 닐스라는 녀석도 잊어버리고 말이야.

하지만 우리가 이제까지의 일을 요약하려고 한다면 대충 다음과 같이 정리할 수 있을 거야.

1) 비비 보켄은 항상 새로운 책들을 집으로 들고 간다.
2) 그런데도 비비의 집 안에는 책이 한 권도 없다.

결론: 비비 보켄은 책을 책꽂이에 꽂아놓고 읽는 대신 책으로 뭔가 다른 일을 하고 있다. 책을 땔감으로 쓰는지도 모른다. 밥 대신 책을 먹는다는 것도 전혀 상상할 수 없는 일은 아니다.

어쩌면 그녀는 책들을 빻아서 자기가 먹는 음식 속에 섞어 넣는 것이 아닐까? 그건 나도 모르겠어. 네가 대답해봐.
비비 보켄의 소파 밑에 숨어 있던 베리트 뵈윰.

PS. 네가 로마에 있다는 사실을 비비 보켄이 어떻게 알았는지 이제 알겠어. 하지만 설마 네가 최근 비비에게 엽서를 보낸 장본인은 아니겠지?

 사랑하는 베리트,

한 시간 전에 집에 돌아와보니 편지책이 와 있길래 얼른 네 편지를 읽어보았지. 이곳의 일은 점점 더 이상하게 돌아가고 있어. 그리고 갈수록 으스스해지는 것 같아. 비비의 집에 책이 한 권도 없는 이유에 대해 어떤 가설을 세워보려고 했지. 하지만 내 머리로는 도저히 해결이 되지 않았어.

다행히도 피엘란에는 반짝반짝하는 두뇌가 자리잡고 있으니까.(그 두뇌가 벌써 베르겐에서 돌아와 있다면 말이야.)

여기 『닐스 뵈윰 토르게르센의 이상한 여행』을 첨부할게.

우리는 금요일 오후에 로마에 도착해 몬디알 호텔로 갔어. 엄마가 우리의 여권을 보여주고 있는 동안, 나는 호텔 프런트에서 안락의자에 앉아 있는 한 남자를 보았지. 키가 작고 대머리였는데, 그의 미소를 보자 누군지 다시 알아볼 수 있었어. 날 보고 미소를 지었지만 진짜 미소가 아니었거든. 몹시 굳은 표정이었고, 거의……. 기분 나쁜 웃음이었어. 그래, 베리트. 그 남자였던 거야. 카페 스칼켄에서 미소를 짓던 그 남자 말이야.

작년부터 겨드랑이에서 땀이 나기 시작했어. 나이가 나이인 만큼 이제 '남자'가 되기 시작한 거지. 요즘 난 돼지처럼 땀을 흘리고 있어.(그런데 돼지가 정말 땀을 흘리나?)

그 '스마일리'가 여기서 뭘 하고 있는 걸까? 내 뒤를 밟고 있는 걸까? 편지책을 빼앗으려고? 하지만 무엇 때문에? 아무것도 이해할 수가 없었어. 다만 무서워서 죽을 지경이었지. 어디선가 망치 소리가 들렸는데 바로 내 심장 뛰는 소리였어.

비비 보켄이 내가 로마로 간 걸 알고 있다고 네가 말했잖아. 그렇다면 비비가 이 남자를 여기로 보낸 게 아닐까? 우리가 알지 못하는 어떤 이유 때문에 말이야. 처음에는 그런 생각을 하지 못했어. 하지만 곰곰이 모든 걸 따져보니 설명할 길은 하나뿐인 것 같아. 스마일리가 나를 보며 웃고 있는 동안 나는 엄마 곁에 서서 땀을 뻘뻘 흘리고 있었고, 호텔 종업원은 엄마에게 방 열쇠를 건네

주더니 나한테 편지 한 통을 주는 거야!

호텔 프런트에 나한테 온 편지가 놓여 있다니! 도대체 이해할 수가 없었어. 그 편지를 재빨리 주머니에 넣고 부모님 뒤를 따라 갔지. 두 분은 벌써 엘리베이터를 향해 걸어가고 계셨어. 엄마와 아버지는 서로에게 정신이 팔린 채 자신들의 '사랑의 도시'에만 신경을 쓰느라 내가 받은 편지 같은 건 알아차리지도 못했어.

방에 들어오자마자 나는 재빨리 욕실로 가서 편지를 뜯어보았어. 그 편지를 증거 자료로 여기 붙여놓을게.

이 도시에는 나이 많은 남자가 하나 살지.
귀는 먹었지만 장님은 아니라네.
그의 사랑은 젊고 반짝이며 새롭지.
수천 권의 책이 그의 마음속에 살아 숨쉬고 있다네.
단테, 페트라르카, 호메로스, 오비디우스.
그들은 티베르 강가 그 집의 보물이라네.
나보나 광장으로 가게. 토요일 12시에 시간을 내서.
겁먹을 필요는 없지.

코로나리 거리를 건너가면
움베르토 다리 곁에 그 서점이 있다네.
그리고 그 안에 늙은 남자가 앉아 있지.
이걸 그 사람에게 주게. 만일 그가 '장난하느냐.' 하고 물으면
그때는 이렇게 말하게. 보배이자 비밀을 가져가려고 왔다고.

그러면 그도 알아들을 걸세.

이 편지를 읽고 나서 처음에는 '나보나 광장' 말고는 아무 말도 알아들을 수가 없었어. 하지만 곧 머리에 불이 들어왔지. 이 시는 일종의 암호인 거야! 나보나 광장에 있는 고서점으로 나를 이끄는 암호였어. 하지만 누가 이 편지를 쓴 걸까? 그리고 왜? 아무것도 이해할 수가 없었어. 하지만 다음날 어찌되었든 나보나 광장에 가야 한다는 것만은 확실했지.

토요일 아침에 우리는 성 베드로 대성당에 가기로 했어. 하지만 난 머리가 아프다고 둘러대며 호텔에서 잠이나 자야겠다고 했지. 그러자 부모님은 나를 그냥 내버려두셨어. 머리가 좀 크니까 그런 좋은 점이 있더군.

두 분이 나가신 뒤에 십 분을 더 기다렸지. 그런 다음 밖으로 나가 나보나 광장을 찾아냈어. 코로나리 거리를 걸어 움베르토 다리로 달려가서 티베르 강을 건너자 서점이 보였지. 다리 건너에 작은 골목길이 있었는데, 거기 그 조그만 서점이 있었어. 창문에는 먼지가 덮여 있었고, 그 뒤편에 낡은 책들이 잔뜩 쌓여 있었지. 문 앞에는 'M. 브레자니'라고 쓰인 작은 주석 간판이 달려 있었어. 네가 제대로 읽었던 거야. 비비 보켄에게 온 소포 포장지에 그런 이름이 적혀 있었다고 했잖아. 그러자 몸이 덜덜 떨리기 시작했어. 문을 열고 안으로 들어갔지. 책들이 가득 쌓인 보물 창고 속에 들어간 것 같았어. 안은 어둡고 먼지가 쌓여 있긴 했지만, 책들은 마치 반짝반짝 빛나는 것 같았거든. 그렇게밖에 말할 수가 없어.

그 방 안에 있는 책들은 모두 우아한 가죽 표지가 씌워져 있거나 금박 제목이 붙어 있었고, 아름다운 삽화가 들어 있는 책이 많았어. 인쇄된 게 아니라 마치 종이 위에 직접 그림을 그린 것처럼 보였지. 아주 작은 진주알들이 반짝이며 박혀 있는 책표지도 있었고, 전혀 글자를 읽을 수 없을 정도로 오래된 문자로 쓰여진 책도 있었어. 그리고 책의 종이가 마치 낡은 양탄자처럼 보이는 책도 있었고, 인쇄된 활자들이 당장이라도 떨어져나갈 것처럼 보이는 책도 있었지.

나는 가장 아름다운 책들이 있는 서점에 들어와 있었던 거야. 내 말이 무슨 뜻인지 네가 이해할 수 있다면 좋겠구나. 거의 모든 책들이 아주 낡은 책이었어. 거기 있는 성경만 해도, 예수가 태어나기 전에 인쇄되었다 하더라도 믿었을걸? 그만큼 낡았다는 거지. 너한테 그 고서점의 분위기를 전해주려고 이런 말을 하는 거야.

물론 그 고서점은 바로 우리의 서점이니까. 그 비밀에 싸인 지리가 비비 보켄에게 편지를 쓰기 전에 찾아갔던 바로 그곳 고서점에 내가 들어와 있단 말이야. 그 괴상한 편지인지 시인지 때문에 여기까지 오게 된 거야. 바로 해답을 얻을 수 있는 곳에 와 있는 셈이지. 일 년 후에 세상에 나올 책이 벌써 존재한다면, 여기 말고 어디겠어?

나하고 책들 말고는 서점 안에 아무것도 없었어. M. 브레자니라는 인물은 어디에도 없었다고. 그런데 두꺼운 커튼 뒤에 작은 방이 또 하나 있더라. 그 맨 뒤쪽에 책상이 하나 놓여 있었지. 종이와 붓과 물감병들로 가득 찬 책상이었어. 천장에서 비치는 강렬

한 불빛이 책상을 비추고 있었는데, 한 남자가 내 쪽으로 등을 보인 채 머리를 숙이고 있는 모습이 보였어.

"M. 브레자니 씨?"

이렇게 속삭여보았지만 아무 반응도 없었지.

"M. 브레자니 씨?"

다시 한번 불렀지만 여전히 그는 움직이지 않았어.

"M. 브레자니 씨!"

이번에는 큰 소리로 고함을 쳤지만 역시 그는 꼼짝도 하지 않았어. 나는 그에게 다가가 어깨에 손을 얹었지. 그러자 그는 나를 돌아보더니 다정한 미소를 띠었어.

"M. 브레자니 씨인가요?"

나는 네 번째로 물었어. 그 사람은 아무 대답도 하지 않았고, 나는 그가 시에 나오는 귀머거리일 거라는 생각이 들었지. 그래서 그 시를 꺼내 아무 말 없이 그에게 보여주었어. 그는 시를 열심히 들여다보았고, 그동안 나는 숨도 쉬지 못하고 가만히 서 있었지. 다 읽고 나더니 그가 미소를 지었어. 그건 진짜 미소였지. 그런 다음 서랍을 열어 두꺼운 노란 봉투를 꺼내더군.

그런데 그때 정말 이상한 일이 일어났어. 여태까지 일어난 모든 일들 가운데 가장 괴상한 일이라고.

M. 브레자니는 나한테 그 노란 봉투를 건네주려다가 갑자기 팔이 허공에서 굳어버리더니, 내 등 뒤를 쏘아보는 것이었어. 나도 따라 뒤를 돌아보았지. 거기 누가 서 있었게? 물론 스마일리였어. 정말 괴상한 태도로 말이야. 미소를 띠고 있는지는 볼 수가 없

었어. 그의 얼굴이 비디오 카메라 뒤에 숨어 있었으니까. 그는 우리를 찍고 있었던 거야, 베리트!

이윽고 그는 카메라를 내리고 진짜로 웃었어. 꼭 뱀이 웃는 것 같더라.(그런데 뱀도 웃을 수 있는 걸까?) 스마일리는 비단결같이 부드러운 목소리로 속삭였어.

"그 봉투는 내 것일 텐데?"

앙다문 잇새에서 나오는 소리 같았지. 그의 외모를 뭐라고 묘사해야 할지 모르겠어. 혹시 『빨간 모자』라는 동화 봤어? 거기 보면, 늑대가 침대에 누워서 빨간 모자의 할머니인 척하는 장면이 나오잖아. 스마일리가 꼭 그렇게 보였지. 빨간 모자가 할머니께 케이크와 포도주를 가져왔을 때 할머니의 침대에 누워 있던 그 늑대처럼 말이야. 무슨 일이 벌어지고 있는 건지 전혀 짐작할 수가 없었어. 어쨌든 거기서 도망쳐야 한다는 사실만은 분명했지. 그것도 즉시 말이야.

나는 노란 봉투를 빼앗듯이 받아들고 스마일리를 홱 밀치고는 밖으로 달려나갔어. 그 바람에 그는 비디오 카메라를 떨어뜨렸지. 아마 그 덕에 살았을 거야. 그의 몸이 앞으로 꺾였고 그새에 나는 고서점을 빠져나와 나보나 광장으로 내달렸지.

호텔 방에 돌아올 때까지 잠시도 쉬지 않고 달렸어. 마침내 방에 도착하자 나는 쓰러지듯 주저앉아 깊은 숨을 몰아쉬며 봉투 위에 쓰여진 세련된 글씨체를 들여다보았지. 거기에는 이렇게 적혀 있었어. '비비 보켄, 사서함 85호, 5855 피엘란, 노르웨이'.

그리고 뒷면에는 'M. 브레자니, 코로나리 거리 5번지, 로마, 이탈리아'.

남의 편지를 읽어선 안 된다는 건 알고 있어. 하지만 위급한 상황에서는 모든 수단이 용서되는 법이지. 그리고 내가 바로 그 위급한 상황에 처해 있었던 거야.

봉투를 열었어. 종이 다섯 장이 들어 있었지. 각 장마다 제각기 다른 글씨체로 '비비 보켄의 마법의 도서관'이라고 쓰여 있었어.

그래서 위기 상황에서 허용되는 또 다른 수단을 사용했지. 그 종이들을 비비 보켄에게 보내지 않고 너한테 보내는 거야. 그러면 너는 거기 적힌 말이 무슨 뜻인지 생각해보고 거기서부터 뭔가 일을 시작할 수 있을 테니까. 나는 갈수록 아무것도 모르겠어.

그 봉투를 내 여행 가방에다 숨겨놓고 침대에 누웠지. 새롭게 사랑에 빠져 행복해하는 부모님이 돌아오실 때까지 말이야. 두 분은 저녁 식사를 하러 음식점에 가실 생각이었지. 이제야말로 난 정말 머리가 아파서 가능하면 집으로 돌아갈 때까지 방에 틀어박혀 있고 싶었지만, 어쩔 수 없이 부모님과 함께 나가야만 했어. 로마를 떠날 때까지 꼼짝 않고 방안에 있고 싶었지만 말이야.

다행히도 스마일리는 다시 나타나지 않았고, 일요일 오후에 우리는 비행기를 타고 돌아왔어.

지금은 월요일 밤 열한 시 반이야. 피곤해서 죽을 지경이지만 잊어버린 게 있어. 내 가설 말야. 내가 세운 가설이 좀 멍청하다고 생각할지 모르지만 이것 말고 다른 생각은 해낼 수가 없었어.

비비 보켄은 서적 밀수업자야. 비비는 전세계에서 희귀한 책들을 훔쳐 피엘란에 가져다가, 전세계의 돈 많은 서적 수집가들에게 파는 국제 조직에 소속되어 있어. 이 조직의 위장 암호는 비비 보켄의 마법의 도서관이지. 브레자니와 스마일리는 둘 다 이 조직에 속해 있는데, 이제 그들은 우리를 자기네 조직에 끌어들이려 하는 거야. 순진무구한 두 아이를 말이야! 바로 그거야, 베리트. 끔찍하게 들리겠지만, 우리는 바로 그렇게 끔찍한 시대에 살고 있는 거야. 어떤 사람들은 마약을 밀수하지만, 또 다른 사람들은 책을 밀수하는 거지.

이 모든 것이 사실이라면 비비 보켄이 왜 집에 책을 전혀 갖고 있지 않은지도 분명해져. 하지만 너는 다른 곳에서 그 책들을 찾아봐야 할 거야. 서적 수집가들이 피엘란에 오면 어디서 묵겠니? 맞아. 바로 문달 호텔이지. 예전에 청소하는 종업원들이 잠을 자던 그 지붕 밑 다락방을 기억해? 아마도 비비 보켄은 그곳을 창고로 쓰고 있는 게 아닐까? 하지만 이제 그만 자야겠어. 너무나 머리가 복잡하고 지쳐 있고, 게다가 땀과 여드름 때문에 미칠 지경이야. 닐스가 인사를 전하며.

 게임은 끝났어, 닐스.

우리는 어린애들 같은 장난을 시작해 어떤 여자의 뒤를 밟았지. 그 여자가 좀 행동이 이상하다는 이유로 말이야. 언젠가 다른 해 여름에는 탐정 놀이를 하면서, 범죄가 일어났다고 우리 맘대로 상상하면서 차량 번호들을 기록하고 다녔잖아. 하지만 이제 그런 게

임은 끝났어!

네 편지를 읽고 나서 모든 것을 차근차근 생각해보기 위해 긴 산책을 했지. 빙하 박물관 앞을 지나 보야 강을 건너 블로베르스퇴르까지 올라갔지. 가을이어서 정말 경치가 아름다워. 잎새들은 노랗게 물들었고 마가목 열매가 지천으로 널려 있지…….

누가 그 시를 호텔 프런트에 갖다놓았겠니? 네가 로마로 여행 간다는 사실을 알고 있는 누군가였겠지.(몇 사람한테 그 얘기를 했지?) 아래와 같은 사람들을 용의선상에 올려놓을 수 있겠지. 스마일리(그 사람이 우연히 로마에 나타났다고는 생각하지 않아.), 브레자니(그 사람은 틀림없이 네가 찾아오리라 예상하고 있었을 거야.), 그리고 물론 비비 보켄.(네가 로마에 간다는 걸 비비는 이미 알고 있었어.)

이 이상한 사람들 모두는 네가 로마에 간다는 사실을 알고 있었던 거야. 하지만 대체 그들이 어디서 그 사실을 알았을까?

그들은 모두 어떻게든 이 게임에 연루되어 있을 거야. 하지만 그게 대체 어떤 게임일까?

네가 로마에 간다는 사실을 비비 보켄이 알고 있었던 걸 보면, 비비는 네가 어느 호텔에 묵을지도 틀림없이 알았을 거야. 너를 브레자니한테 가게 만든 그 시를 비비 보켄이 썼다면 전혀 놀라울 게 없지. 브레자니는 비비 보켄의 국제 조직망 중 한 사람이니까 말이야.(네가 묵었던 곳은 몬디알 호텔이야, 닐스. 문달 호텔이 아니고 말이야. 나는 그 사실을 수정하고 싶었어. 이게 우연일까???)

하지만 책에 미친 그 여자가 너를 브레자니에게 보냈다는 것은 확실해. 브레자니에게 보냈지. 하지만 너를 로마로 보낸 건 아니잖아! 로마로 보낸 건 그 잡지사였다고! 그러니 정말 이해할 수가 없어.

그 수기 공모에 대해 좀더 자세히 알아보는 게 좋지 않을까?

그 괴상한 종이들을 비비 보켄이 아닌 나한테 보내준 것에 대해 너한테 고마워해야 할지 잘 모르겠구나. 그 종이들을 새 봉투에 넣고 '비비 보켄'이라고 쓴 다음, 빌리 홀리데이한테 우체국에 보내달라고 부탁했어. 우표도 안 붙였고 발신인 이름도 적지 않았지만 어쨌든 그건 비비 보켄한테 갔을 거야.(그것들을 보내기 전에 복사를 해두었고, 그 사본을 이 편지책에 붙여놓았어.)

내 생각에, '비비 보켄의 마법의 도서관'이라는 제목을 다양한 글자체로 인쇄해놓은 그 종이들은 어떤 책의 표지를 여러 가지로 만들어본 것인 듯해. 내년에 출판되어 비비 보켄의 마법의 도서관이라는 제목이 붙을 거라는 바로 그 책 말이야.(하지만 지리가 그걸 이미 손에 넣었다면 좀 이상하지 않아?) 그게 아니라면, 그 종이들은 바로 그 이름의 이상한 도서관에 걸어놓을 포스터 견본일 수도 있어.

하지만 그 밖의 다른 가능성도 생각해볼 수 있지. 난 다시 도서관에 가서 아주 다양한 시리즈의 책제목들을 볼 수 있었어. 예를 들어 '토어발트 달의 문화 도서관'이라는 제목이 붙은 여러 권짜리 시리즈도 있었지. 혹시 '비비 보켄의 마법의 도서관'이라는 것도 그와 비슷한 것 아닐까? 그러니까, 어떤 책 시리즈의 제목이라는 거야. 비비 보켄이 그 시리즈의 편집자일 수도 있지 않을까? 어쩌면 비비는 '비비 보켄의 마법의 도서관'이라는 이름의 출판사를 소유하고 있을지도 몰라.

92

어떤 밀수 조직이 '비비 보켄의 마법의 도서관'이라고 불린다는 건 사실 믿기가 어려워. 물론 지금의 우리로서는 어떤 가능성도 완전히 무시할 수는 없겠지요, 토르게르센 씨. 하지만 너무 성급하게 결론을 이끌어내서는 안 된다는 거야.

그리고 스마일리 얘기를 해보자.(그 비디오 카메라 얘기는 정말 끔찍했어.) 네가 그 사람과 다시 마주치지 않기를 바라지만 그렇게 간단히 그 남자의 손아귀에서 빠져나갈 수 있으리라고는 생각지 않아. 그는 분명히 뭔가를 찾으러 다니고 있는 게 분명해. 그래서 두 가지 추측이 가능하지. 하나는 그가 마법의 도서관에 대한 알 수 없는 책을 찾고 있다는 것이고, 또 하나는 도서관 자체를 찾고 있다는 거야. 그렇다면 스마일리도 우리와 똑같은 걸 찾고 있는 셈이잖아! 그러니 이제 누가 먼저 남극점에 도달하는지 두고봐야지.

더 이상은 생각한 내용이 없어. 하지만 그래도 너한테 알려줄 새로운 사실이 있지. 주말에 내가 군나르 스톨레센과 아주 흥미로운 대화를 나눴다는 거야! 그 사람 집 벨을 누르곤 "당신 팬입니다." 하고 소개했거든. 물론 나는 그 말을 그 집에 들어가는 입장권으로 이용했지.(작가들이란 엄청 자기중심적이거든. 어쨌거나 작가들은 아침을 아주 좋아해.)

우리가 무슨 얘기를 했느냐고? 뭐, 별별 얘기를 다했지. 신과 세계에 대해서 말이야. 이 정도면 됐어?

그는 어떤 작가가 요즘 어떤 마법의 도서관에 관한 책을 쓰고 있는지는 전혀 모르고 있었어. 비비 보켄이라는 사람이 있는 것도 몰랐지. 그렇지만 그는 내년에 커다란 기념 행사가 열린다는 사실을 얘기해주었어. 무슨 기념 행사냐고? 맞힐 기회를 세 번 주지! 바로 노르웨이 책의 해야. 그리고 소냐 왕비가 그 행사의 후원자란 말야.(그리고 노르웨이 왕실도 함께 참여한대.) 노르웨이에서는 삼백오십 년 전 처음으로 책이 인쇄되었어. 그 책은 고판본 같은 형태였지. 이게 우연이라고 생각해, 닐스? 비비 보켄이 이 '책의 해' 행사에 얽혀 있지 않다면 그거야말로 이상한 일일 거야…….

그 밖에도 이 사랑스러운 추리소설 작가는 자기가 지금 막 쓰고 있는 책 이야기를 해주었어. 그 책도 내년에 출판될 거래. 이렇게 해서 내년에 출판될 책들에 대해 차츰 어떤 그림이 그려지는 것 같아. 스톨레센의 책은 바르그 베움이라는 탐정을 주인공으로 한 책이래. 스톨레센은 원래 베르겐 사람이지만 책의 해 행사 때문에 오슬로에 가서 정치 스캔들 따위를 기웃거리고 다닐 건가봐. 그의 추리소설 제목은 땅에 묻힌 개들은 물지 않는다라나.

그러면 우리 개는 어디에 묻혀 있는지 한번 찾아볼까? 혹시 그 개가 아직 물 수 있는지도 말이야.(혹시 우리가 벌써 한 번, 죽어서 묻힌 개들을 찾는 일에 대해 얘기하지 않았어?)

아주 다양한 사람들과 얘기를 나눴으므로 사실 쓸 얘기가 무척 많아. 하지만 지금은 너무 많은 일이 한꺼번에 일어나서, 이 편지 책을 당장 너한테 보내고 싶어. 그래도 사소한 일 한 가지는 얘기해야겠다. 사서함 85호에 계속 새로운 소포가 도착한다는 사실이야. 하지만 비비 보켄 자신은 소포를 전혀 보내지 않아.(빌리 홀리데이는 우체국에서 그 사실을 알아냈지.) 그래서 나는 비비 보켄이 밀수한 책을 팔아서 먹고산다고는 생각할 수 없어. 어쩌면 비비는 진짜 서적 밀수업자인지도 모르지. 하지만 그 책들은 이곳 피엘란에 있어. 어쨌든 이곳에서 그 책들의 자취가 사라지고 있는 거야……

그럼 안녕, 편지 도둑 씨!

베리트 뵈(깜짝 놀랐지?)윰.

PS. 아빠와 함께 보낸 주말은 아주 멋졌어. 아빠가 정말 보고 싶어. 아빠와 엄마가 어느 날 갑자기 더 이상 서로 사랑하지 않는다는 결론을 내린 건 정말 끔찍한 일이야. 나는 두 사람 다 사랑하는데 말이야!

PPS. 비비 보켄이 어디서 네가 로마로 가는 걸 알게 되었는지 정말 모르겠니?

PPPS. 우리가 뭔가를 위해 이용당하고 있다는 기분 나쁜 의심이 슬슬 들기 시작해. 네 마지막 편지를 읽었을 때, 내가 어떤 컴퓨터 게임에서 '표적' 같은 역할을 하고 있다는 생각이 들었어.

 베리트!

다섯 마리의 암탉으로 변한 깃털 이야기 알아? 덴마크 작가 한스 크리스티안 안데르센의 동화야. 그 이야기에 나오는 암탉은 자기 깃털을 뽑으며 이렇게 외치지.

"빠졌다! 깃털을 많이 뽑으면 뽑을수록 나는 점점 예뻐질 거야."

그 광경을 본 다른 암탉 한 마리가 이웃 암탉에게 이렇게 속삭이지. 그 암탉이 수탉에게 그럴싸하게 보이려고 깃털을 몽땅 뽑아버렸다고 말이야. 그 말을 들은 부엉이 한 마리가 다른 부엉이에게 날아가서 그 말을 전하거든. 그 다음에는 비둘기 두 마리가 그 이야기를 알게 되고, 결국엔 수탉한테까지 그 얘기가 전해지지. 하지만 그러는 사이에 이야기는 이렇게 완전히 달라져버려. 즉 그 수탉은, 암탉 세 마리가 어떤 수탉을 향한 이룰 수 없는 사랑 때문에 털을 몽땅 뽑아버리곤 얼어죽고 말았다고 외치는 거야. 그 다음에도 이야기는 돌고 돌아 결국은 다시 맨 처음에 깃털 하나를 뽑았던 암탉의 귀에까지 들어가는데, 이야기는 이미 이렇게 달라져 있어.

"옛날에 암탉 다섯 마리가 있었는데, 그들 모두는 누가 수탉에 대한 상사병 때문에 가장 살이 많이 빠졌는가를 보여주려고 깃털을 남김없이 뽑았다. 그런 다음 그들은 서로 피를 흘리도록 쪼아댔고 결국 모두 죽어 나자빠졌다. 그들의 가족은 이 일을 너무나 수치스럽게 여겼으며, 닭들의 주인한테는 엄청난 손실을 가져다주었다."

이 이야기를 듣고 그 맨 처음 암탉은 너무나 화가 나서 이 이야기를 신문사에 보냈지. 신문에 실어 모두를 놀라게 하고 경고하려는 의도로 말이야. 그런데 이 이야기가 신문에 실리자 모두들 이 이야기를 사실이라고 믿게 되었어. 신문은 거짓말을 안 하니까 말야, 그렇지?

이 이야기는 재미있는 동화야. 그리고 우리가 현재 얽혀 있는 이야기와 비슷한 점이 있지. 다만 반대로 되었을 뿐이야.

이 이야기가 시작된 건 네가 깃털 하나를 줍게 된 데서부터였잖아, 안 그래? 지리의 편지 말이야. 우리는 그게 그저 단순히 어떤 암탉에 관한 이야기라고 생각했지. 비비 보켄이라는 암탉 말이야. 그런데 사실은 이 얘기가, 정확히 들여다보면 전부 다섯 마리 닭, 그러니까 암탉 두 마리와 수탉 세 마리에 관련된 이야기였던 거야. 이름을 열거하자면 비비 보켄, M. 브레자니, 스마일리, 아슬라우그 브룬과 레이네르트 브룬이지. 그리고 그 모두가 바로 우리를 쪼아대고 있는 거야, 베리트!

그래, 네가 제대로 읽었어. 아슬라우그와 레이네르트 브룬도 우리를 통제하려는 사람들 속에 포함되어 있지. 오늘 오후에 일어난 사건은 네 언짢은 기분을 다시 한번 확인시켜줄 거라고 생각해. 우리는 컴퓨터 게임 속에서 이리저리 끌려다니는 표적이야. 우리 쪽에서는 어떤 영향력도 행사할 수 없다고. 조금 전에 브룬 선생님 집에 있다가 왔는데, 선생님 부부와 함께 건포도빵을 먹고 레모네이드를 마셨지.

그 집에서 내가 무척 신경을 곤두세우고 긴장한 채 앉아 있었다는 건 상상하고도 남겠지. 물론 나는 내가 뭔가 벌받을 짓을 한 게 아닌가 생각했어. 그런데 로마에서 돌아온 뒤로 브룬 선생님의 태도가 이상하게 달라진 거야. 최근 들어 부쩍 나한테 관심을 갖는 눈치거든. 학교 운동장에서 나를 두 번이나 불러 세웠지. 한 번은 나더러 수업 시간에 로마를 주제로 발표를 하면 어떻겠느냐고 했어. 그래서 나는, 두통이 너무 심해 호텔에만 누워 있어서 아무것도 본 게 없다고 말했지. 그러자 선생님은 믿을 수 없다는 눈길로 나를 바라보더군. 내가 모르는 어떤 것을 자기가 알고 있다는 듯한 표정으로 말이야.

두 번째로는, 나더러 다음 번 작문 주제를 한번 제안해보겠느냐고 묻더군. 나는 너무나 놀라서 뭔가 중얼중얼거렸는데, 상상력을 억제하려고 애쓰는 중이라는 말을 한 것 같아. 그러자 그는 서글픈 표정을 지으며 내 머리를 쓰다듬더니 이렇게 말했어.

"그러지 마라, 닐스. 상상력은 너의 중요한 작업 도구야."

나한테 레모네이드를 마시러 오라고 선생님이 말했을 때 나는 그 말을 제대로 이해할 수가 없었어. 여기에는 분명 끔찍한 함정이 도사리고 있는 거라고 생각했지. 하지만 나는 그 초대를 받아들였어. 선생님 부부가 함께 달려나와 문을 열어주더군. 우리는 거실로 들어갔는데 거실 탁자 위에 뭐가 있었게? 나도 세 번의 기회를 주지. 책들이 산더미처럼 쌓여 있었어.

나는 저녁 내내 아무 말도 하지 않았지만, 선생님 부부는 손짓 발짓해가며 두 줄기 폭포처럼 말을 쏟아내더군.(그런데 폭포가 원래 손짓발짓하며 말을 할 수 있나?) 그들은 책에 관한 이야기를 했어. 서스펜스 소설과 기행문의 차이에 대해서도 얘기했지. 그리고 연극, 시, 산문(장편소설과 단편소설 등등)에 대한 이야기도 하더군.

그런 다음 그들은 작가들이 작품을 쓰는 다양한 방식에 대해 얘기했어. 어떤 작가들은 먼저 전체의 초안을 잡아놓고 작품을 쓰기 시작하기 때문에 처음부터 이야기 전체를 알고 있지만, 또 어떤 작가들은 그저 맨 첫 부분만 머릿속으로 생각하고 작품을 쓰기 시작하기도 한다는 거야. 또 작가는 등장 인물들을 정말 자기 앞에 있는 것처럼 생생하게 그려볼 수 있어야 한다고 그들은 말했지. 자기가 만들어낸 인물들의 옷차림, 머리카락 색깔, 그리고 온갖 희한한 부분에 대해서도 말이야. 책을 읽을 때는, 작가들이란 누구나 제 나름의 방식으로 말을 하며 그래서 책 속의 등장 인물들도 저마다 독특한 표현 방식을 가지고 있다는 점을 염두에 두어야 한다고 그들은 말했어. 그리고 글을 쓸 때는 아주 정확해야 하며 형용사를 주의해서 사용해야 한다는 말도 했지. 예를 들어 "그 꽃은 정말 아름다워 보인다." 하고 쓰면, 그건 전혀 꽃에 대한 묘사가 아니라는 거야. 꽃을 묘사하려면 그 글을 읽는 모든 사람이 정말로 자기 눈앞에서 아주 아름다운 꽃을 바라보고 있는 것 같은 느낌을 갖게 하는 편이 훨씬 낫다는 거지.

내가 건포도빵 다섯 개를 먹고 레모네이드를 두 병이나 비울 때까지 그들은 이야기를 계속했어. 그동안 나는 다섯 번 "예." 하고 대답하고 일곱 번 "맞아요." 한 게 다였지.

이야기가 끝나자 선생님 부인이 내게 눈짓을 하며 말했지.

"자, 닐스. 너한테 좀 도움이 되었니?"

"그럼요, 물론입니다."

이렇게 우물거리며 나는 두 사람이 정말 미쳐버린 게 아닌가 생각했어.

브룬 선생님은 시계를 보더니 갑자기 나를 집으로 돌려보내려고 서두르는 것 같았지. 나를 문 쪽으로 데리고 가더니 거의 밀어

내다시피 내보내버렸어.

밖으로 나오자마자 브룬 선생님의 집 앞에 택시 한 대가 섰지. 택시에서 내린 남자는 나를 보지 못했어. 급하게 문으로 달려가 벨을 눌렀기 때문이야. 하지만 나는 그 사람을 보았지. 놀라지 마, 베리트!

그건 스마일리였어!

스마일리가 브룬 선생님에게 오고 있었던 거야. 도대체 무슨 일이 일어나고 있는 건지 알 수가 없었어. 하지만 비비 보켄이 핵심에 있는 어떤 괴상한 비밀 조직이 우리를 희생양으로 삼으려 한다는 사실만은 알 수 있어.

네 말이 맞아. 우리는 게임의 표적인 거야. 겁이 나기는 하지만 우리는 이제 우리가 할 일을 결정하지 않으면 안 돼.

편지책을 여기서 끝내고 이 모든 일을 잊어버릴 수도 있지. 아니면 게임을 우리가 접수해 다른 사람들을 표적으로 만들 수도 있을 거야. 나는 후자 쪽을 제안하고 싶어. 이미 시작했으니 끝장을 보는 수밖에.

출발점으로 돌아가는 것이 좋지 않을까? 우리가 비비 보켄을 처음으로 만났던 플랏브레 산장 말이야. 가서 방명록을 읽어봐. 그리고 브룬과 브레자니라는 이름이 거기 들어 있는지도 살펴봐. 어쩌면 거기서 이 안개를 걷어낼 수 있는 비밀 암호나 어떤 정보를 얻어낼 수 있을지 몰라. 어쨌든 나는 안개 속을 헤치고 걸어 들어갈 생각이야. 현재로서는 내게 어떤 가설도 없어. 하지만 내가 지금 엄청나게 화가 나 있다는 것만은 분명해. 그래서 이 분노를 유용하게 사용할 생각이야!

　닐스.

PS. 군나르 스톨레센의 땅속에 묻힌 개들에 관한 이야기는 제대로 이해하지 못했어. 그게 비비 보켄하고 무슨 상관이지? 여기 뭔가가 묻혀 있다는 거야? 대체 뭐가? 비비 보켄의 책들이 묻혀 있는 걸까? 하지만 그렇다면 그녀가 무엇 때문에 그 소중한 책들을 모으고 있는 거지? 그저 땅에 묻기 위해서란 말이야? 너 나한테 장난치는 거니?

 친애하는 소설가에게,

너무 심각하게 받아들일 필요는 없을 거야. 하지만 어째서 갑자기 브룬 선생님이 너를 초대했는지 사실은 이해할 수가 없어. 작가가 되는 길에 대해 강의를 하려고 너를 초대하다니! 네가 숙제로 쓴 그 작문을 읽은 뒤에 말이지!!!

　깃털 하나에서 암탉 다섯 마리를 만들어냈다고 우리를 비난할 수 있는 사람은 아무도 없을 거야. 우리는 양계장에 넣을 수탉과 암탉들을 이미 충분히 확보하고 있고, 이 농장은 로마까지 연결되어 있으니 말이야. 머지않아 이 모든 이야기를 전세계 신문에 실을 정도가 될 거야. 그 동화에서처럼 말이지.(그러면 우리는 여러 마리 암탉의 털을 뽑게 되겠지! 우리의 적들을 상대로 한판 승부를 벌이게 된다는 뜻이야.) 하지만 지금은 좀더 기다려야 할 것 같아. 우리 이야기가 점점 자라나고 있으니까.

편지책은 어제 오후에 여기 도착했고, 그건 아주 잘된 일이었어. 오늘은 토요일이고 가을 날씨가 눈부시게 좋으니 말이야. 나는 네 말을 글자 그대로 받아들였어. 플랏브레 산장에 아마도 중요한 단서가 있을 거라고 말했잖아. 그래서 지금 거기 와 앉아 있다고. 그 편지를 읽자마자 오늘 바로 배낭을 챙겨 길을 떠난 거야. 엄마가 나를 외이가르덴까지 차로 데려다 주셨어.

쉬운 여행이 아니지만, 이 순간에는 충분히 그런 고생을 할 만한 가치가 있다고 생각해. 빙하 지대에 이르러 피엘란 피오르드의 장관을 내려다보고 있으면 말이야. 이곳에서 태어났다는 사실이 자랑스러워. 그리고 세상 어디에도 이보다 아름다운 곳은 없다는 우쭐한 기분이 들어.

이제 난 이 꼭대기 플랏브레 산장에 달랑 혼자 앉아 다리가 아프다는 생각을 하고 있지. 해발 천 미터를 올라왔으니 말이야. 오랫동안 방명록을 뒤적여보았어. 잘 들어봐.

7월 12일 수요일, 우리가 여기 온 바로 그날 비비 보켄은 자신의 괴상한 이름을 바로 우리 이름 밑에 적어놓았더군. 하지만 우리가 적어놓은 시가 사라져버린 거야, 닐스! 누군가가 바로 그 페이지를 방명록에서 찢어내버렸더라고. 왜 그랬을까? 그 시가 별로 좋지 않아서였을까? 아니면 아이들의 상상력을 두려워하는 사람들이 정말 있는 걸까???

나는 너무나 화가 나서, 그 자리에서 큰 소리로 그 시를 다시 읊었어. 통째로 머릿속에 외우고 있으니 누구도 기억 속에서 훔쳐갈 수는 없을 거야.

　　즐거운 여름을 이곳에서 보내며
　　우리는 콜라 한 잔을 함께 마신다.
　　그 '우리'는 바로 닐스와 베리트.
　　지금은 신나는 방학중.
　　이 산꼭대기가 너무나 아름다워
　　둘 다 집에 돌아가고 싶은 생각이 없다네.

　그건 그렇고, 그 무렵 비비 보켄은 며칠이 지난 뒤 다시 여기에 왔어. 놀라지 마. 7월 15일 토요일자 방명록에서 다시 비비의 이름을 발견했는데, 바로 그 옆에 누구의 서명이 있었는지 알아? 바로 마리오 브레자니였어!

　그 귀머거리 고서적상의 이름을 찾아내기까지 상당히 많은 열량을 소모했어. 하지만 유감스럽게도 브룬 가족의 이름은 전혀 실려 있지 않다는 사실을 받아들일 수밖에 없었지. 그들은 플랏브레 산장의 방명록에 아무런 흔적도 남겨놓지 않았더라고. 어쨌든 1996년 5월 26일부터 현재까지는 다녀가지 않은 게 분명해. 그리고 너와 끊임없이 마주치는('너를 감시하고 있는'이라고 말할까?) 그 괴상한 대머리를 방명록에서 찾아보려고도 했지. 누군가가 8월 3일 방명록에다 활짝 웃는 해님 얼굴을 그려놓았더구나. 하지만 그게 스마일리의 서명이라고 보기는 어렵겠지?(혹시 맞을까?)

이게 전부야, 닐스. 내가 여기서 거대한 서고를 발견했기를 기대하고 있었다면 미안하지만 너를 실망시킬 수밖에 없구나. 피엘란 어딘가에 숨겨진 도서관이 존재할 가능성은 물론 있어. 하지만 어쨌든 그 도서관이 플랏브레 산장에 숨겨져 있지 않은 것만은 확실해. 나는 돌들을 뒤집어보고 바위 사이사이마다 들여다보았거든.(설마 빙하의 틈바구니까지 들여다보라는 건 아니겠지?)

그런데 할 얘기가 더 있어. 눈먼 닭도 황금 쪼가리를 쪼아오는 일이 있다는 거지. 너는 추신에다 "여기 뭔가가 묻혀 있다는 거야? 대체 뭐가? 비비 보켄의 책들이 묻혀 있는 걸까?" 하고 썼잖아. 바로 그거야.

그래!!! 비비 보켄의 집에 책이 한 권도 없기 때문에 바로 그런 추측이 가능한 거야. 비비는 피엘란 어디엔가 자기 책들을 묻어놓았단 말이지! 그녀는 지하 도서관을 만들어놓았을 거야. 그게 바로 마법의 도서관일 거라고!

우리는 이 도서관을 찾아야만 해. 그것도 스마일리가 찾아내기 전에 말이야, 무슨 말인지 알겠어? 하지만 등반가나 빙하 탐험가와 함께 일하기보다는 두더지들을 데리고 일하는 편이 나을 거야.

여기서 내려가면 그때 다시 계속 쓸게…….

한 가지 더! 지금 막 듀이의 분류표를 다시 한번 들여다보았어. 그 표는 990이라는 숫자로 끝나고, 그 숫자는 '기타 지역 및 지구 밖의 역사' 라는 제목을 달고 있지. 1,000이라는 숫자는 거기 없지만 이런 가설을 세울 수 있을 것 같아. 1,000이라는 그룹이 있다면 아마도 '지하 세계의 역사' 라고 이름 붙일 수 있을 거야. '지하 도서관의 역사'라고까지는 하지 않더라도 말이야.

지금 막 더 깨달은 게 있어. 듀이가 분류한 첫 번째 도서 그룹은 '010 서지학'이지. 그런데 비비 보켄은 진짜 서지학자잖아!(출처: 지리. 인용: "노르웨이 전체에서 단 한 명의 서지학자를 꼽는다면 그건 바로 너잖아.") 그리고 우리가 몇 가지 단서를 찾아낸 플랏브레 산장은 해발 천 미터 고지에 있지. 그런데 비비 보켄이 사는 집은 정확하게 해발 십 미터 높이에 있단 말이야. 10에서 1,000까지. 그게 바로 듀이의 시스템과 똑같잖아! 이것도 하나의 단서가 될 수 있을까? 난 모르겠어!

문달 호텔의 프런트에서

온 몸이 덜덜 떨려. 몇 년 전인지는 모르지만 오래 전에 이미 내가 비비 보켄과 마주친 적이 있다는 거야. 그때 나는 일곱 살 아니면 여덟 살이었어.(출처: 빌리 홀리데이) 하지만 다음 편지에서 그 얘기를 더 자세히 할게. 지금은 이 편지책을 우체국에 가져가야 하고, 그 전에 추신 두 개를 재빨리 덧붙여야 하거든.

죽을 때까지 너와 함께 할 베리트.

PS. 편지책의 표지가 이젠 별로 마음에 들지 않아. 이 표지의 사진은 송네 피오르드잖아, 안 그래? 그런데 플랏브레 산장에서 내려왔을 때 지리가 로마에서 보낸 그 편지 속의 구절이 갑자기 떠오르는 거야. "이 표지 사진은 몇몇 높은 산들 가운데 하나" 하는 얘기 말이야. 거기 그렇게 쓰여 있었지!!!???!!!

편지책을 살 때 해질녘 풍경과 붉은 하트가 그려진 표지를 고를 걸 그랬지.(하지만 그랬더라면 비비 보켄이 돈을 내주지 않았을지도 몰라, 그렇지???)

PPS. 비비 보켄과 브레자니, 스마일리와 브룬 선생님 부부 모두가 어떤 비밀 교단에 속해 있는지도 몰라. 세계의 권력을 손아귀에 쥐려는 교단 말이야. 어쩌면 그들은 전세계의 모든 아이들을 자기들 손아귀에 넣고 통제하려는 것인지도 몰라. 그런 정신나간 교단에 관한 이야기를 들은 일이 있어. 아이들과 청소년들을 세뇌시키려고 했던 교단 말이야.(세뇌가 뭐냐고? 사전을 찾아봐!)

PPPS. "우리는 이미 A를 말했어. 그러니 이제 알파벳으로 끝장을 봐야 돼." 하고 너는 편지에 썼지. 하지만 이 사건은 그 사이에 너무나 괴상해져서 정말 의혹을 떨쳐버릴 수가 없어. 그래서 너한테 얀 에리크 볼드의 짧은 시를 보낸다.

A라고 말하는 사람은
A라고 말한 것이다.

무슨 말인지 알겠어? 네가 A라고 말했다면 그건 A라고 말한 거고, 너는 그 결과에 대해 책임을 져야 해. 하지만 그렇다고 해서 네가 그 다음에 꼭 B라고 말해야 한다는 뜻은 아니야.

인사를 전하며 B.

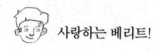 **사랑하는 베리트!**

이제 너는 그야말로 확실한 단서를 잡은 것 같구나! 비밀 교단이란 말이지! 바로 내가 하려던 말을 네가 가로채 간 거야.

너 혹시 로알드 달이 쓴 『마녀들』이라는 책 읽어봤니? 읽지 마. 가슴속의 심장을 잡아채는 것처럼 무섭거든.

그 책에는 아이들을 너무너무 좋아하는 것처럼 보이는 여자들이 무더기로 나오는데, 사실 그 여자들은 전혀 아이들을 사랑하지 않아. 다들 아이를 아주 싫어하는 마녀들이지. 그들은 아이들을 쥐로 변신시켜 이 세상에서 완전히 쓸어내 버리려고 하는 거야.

비비 보켄과 그 일당이 실제로는 그런 마녀들일 수도 있어. 우리를 쥐로 만들려는 게 아니라 우리 머릿속에서 생각을 제거하고 그 대신 자신들의 생각을 우리 머릿속에 채워넣으려는 거야. 비비 보켄이 빙하 밑에 마법의 도서관을 짓고 있다고 생각해봐! 우리 머릿속에서 나온 생각들로 가득 찬 도서관 말이야! 그래서 그 이름이 마법의 도서관인 거야. 갈수록 우리가 그 마법에 얽혀들고 있다는 생각이 들어.

어째서 브룬 선생님과 부인이 갑자기 나를 집으로 초대해 레모네이드와 건포도빵을 주었겠니? 친절을 베풀려고? 천만의 말씀이야! 그럴 리가 없지. 그들은 내 생각을 통제하려고 했던 거야. 그래서 두 사람은 작가들이 어떻게 글을 쓰는가를 설명한 거지. 그 이유는 분명해. 하지만 그들이 말한 내용은 전혀 옳지 않아. 나는 상당히 많은 책을 읽었고, 작가들이 저마다 다른 방식으로 글을 쓴다는 걸 알고 있어. "그 꽃은 기가 막히게 아름답다." 훌륭한 작가들 중에도 이런 식으로 글을 쓰는 사람들이 있다고. 어떻게 글을 써야 하는지 정해진 규칙이란 없는 거야. 그리고 생각을 하는 데도 어떻게 생각해야 한다는 규칙이란 없는 거지. 하지만 비비 보켄은 그런 규칙들을 정해 우리를 모두 판박이처럼 똑같게 만들려는 거야. 그러면 자신들이 우리한테서 무엇을 기대할 수 있는지를 알 수 있거든.

그들은 우리가 옛날에 했던 생각들을 요스테달 빙하 밑에 있는 마법의 도서관 속에 집어넣는 거야. 그게 사실이야, 베리트. 우리가 똑바로 눈을 뜨고 지켜보지 않으면, 우리는 로봇이나 살아 있는 시체가 되고 말 거야.

사실 이런 것들은 그저 소박한 가설에 지나지 않지. 최근에 내가 만들어낸 가설이야. 내가 이런 생각을 하게 된 건 우선은 네 편지 때문이고, 다음으론 브룬 선생님이 내 머릿속 생각을 읽고 있다는 걸 알게 되었기 때문이야.

그 일은 어제 쉬는 시간에 집에서 싸온 빵을 먹으려고 할 때 일어났어. 브룬 선생님이 나를 감시하고 있었지. 나는 가방을 들고 운동장으로 내려갔어. 그 다음 시간이 체육 시간이었거든. 편지책도 물론 가방 속에 들어 있었지. 나는 편지책을 잠시라도 몸에서 떼어놓는 법이 없어. 빵을 꺼내려고 가방 속에 손을 집어넣을 때 편지책이 거기 그대로 있는지 확인해보려고 했지. 그대로 있길래 안도의 한숨을 내쉬었어. 그 순간 브룬 선생님이 나한테 다가오더군. 그는 내게 미소를 지으면서(요즘은 온 세상이 나한테 미소를 짓고 있어.) 이렇게 말했지.

"닐스구나. 도대체 가방 속에 무슨 비밀들을 감추고 있는 거지?"

나는 너무나 놀라 백십사 미터 높이로 뛰어올랐다가, 내가 가진 비밀이라고는 엄마가 내가 먹을 빵에 무슨 잼을 발라놓았는가 하는 것뿐이라고 주장했지.

"그래? 그게 전부란 말이지?"

난 덜덜 떨리는 손으로 빵을 싼 포장을 풀었어. 브룬 선생님이 내 생각을 마치 펼쳐놓은 책처럼 읽고 있다는 걸 알 수 있었지. 꼭 편지책이라고 얘기하고 싶진 않지만 말이야.

"아뇨, 그게 다는 아니에요. 잼이 아니라 치즈였군요."

나는 우물거리며 그렇게 말했지.

그러면서 찡그린 표정으로 웃어 보이고는 빵을 한 입 베어 물었어. 그 한 입이 입 속에서 거대한 덩어리처럼 부풀어오르더군. 도저히 삼킬 수가 없어서 빵 조각을 소처럼 씹고 또 씹었지.

"아주 그럴듯한 대답이구나. 네가 한 말을 잘 기억해둬라. 그런 말은 아무 생각 없이 쓸 수 있는 말이 아니니까."

그리고 나서 브룬 선생님은 휙 가버렸어. 나는 줄곧 씹고 있던 빵 조각을 뱉어버린 다음, 편지책이 아직 가방 속에 있는지 확인했지.

이제 나는 여기 앉아 생각에 집중하려 애쓰고 있어. 그건 쉬운 일이 아니야. 더구나 누군가가 끊임없이 생각을 훔쳐가려 할 때는 말이지.

어쩌면 이런 갖가지 상상은 그저 내 머릿속에서 나온 가설일지도 몰라. 하지만 그렇다 하더라도 내가 뭔가 상상을 할 수 있다는 사실이 마음에 들어.

네 조사를 계속 진행시켜봐, 베리트. 그래도 우리 둘 중에 지금은 네가 더 현명한 생각을 할 수 있는 것 같으니까. 내 머리는 온통 혼란스러울 뿐이야.

닐스.

PS. 그건 그렇고, 그 방명록에 그려져 있던 미소 짓는 해님 말이야. 혹시 그게 마녀들의 비밀 암호가 아닐까 하는 생각이 들어.

내가 얼마나 헷갈리고 있는지 알겠지? 나는 어떤 것을 믿으면서 동시에 믿지 않아. 누구도 '아마' 라는 말을 믿지는 않겠지. 자기 생각을 방금 잃어버린 사람을 빼고는 말이야.

살려줘!

 사랑하는 닐스,

느긋하게 여유를 가져. 네가 최근에 읽은 책에 너무 집착할 필요는 없어. 현실에서도 그런 일이 일어날 거라고 생각할 필요는 없다고. 이야기는 이야기일 뿐이니까. 그리고 마녀라는 건 그렇게 아무데나 널려 있는 게 아니야. 하지만 물론 조심은 해야지. 이제부터 편지책을 신경 써서 잘 지켜. 괜히 시내에서 빙빙 돌아다니지 말고, 사람들 앞에서 편지책을 내놓고 흔들지도 마. 우리는 끊임없이 감시를 당하고 있으니 말이야. 사람들이 우리의 생각을 읽고 있는지는 나도 확실하게 판단할 수 없지만…….

내가 지난번 편지에서 얘기하다 만 중요한 사실을 전해야겠어. 비비 보켄을 오래 전에 만난 적이 있다는 얘기 말이야. 아주 오래 전 일이지. 그때만 해도 나는 아주 어렸어. 그런데 그 일이 아마도 중요한 단서가 될 거야. 그 모든 사실을 빌리 홀리데이와 함께 호텔을 운영하고 있는 부인한테서 알게 되었지. 그 부인의 이름은 마리트 오르헤임 메우리첸이야.

이 모두가 역사의 일부야. 자, 이제부터 잘 들어봐! 그건 거대한 피엘란 터널이 준공되고 미국의 전 부통령이었던 월터 먼데일이 이곳에 와 있을 때였어. 터널 준공식은 1986년 5월 17일에 있었는데, 이 지역의 예술가를 대표하는 루드비그 에이코스가 행사를 책임지고 있었지. 예언자들의 예언이 실현되도록, 그는 터널 입구에 거대한 성모상을 그려놓았어. 성모의 초상에는 '터널의 수호자'라는 이름이 붙었지.

그리고 베리트 뵈윰도 베르겐을 떠나 피엘란으로 왔어. 당시 약혼식을 올린 상태(!)였던 부모님과 함께 뵈윰가의 일원으로서 문달 호텔의 방명록에 이름을 써넣기 위해서였지. 하지만 호텔에는 그들을 위한 방이 남아 있지 않았어. 그래서 그들은 우리 할아버지의 오래된 소유지에 있는 작은 오두막집에 묵었지…….

내 얘기를 잘 따라오고 있니, 닐스? 그때는 도시 전체가 제정신이 아니었어. 지역 사람들과 경찰과 언론은 정신없이 들끓고 있었지. 미국의 전 부통령이 터널 준공식 행사를 이끌게 되었으니까. 그런데 나도 바로 거기 있었다고. 그날에 대한 기억은 거의 없어. 하지만 지금 난 마리트 오르헤임 메우리첸 여사와 함께 호텔 프런트에 앉아 있단다. 우리는 터널 준공식 날 기록된 호텔 방명록을 들춰보았는데, 거기서 다른 저명 인사들의 이름 곁에 적혀 있는 내 이름을 찾아냈지. 물론 난 어릴 때 월터 먼데일을 만났다는 사실을 오래 전부터 떠벌리고 다녔어.(먼데일의 할아버지와 할머니는 문달 출신이야. 너 알아? 그래서 그 사람 이름이 먼데일이 된 거…….) 하지만 난 비비 보켄도 그 자리에 있었다는 사실은 전혀 모르고 있었어.

이건 정말 사실이야. 다음에 이곳에 오면 너도 직접 그 사실을 확인할 수 있을 거야. 마리트는 비비를 잘 기억하고 있었어. 그때는 아무도 비비가 누구인지 몰랐는데, 비비는 자신을 신문기자라고 소개했대. 그리고 비비 보켄은 월터 먼데일과 아는 사이였다는 거야! 행사 내내 그녀는 먼데일 곁에 서서 그에게 귓속말로 비밀 얘기를 하고 있었다는데…….

나는 지금 피엘란 얘기를 하고 있는 거야, 닐스. 이곳이 그 일로 차츰 유명해졌기 때문에, 이것에 대해서는 아직도 더 많은 정보가 있어. 백과사전을 찾아보면 이렇게 적혀 있거든.

피엘란 피오르드. 송네 피오르드의 한 갈래로 약 25킬로미터에 달한다. 발레스트란 뒤쪽으로, 웅장하고 빙하로 덮여 있는 산들 사이를 뱀처럼 굽이치며 지나가 요스테달 빙하까지 이른다. 이 피오르드의 맨 뒤쪽, 그러니까 왼쪽 해안에는 피엘란의 교회와 문달 관광호텔이 있다. 이곳으로부터 뵈윰 빙하와 수펠 빙하로 올라가는 길들이 뻗어 있는데, 그 두 곳은 요스테달 빙하의 갈래다. 피엘란이라는 이름의 기원은 확실히 밝혀져 있지 않다.

하지만 이 내용은 먼데일과 그 관련 인물들 이전의 일이야. 그러니까 우리 지역이 세계 지도 위에 존재하기 전에 있었던 일이지. 그 전에는 어떤 지도 위에도 피엘란은 존재하지 않았어. 왜냐하면 그때부터 비로소 우리 지역은 주변 지역과 도로로 연계되었거든. 여기서 넌 다시 한번 (아주 건조한) 전문 서적의 문장들을 소화해야 해. 아래에 소개하는 정보는 도로건설부에서 발행한 팸플릿에서 발췌한 거야.

피엘란이 여러 해 동안 도로 건설을 위해 투쟁한 결과, 1975년에 의회는 드디어 주도로 건설을 승인했다. '피엘란으로 가는 길'이라는 이름의 운동 단체는 세 가지 안을 내놓았다. 도로가 베틀레 피오르드를 경유하든가, 셰이를 경유하든가, 송달을 경유하든가 하는 거였다. 도로건설부는 송달을 경유하는 도로를 건설하려 했지만, 의회는 1976년에 셰이를 경유하는 안을 채택했다.

도로 공사는 1977년에 시작되었고, 도로와 피엘란 터널은 1986년 5월 31일에 공식 개통되었다. 피엘란-셰이 간 도로는 피엘란 선착장에서 주도로 14번을 가로질러 엘스터의 셰이까지 뻗어 있다. 도로 총 길이는 30,600미터에 달한다.

이 도로에는 도합 7,350미터에 달하는 터널 세 곳이 있다. 그 중 가장 긴 터널이 6,381미터인 피엘란 터널이다.

도로 공사는 1977년 9월에 착수되었다. 셰스네스피오르드 거리의 구도로가 개축되었고 눈사태에 안전하도록 공사가 이루어졌다. 피엘란 터널은 1981년에 착공되었다. 잠시도 쉬지 않고 공사가 진행되었고 부분적으로는 이교대 또는 삼교대로 작업이 계속되었다. 1985년 5월 8일에 굴착 공사가 끝났다. 그 사이에 피엘란 쪽으로 4,463미터, 셰이 쪽으로 1,977미터가 굴착 공사로 폭파되어 사라졌다.

이 터널은 도로공사의 지도 관리 아래 설계되고 공사되었다.

터널에서 나온 돌더미를 실어나르는 일에 이 지역의 모든 운송회사가 참여했다. 피엘란 쪽의 안전 공사, 전기 배선, 지붕 씌우기 작업에도 지역 회사들이 투입되었다.

피엘란 터널 공사로 약 336,000세제곱미터의 산림이 사라졌다. 공사를 위해 638톤의 폭약이 사용되었고, 609킬로미터의 굴착 공사가 이루어졌다. 터널에서 나온 돌무더기는 피엘란 쪽 8.4킬로미터, 룬데 쪽 3.4킬로미터의 도로를 건설하는 데 사용되었다. 나머지 돌들은 뵈야달렌으로 옮겨져, 건축가들과 공동 작업으로……

아직 잘 따라오고 있니, 닐스? 아니면 그 사이에 끈을 놓쳐버린 건 아니니? 나는 피엘란 터널이 요스테달 빙하 아래로 지나간다는 사실을 개인적으로 덧붙이고 싶어. 어쩌면 우리는 여기서 비밀의 도서관을 세울 수 있는 이상적인 가능성에 대해 이야기하고 있는지도 몰라! 요스테달 빙하 아래란 말야, 닐스! 그러니까 유럽 최대 규모의 빙하 지대지. 우린 지금 천 제곱킬로미터나 되는 엄청난 넓이의 지역 얘기를 하고 있는 거야. 그리고 이 거대한 빙하 밑으로 어느 날 불쑥 육 킬로미터가 넘는 긴 터널이 지어진 거야. 그리고 '터널에서 나온 돌무더기'를 치우려고 '이 지역의 모든 운송회사'가 참여해야 할 정도로 거대한 지하 공간이 생긴 거지. 그리고 거기서 나온 돌더미는 건축가들과 공동 작업으로 처리되었던 거야. 그러니까 정말 텅 빈 공간이지.

그런 도서관이라면 최후의 심판 날까지 살아남을 거야. 더 이상 의심할 이유가 없어. 이 엄청난 터널 공사와 비비 보켄의 비밀 도서관은 분명 관계가 있을 거야.

너도 지난번 편지에서 그렇게 썼잖아. "비비 보켄이 빙하 밑에 마법의 도서관을 짓고 있다고 생각해봐!" 그리고 늘 하듯이 눈을 가린 돼지(비비 보켄)한테 꼬랑지를 붙여놓았지. 그건 바로 네가 쓴 말이었어. 하지만 이번에는 내가 말을 할 차례야.

왜냐하면 아직 그게 전부가 아니거든!

피엘란 터널이 개통된 지 정확히 다섯 해가 지난 날 피엘란에서는 또 다른 뭔가가 문을 열었어. 1991년 5월 31일이었지. 노르웨이 빙하 박물관이 문을 연 거야. 소냐 왕비의 손으로 말이야. 그래, 바로 소냐 왕비라고. 왕비에 대해 들어본 적 있어??? 바로 노르웨이 책의 해의 후원자잖아! 그리고 빙하 박물관 개관식 때 비비 보켄이 또 그 자리에 있었다고. 그때 비비는 두 번째로 피엘란을 방문한 참이었지.(내 말을 믿을 필요는 없어, 닐스. 못 믿겠으면 문달 호텔에 전화해서 물어봐.) 그로부터 두어 달 뒤 비비는 문달 위쪽의 노란 집을 사들였지……

무슨 말인지 알겠어? 더는 얘기하지 않을게.

지금까지 다음과 같은 인물들이 이 사건에 연루되었어.

—세계적으로 유명한 서지학자(비비 보켄)

—미국 전 부통령(월터 먼데일)

—왕실(소냐 왕비)

—의회(메우리첸 의원)

—이탈리아 고서점 주인(마리오 브레자니)

—어디든지 나타나는 대머리(스마일리)

—도로공사(교통부 산하 공사)

—세계에서 가장 아늑한 호텔(1891년 개업, 노르웨이 빙하 박물관보다 정확하게 백 년 앞서 세워졌음)

—피엘란 터널(1986년 5월 31일 개통)

—노르웨이 빙하 박물관(1991년 5월 31일 개관. 피엘란 터널이 개통된 지 다섯 해 뒤)

—요스테달 빙하(수천 년 전 생성)

(사느냐 죽느냐를 고민하는) 베리트 뵈윰으로부터.

PS. 이 편지에서 이미 빙하를 너무나 자주 언급했기 때문에 이제 얀 에리크 볼드의 시 한 편을 덧붙여 보낼게. 이 시를 이해하려면 아마 디플로메이스-에스키모('디플로메이스'는 노르웨이의 아이스크림 제품 이름. 그 광고에 에스키모가 그려져 있음—옮긴이)가 어떻게 생겼

는지 정확하게 알아야 할 거야. 한 손을 진짜 에스키모가 인사할 때처럼 높이 쳐들고 있다고. 석 줄밖에 안 되지만 완벽한 한 편의 시야.

　운송차에 붙어 있는
　디플로메이스-에스키모
　나도 손을 흔들어주었다.

이 시를 처음 읽었을 때는 정말 좋아서 미칠 지경이었어. 이렇게 짧은 시지만 그 짧은 시간에 나는 정말 미쳐버린 거야. 그래서 내가 어떻게 했는지 알아? 정말 그 아이스크림 차를 보고 손을 흔들어주었어. 마치 내가 그린란드 빙하 위에 달랑 혼자 버려져 있다가 갑자기 나랑 똑같이 외로운 디플로메이스-에스키모를 만난 것처럼 말이야!

난 지금 너한테 손을 흔들고 있어.

너도 나한테 손을 흔들고 있니?

조요오오오옹! 지금 여기서 무슨 일이 일어나고 있어…….

비비 보켄이야!!! 비비가 호텔 입구 계단 위에 서 있다고. 난 뒷문으로 빠져나갈 생각이야……. 하지만 다시 내 소식을 듣게 될 거야. 편지책 잘 지켜!

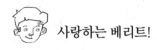 **사랑하는 베리트!**

머리가 어지러워. 워싱턴의 백악관이 벌써 이 사건에 연루되었단 말이지! 그리고 소냐 왕비까지??

나를 다시 단단한 바닥에 두 다리를 딛고 설 수 있게 도와줘서 고맙다. 아마 내 마녀 가설이 머리를 좀 쭈뼛하게 만들긴 했겠지. 어쨌거나 우리는 모든 가능성을 생각하지 않을 수 없잖아.

여기 또 한 가지 신비로운 일이 있어. 이건 가설이 아니야. 사실이라고!

그 일은 어제 오후에 시작되었어. 나는 칼 요한 거리를 지나가고 있었지. 너도 알다시피, 오슬로의 가장 화려한 거리지. 내가 타눔 서점 앞을 지나갈 때 누구를 봤는지 알아? 맞아, 바로 스마일리야.

그는 서점 안에 서서 여직원과 이야기를 나누고 있었어. 나는 멈춰 서서 창문 너머로 그를 바라보았지. 그러면서 입센 전집을 열심히 쳐다보는 척했어. 스마일리가 서점에서 나오자 등을 돌렸지. 그래서 그는 나를 보지 못했어. 그리고 대학로를 가로질러 가는 그를 뒤쫓아 갔다고.

스마일리는 국립극장 앞을 지나고 스토르팅스 거리를 지난 다음 테아터카페엔이라는 이름의 레스토랑으로 들어갔어. 나도 따라 들어갔지. 입구에서 자리를 예약했느냐고 종업원이 묻기에 아버지와 여기서 만나기로 했다고 말했어. 그리고 우리 아버지는 해운회사 사장이라고 했어. 사실 멍청한 말이었지만 종업원은 나를 들여보내 주었지.

들어가보니 스마일리는 창가 테이블에 앉아 있었어. 누구와 함께였는지 알아? 네 립스틱 떨어뜨리지 마, 베리트! 아스트리드 린드그렌과 함께였어! 말괄량이 삐삐 이야기를 쓴 그 할머니 작가 말이야. 물론 린드그렌은 소년 탐정 칼레 블롬키스트와 산적의 딸 로냐 이야기도 썼지.

많은 사람이 그 책들을 아동 도서라고 생각하겠지만, 커서 읽어도 아주 멋지지. 우리가 잊어버린 것들을 다시 생각나게 해주는 이야기들이니까 말이야. 『곰돌이 푸』에 나오는 파란색 바지 멜빵 이야기처럼. 뿐만 아니라 그 이야기들은 이 불안한 세상에서 포근한 안식을 느끼게 해주지. 지금 나한테 필요한 건 포근한 느낌이야. 그게 없다면 모두 갈가리 찢어버리고 싶어.

상상이 가니, 베리트? 스마일리와 아스트리드 린드그렌이라니! 난 그들과 가까운 테이블에 앉아 만화책으로 얼굴을 가리고 콜라 한 잔을 주문했지.

두 사람 뒷덜미에다 침을 뱉을 수 있을 정도로 가까운 자리였어. 그들이 하는 이야기를 엿들으려고 애썼지만 다른 테이블에 앉은 사람들이 하도 떠들어대 무슨 얘기를 하는지 알아들을 수 없었지. 어쨌든 두 사람은 내내 열심히 말을 주고받았어. 특히 스마일리가 말이 많았지. 그런데 그 사람 거기에선 미소를 짓지 않더라. 미소를 짓는 쪽은 아스트리드 린드그렌이었어. 그 미소는 전혀 소름끼치지 않았지. 린드그렌의 미소는 기분 좋은 '할머니 미소'였어. 내 말이 무슨 뜻인지 이해할지 모르겠구나.

마지막에 그녀는 고개를 흔들고 자리에서 일어났어. 린드그렌이 매우 가까이 서 있어 손을 내밀어 만져볼 수도 있을 정도였지. 아, 아스트리드 린드그렌을 한번 만져보는 건데! 하지만 그런 짓은 못했어. 난 만화책 뒤에 얼굴을 숨기고 잔뜩 긴장해서 앉아 있었거든. 그리고 그때서야 린드그렌이 무슨 말을 하는지 알아들을 수 있었어.

"아닙니다, 그 일은 할 수가 없어요. 그건 제 분야가 아니거든요."

그런 다음 린드그렌은 그냥 가버리더라.

스마일리는 잠시 그대로 앉아 있었지. 그러다가 갑자기 벌떡 일어나 린드그렌의 뒤를 좇아가며 외쳤어.

"기다려주세요, 아스트리드! 그래도 그 일에 대해 의논은 해볼 수 있잖아요!"

그런 다음 스마일리는 린드그렌을 따라 음식점에서 달려나갔어. 그들을 따라가려는데 갑자기 그들이 식사를 하고 난 테이블 위에 편지 봉투 하나가 놓여 있는 게 눈에 띄었어. 거기 뭐라고 써 있었는지 알아? 물론 알 리가 없겠지. 왼쪽 귀퉁이에는 '어린이 재미 나라'라는 스탬프가 찍혀 있었어. 그리고 그 스탬프 아래에 펜글씨로 이렇게 써 있었지. '비비 보켄의 마법의 도서관'.

이젠 너도 알 거야. 내 앞에서 모든 것이 빙빙 돌고 있었어, 베리트. 뭘 해야 할지 아무 생각도 떠오르지 않았어. 그때 물품보관소 쪽 문이 열리더니 스마일리가 나를 향해 걸어오는 거야.

나는 그 편지 봉투를 재빨리 낚아채 스웨터 밑에 숨긴 다음, 어뗳게였는지 기억은 안 나지만 어쨌든 스마일리의 앞을 지나쳐 레스토랑을 빠져나왔어. 최근 들어 나는 이상하게도 능력 있는 편지 도둑으로 발전해가고 있어.

집으로 달려와 봉투를 뜯어보았지. 그 안에는 내가 지금 너한테 보내는 이 종이들(시나리오)이 들어 있었어. 어쩌면 이것에 대해선 네가 나보다 더 잘 이해할지도 모르지.

비비 보켄의 마법의 도서관

비디오/필름, 개정판, 5장면 중 장면 3

1. 바깥. 피엘란 교회로 가는 거리. 밤. 가을. 음악. 운명교향곡.
베리트와 닐스가 교회 앞을 지나 문달스달렌으로 가는 길을 천천히 걸어간다. 하늘은 어둡다. 엄청난 천둥소리가 울린다. 가끔 하얀 번개가 풍경을 비추며 귀신 나올 것 같은 분위기를 연출한다.

베리트: 빨리 와, 닐스.
닐스: 확신이 안 서.
베리트: 틀림없어!
닐스: 나는 겁이 나, 베리트.
베리트: (닐스의 손을 잡으며) 나도 그래. 하지만 우리는 비비를 찾아야 해. 그 책마녀를 찾아야 한다고!

번개가 하늘을 가른다. 우리는 베리트와 닐스의 겁에 질려 창백한 얼굴을 보고 있다. 그런 다음 그들과 함께 거리 아래쪽에 있는 노란 집을 바라본다. **음악**이 커진다.

화면이 어두워진다.

2. 책마녀의 집. 같은 시간.

우리는 창문 밖으로 거리를 바라본다. 책마녀와 함께다. 검은 그림자 두 개가 집 쪽으로 다가온다. 책마녀는 낮은 소리로 웃으며 거실 조명을 끈다.

조명이 어두워진다.

3. 바깥. 책마녀의 집 앞. 조금 뒤.

베리트와 닐스는 집 담벼락에 몸을 붙이고 서 있다. 바람이 나무들 사이에서 울부짖는다. 이제 비가 세차게 퍼붓기 시작한다. 그들 머리 위쪽 창문에는 커튼이 드리워져 있다. 그 안은 어둡다. 베리트와 닐스는 속삭이듯 이야기를 나눈다.

닐스: 비비 보켄이 잠든 게 확실해?

베리트: 시간이 한 시 반이잖아.

닐스: 집에 갔다가 내일 아침에 다시 오는 게 어떨까?

베리트: 도대체 왜 그래?

닐스: 날씨가 너무 험하잖아.

베리트: 지금 농담하는 거야?

닐스: 아니.

베리트: 빨리 와!

그들은 문 앞으로 다가간다. 베리트가 문고리를 잡는다. 녹슨 문이 삐걱거리며 열리는 소리.

조명이 어두워진다.

4. 실내. 책마녀의 집 안.

베리트와 닐스는 어두운 복도를 더듬거리며 걸어간다. 넓은 문 앞에 이르러 문을 연다. 우리는 그들을 따라 거실로 들어간다. 안은 아주 캄캄하다. 둘은 바닥을 더듬는다. 갑자기 불이 켜진다. 우리는 겁에 질린 그들의 얼굴과 눈부셔 끔뻑거리는 눈을 바라본다. 그런 다음 우리는 방 한가운데 서 있는 책마녀를 본다.

책마녀: (비단결처럼 부드러운 목소리로) 여기서 뭘 하려는 거지?

베리트: 우리는, 우리는…….

베리트는 말을 더듬는다. 베리트와 닐스는 겁에 질려 꼼짝도 못하고 서 있다. 책마녀는 느릿하고 무거운 걸음으로 그들에게 다가온다.

이게 전부야, 베리트. 이건 너와 나에 대한 그 비디오 필름의 첫 부분인 게 분명해!

하지만 어째서 스마일리가 우리를 비디오로 찍으려는 걸까? 그리고 아스트리드 린드그렌은 이 일과 무슨 관련이 있는 걸까?

혹시 레스토랑 종업원이 내가 그 봉투를 숨기는 걸 보지 않았을까? 만일 스마일리가 물어보면 그 종업원은 뻣뻣한 머리에 푸른 눈을 가진 비쩍 마른 도둑에 대해 자세히 설명을 해줄 수 있을 거야. 그렇게 되면……. 그런 일은 정말 생각도 하고 싶지 않아. 살려줘! SOS! 그러면 난 어떻게 해야 하지? 정다운 인사를 전하며.

도둑 닐스.

 사랑하는 닐스,

어떻게든 빨리 네가 피엘란으로 와야 해. 제발 부탁이야, 닐스. 너는 지금 대단한 위험에 빠져 있어. 하지만 나도 네가 필요해. 본론을 곧장 얘기할게……. 난 자전거를 타고 뵈야달렌으로 갔는데, 왜냐하면 피엘란 터널을 한번 정확하게 살펴봐야겠다는 이상한 느낌이 들었기 때문이야. 그 쪽으로 올라가는 길은 전혀 지루하지 않았고, 그리 가파르게 느껴지지도 않았어. 나는 말할 수 없이 모험심에 불탔지. 뵈야 빙하 쪽을 한 번 올려다보고 터널 입구에서 자전거를 세우고 내려 우선 터널의 어둠 속을 들여다보았지.

갑자기 그 안쪽 깊은 곳에서 무슨 소리가 들리는 것 같았어.

"베에에에에리이이이트."

누군가가 그렇게 부르는 것 같았지.

나는 걸어가기 시작했어. 그것 말고는 다른 방법이 없었어. 아주 위험한 일이라는 것을 알고 있었지만, 그냥 터널로 걸어 들어 갔지. 자전거나 보행자의 통행을 금지한다는 표지판 앞을 그냥 지 나쳐서 걸어갔다고. 자동차들이 두 번 곁을 빠르게 스쳐지나갔지 만 나는 터널 벽에 꼭 붙어 있었어. 운전자들이 나를 보지는 못했 을 거야. 검은색 비옷을 입고 있었거든.

다시 한번 내 이름을 부르는 소리를 들은 것 같았어. 터널 안에 서는 모든 소리가 아주 깊고 비현실적으로 들리지.

마침내 오른쪽의 커다란 방화문이 보였어. 그 문에는 쇠빗장이 걸려 있었고 물론 잠겨 있었지. 빌어먹을 하며 나는 화를 냈어.

손전등을 가지고 갔는데 마침 그때 터널 안에는 차가 한 대도 안 지나갔지. 그래서 손전등을 켰어.

가장자리에 숫자가 적힌 다이얼 자물쇠 같은 것이 보이더라. 은 행 금고를 여는 손잡이처럼 생긴 거 말야.

그때 뭔가 설명할 수 없는 어떤 일이 일어났어. 갑자기 내가 그 비밀 번호를 알고 있다는 생각이 드는 거야! 머리를 쥐어짜지 않 고도 그 숫자를 단번에 5-8-5-5-8-5에 맞춰 돌렸지. 그런 다음 빗 장을 밀자 문이 열리는 거야. 그리고 다시 한번 내 이름을 부르는 목소리를 들은 것 같았어. 더 안쪽에서 깊은 목소리가 울려나온 듯했지.

방화문을 열고 안으로 들어갔어. 그러자 등 뒤에서 문이 저절로 잠기더구나. 안쪽은 아무것도 보이지 않는 어둠 속이었어. 손전 등을 켜보니 내가 좁은 통로에 들어와 있다는 걸 알 수 있었지. 손 전등으로 앞을 비추며 나아가니 곧 새로운 문이 나오더라. 나무로 된 그 문은 잠겨 있었어.

이제 요스테달 빙하 밑 산 속에 갇혀버리고 만 것일까? 나는 그렇게 생각했어. 이제 앞으로도 뒤로도 갈 수 없는 게 아닐까? 들어갈 수도 나갈 수도 없게 된 것 아닐까?

갑자기 바위벽 안쪽에 놓여 있는 작은 깡통이 눈에 들어왔어. 열어보니 그 안에 열쇠가 들어 있는 거야. 그걸 꽂았더니 문이 열리는 거 있지.

그렇다면 계속 앞으로 나아가야지 하는 생각이 들었어. 하지만 우선 숫자 여섯 개를 기억해두어야 했어. 대체 내가 어디서 그 숫자를 알게 된 걸까? 어떤 이유에선가 그 숫자를 머릿속에 입력시켰던 거야. 내 생각엔 말이야, 내가 갑자기 미래를 예측할 수 있는 능력을 갖게 된 것 같았어. 그러니까 점쟁이가 되었다는 거야, 닐스. 좀 이상하다는 생각은 들었지. 하지만 진짜 이상한 일은 지금부터야. 나는 손전등으로 어떤 작은 공간을 비춰보았어. 그곳에는 수백, 수천의 아주 작은 나무 서랍이 쌓여 있었지. 바닥에서 천장까지 말이야. 그 중 하나를 열어보았어. 그 서랍은 목록 카드로 가득 차 있었어. 카드 하나를 뽑아 읽어보니 이렇게 써 있었어. '요르트, 빅디스: 틸라는 필립을 사랑한다, 오슬로, 1984.'

나는 거대한 목록실에 서 있었던 거야. 그토록 많은 목록 카드가 있는 이 도서관은 엄청나게 클 게 틀림없다는 사실도 알 수 있었지. 어쨌든 그렇게 큰 목록 카드 함은 본 적이 없었어. 하지만 난 지금까지 한 번도 대학 도서관에 가본 적이 없으니까 뭐라고 말할 수는 없겠지.

물론 비비 보켄이 생각났고, 비비의 비밀 도서관을 발견했음을 깨달을 수 있었어. 문이 또 하나 있었고 그 문은 잠겨 있지 않았어. 나는 그 앞으로 다가가 손전등으로 문에 붙어 있는 작은 포스터를 비춰보았어. 거기에는 이렇게 써 있었지.

누구나 들어올 수 있는 곳이 아님.

여러분은 이 성스러운 전당에 입장할 수 있는 몇 안 되는 선택된 사람들에 속해 있습니다. 여기서 여러분은 인류 역사를 통틀어 쓰여진 모든 책을 찾아낼 수 있습니다. 현재 우리는 아직 쓰여지지 않은 책들로 서고를 채우고 있습니다. **주의해 주시기 바랍니다!**

누가 이 모든 걸 여기 땅 속으로 실어 날랐는지 이해할 수가 없었어. 그래도 이 일에 관여하고 있는 한 사람만은 알고 있었지. 이런 도서관을 만들려면 아주 많은 사람이 함께 일했을 것이 분명하니까. 비비 보켄 혼자서는 내가 둘러본 그 많은 지하 공간 가운데 단 한 곳도 만들 수 없었을 거야.

나는 피엘란 터널 공사에 몇 해가 걸렸을까 생각해보았지. 하지만 이 산 속에 비밀의 도서관까지 지어놓은 걸 생각하면 정말 어이가 없어. 온 세계의 모든 책이 다 들어갈 수 있는 도서관 말이야. 그리고 바로 그곳에 내가 서 있었던 거야!

이런 사실을 고백하기는 괴롭지만, 사실 그때는 네 생각이 나지 않더라. 내가 여기서 본 것은 내 인생의 가장 큰 비밀이고 나만 알고 싶은 비밀이었지.

문을 여니 학교 교실 크기의 공간이 눈에 들어왔어. 그곳 천장에는 불빛이 흐릿한 전구가 매달려 있었지. 사방 벽이 천장에서 바닥까지 책으로 덮여 있고, 바닥에는 커다란 붉은 글씨로 이집트라고 적혀 있었어. 책들을 만져볼 엄두가 나지 않았어. 하지만 여러 책의 모서리에서 까마귀 발 모양의 표시를 발견할 수 있었어. 아이들이 자연 속의 어떤 것을 그림으로 그려놓은 것처럼 보였지. 새나 황소뿔이나 인간 같은 형태의 것 말이야. 그런 표시들을 상형문자라고 부르지 않나?

더 이상 다른 문들은 없었어. 하지만 이 공간에서도 다른 방들로 통할 수 있었지. 작년에 내가 오슬로에 갔을 때 아빠가 너랑 나를 데리고 자연사 박물관에 가셨던 것 기억나지? 그곳에도 출입구가 여러 방으로 연결되어 있는 그런 공간이 있었잖아. 나는 마구 돌아다녔지. 겁이 났던 것 같진 않아. 그 반대였어. 갑자기 어린 시절 이후로 느낄 수 없었던 가벼움과 자유로움이 느껴졌어.

그 다음 방도 바닥에 무슨 글씨가 써 있었어. 메소포타미아였던 것 같아. 하지만 난 그 방을 지나쳐서 계속 달렸지. 그 다음부터는 방의 순서를 더 이상 기억할 수가 없어. 방마다 천장에 희미한 불빛의 전구가 달려 있었지. 하지만 내 손전등은 성능이 아주 좋아서, 방이 어두울수록 더 밝게 비출 수 있었어. 그 다음에 내가 읽은 글씨들은 중국, 인도, 그리스, 로마……

두어 번 멈춰 서서 몇몇 책의 모서리를 비춰보았어. 여전히 손으로 책을 꺼내볼 용기는 나지 않았거든. 다른 사람이 아무도 없었지만 말이야. 그런데 거기서 있었던 가장 이상한 일은 바로 그

때 일어났지.

이상하게도 책 모서리를 비춰볼 때면 언제나 내가 이미 알고 있는 어떤 것이 거기 적혀 있는 거야. 바닥에 이스라엘이라고 써 있는 방에 들어갔을 때는 창세기라는 작은 책자를 볼 수 있었지. 나는 첫 번째 책이 모세라는 걸 알 수 있었어. 학교에서 배웠으니까. 그리스 방에서는 '호머' 라는 제목을 읽을 수 있었어. 그것도 들어본 적이 있는 책이었고. 로마의 방에는 '시저' 가 있었어, '호모 사피엔스' 라는 다른 책도. 그게 인간을 뜻하는 말이라는 걸 나는 마침 알고 있었지. 모든 게 그런 식이었던 거야!

내 기분이 얼마나 이상했는지 이해하겠니, 닐스? 수천, 수백만, 어쩌면 수억 권의 책이 거기 있었는지도 몰라. 그런데도 어떤 책을 비춰볼 때마다 이미 그 책 제목이나 작가 이름을 들어본 적이 있으니 얼마나 놀라웠겠어. 내가 옛날 책들이나 작가들을 특별히 많이 알고 있는 것도 아닌데 말이야…….

그때부터 나는 방에서 방으로, 복도에서 복도로, 더 빠른 걸음으로 돌아다니기 시작했지. 내가 비춰본 책들을 전부 기억할 수 있을지는 모르겠어. 그런데 들여다보는 책마다 이미 내게 익숙한 것이었어. 어떻게 난 이미 들어본 적 있는 책들만 찍어서 비춰보았던 것일까.

지금도 뚜렷이 생각나는 몇 가지 예만 더 들어볼게. 독일의 방에서 우연히도 내가 비춰본 책은 '그림 형제' 와 '괴테' 였어. 영국의 방에서는 '셰익스피어' 와 'C.S.루이스의 나르니아' 와 'A.A. 밀네' 였지. 스웨덴의 방에서는 '아스트리드 린드그렌' 을 발견했어. 하지만 그 많은 이름 중 어떤 것도 내가 모르는 건 없었어. 전

인류의 모든 지식이 내 머릿속에 들어 있는 것 같았지.

더 이상한 일도 있었단다. 내가 '아스트리드 린드그렌' 이란 이름을 읽은 것은 그 작가의 성과 이름 모두를 알고 있어서라는 생각이 갑자기 떠올랐던 거야. 하지만 『곰돌이 푸』를 쓴 A.A.밀네의 경우에는 'A.A.' 라는 약자가 어떤 이름인지를 전혀 모르고 있었거든. 그래서 그 책에서도 약자로만 읽을 수 있었던 거야!!!

그렇다고 해서 겁이 나지는 않았어, 닐스. 그냥 마음이 기뻤고, 차분하게 가라앉았어. 우리는 역시 우리가 아는 것만을 알 수 있는 거야. 모르던 것까지 갑자기 알게 되면 우리 스스로 얼마나 놀라겠어! 나는 계속해서 이 방 저 방 돌아다녔어. 언제나 같은 방향으로 나아가지는 않았지. 방마다 여러 개의 출구가 있었으니까. 그 전체가 마치 거대한 미로처럼 보였어. 도중에 계단을 계속 오르락내리락해야 했던 걸 보면 몇 개의 층으로 이루어져 있었는지도 몰라.

그러다가 바닥에 노르웨이라고 써 있는 방에 들어가게 되었지. 그곳에 와서야 나는 책장에서 책을 뽑아볼 용기를 냈어. 이제 고향에 온 거나 마찬가지였으니까. 거기서 나는 모서리를 보지 않고 책을 골라보려 했지. 내가 이미 알고 있는 책은 한 권도 없었어. 알고 있는 책이 걸리지 않았으면 했지. 그 방 하나에만도 수천 권의 책이 있더구나.

내가 뽑은 책을 손에 들고 어떤 쪽을 펼쳤어. 그리고 한 부분을 읽어보았지.

개미

작다고?

내가?

말도 안 돼.

나는 충분히 커.

난 스스로를 채워가고 있지.

그것도 사방팔방으로

꼭대기에서 바닥까지.

대체 너는

너 자신보다 더 크단 말이니?

나는 이 책을 재빨리 다시 서가에 꽂았어. 마치 불에 덴 듯한 기분이었지! 왜냐하면 이 시를 알고 있었거든. 잉에르 하게루프의 작품으로, 작년 졸업 파티 때 내가 암송한 시였다고!!!! 이것 말고는 외우는 시가 하나도 없거든.(얀 에리크 볼드의 시는 물론 빼고.)

나는 한번 해보기로 마음먹고 어떤 책을 뽑아 첫 장을 펼쳤지. 그리고 읽어보았어.

오제: 페르, 너 거짓말하고 있구나.

페르: 아니에요, 거짓말이 아니라니까요.

오제: 그래? 그렇다면 그게 진실이라고 맹세해봐라……

바로 우리가 지금 학교에서 공부하고 있는 헨리크 입센의 『페르 귄트』였지 뭐야. 너무 놀라서 그 책을 얼른 갖다 꽂았지.

다시 그 방에서 달려나갔는데, 그때 또 한 번 내 이름을 부르는 목소리를 들었어.

그런 다음 그 일이 일어났지. 내가 들어간 다음 방은 축구장만큼이나 넓었어. 하지만 거기에는 책이 거의 없었지. 벽마다 책꽂이로 덮여 있었지만 꽂혀 있는 책이라고는 두 권뿐이었어. 그리고 바닥에는 이렇게 적혀 있는 거야. 쓰여지고 있는 책들.

나는 거기 꽂힌 두 권의 책 쪽으로 재빨리 달려가 손전등으로 제목을 비춰보았지.

군나르 스톨레센:『땅 속에 묻힌 개들은 물지 않는다』

그리고 다른 한 권에는……. 놀라지 마, 닐스. '비비 보켄의 마법의 도서관'이라고 적혀 있었어.

울음이 터져 나올 지경이었지만 그래도 정신을 가다듬을 수 있었어. 책을 다시 덮어 서가에 꽂았지.

그때 멀리서 발소리가 들려왔어. 그 소리에서 벗어나려고 달리기 시작했지만, 아무리 멀어지려고 기를 써도 발소리는 점점 더 가까워졌어. 잠시 멈춰 서서 귀를 기울여보면 말이야.

그러다가 곧 쓰여지고 있는 책들이 있는 넓은 방에 다시 들어가게 되었고, 그 순간 바로 옆방에서 벨소리가 들렸어.

그리고 그 여자가 나타났어, 닐스! 비비 보켄이 내 앞에 나타나 모든 것을 알고 있다는 듯한 미소를 지어 보이는 거야.

"아, 너였구나."

아주 달콤하고 맛있는 목소리로, 내가 여기 있는 게 당연하다는 듯이 그렇게 말했어.

비비는 느릿하고 힘찬 발걸음으로 내 앞으로 다가왔지. 그리고 한 손을 들며 말했어.

"이제 너는 다시 한번 날 놀려먹었구나, 베리트. 하지만 이번에는 기분이 나쁘다!"

그때 난 잠에서 깨어났어, 닐스. 그 모든 게 그저 꿈이었던 거야. 침대에서 일어나 앉아 으아악 하고 고함을 질렀지. 그러자 금방 엄마가 달려오셨어. 그런 꿈을 꾼 기분이 어떤지 너도 잘 알잖아. 나는 엄마 목을 끌어안고 엉엉 울었지.

"도대체 무슨 꿈을 꾸었길래 그러니?"

엄마가 물었어. 나는 한참 후에나 겨우 대답할 수 있었지. 훌쩍거리면서 말이야.

"책마녀였어, 엄마. 못된 책마녀에 대한 꿈을 꾸었는데……."

그러자 엄마는 나를 위로하고 쓰다듬어주셨어. 한밤중이었지만 엄마는 따뜻하게 데운 산딸기 음료도 갖다주셨지. 하지만 나는 그 모든 게 당연하다고 생각했어. 어쨌든 난 내 용기를 증명했고 참으로 위험한 일을 감행했으니 말이야.

다음날 학교 수업이 끝난 뒤에 정말로 뵈야달렌으로 향했지. 자전거를 터널 입구에 세워두고 손에 편지책을 든 채 지금 여기 앉아 있어.

터널 속에 무엇이 있을까 생각하고 있는 중이야. 여전히 그 꿈이 머리를 떠나지 않거든. 꿈이긴 했지만 그게 일종의 진실이라는 느낌이 들어. 내 영혼이 어떤 상상의 세계에 머물러 있었던 것 같고, 그 세계는 내 몸이 살고 있는 이 세계 옆 어딘가에 있을 거야.

머릿속에 기기묘묘한 생각들이 가득하지만, 우선 네가 가능한 한 빨리 이 편지책을 받아야만 해. 그래서 다시 내려가 이걸 부칠 생각이야.(훨씬 비싸긴 하지만 등기로 보낼 거야.) 내일까지 끔찍하게 많은 숙제를 해야 돼.

네 편지는 요스테달 빙하 밑 터널 속에 있는 나한테 배달될지도 몰라. 하지만 이건 진지하게 하는 말인데, 너는 어떻게든 빨리 이곳으로 와야 해!

우리 학교는 일 주일 동안 가을방학이야. 너네 학교는 어때? 금요일을 그냥 빼먹지 그래?

언제나 너에게 신의를 지키는 뵈야달렌의 용감한 전사 베리트.

P.S. 아스트리드 린드그렌이 깨끗하지 못한 사업에 얽혀 있다고는 상상도 할 수 없어. 아마 스마일리는 그녀를 끌어들이려고 했을 거야. 그렇게 많은 아이들을 위해 일하고 있는 린드그렌을 말이야. 그래서 그녀는 "그건 내 분야가 아닙니다." 하는 말로 거절했을 거야.

P.P.S. 어쩌면 비비 보켄이 그 시나리오를 썼을지도 몰라. 어쨌든 그건 피엘란을 속속들이 알고 있는 사람이 쓴 게 틀림없어.

사랑하는 베리트,

네가 이 편지를 읽을 때쯤이면 너도 알다시피 난 벌써 피엘란에 있을 거야. 그런데도 지금 너한테 편지를 쓰고 있어. 말로 하는 것보다 글로 쓸 때 더 좋은 생각이 잘 떠오르는 것 같거든. 네 지난 번 편지는 진짜 환상적이었어. 정말로 동화 한 편을 읽는 것 같더라. 그 얘기를 아무 잡지사에나 보내지 그래. 엄마가 「내 첫사랑의 도시」를 써서 로마 여행 티켓을 따낸 걸 보면, 넌 적어도 세계 일주 여행 티켓은 얻어낼 수 있을 것 같아. 네가 쓴 글은 현실을 토대로 한 동화처럼 느껴졌어. 그런데 그게 꿈 이야기였단 말이지. 하지만 베리트, 그게 사실일 거라는 생각이 들어. 네가 꿈에서 본 그 모든 것이 현실에서 나온 것이니까. 거기 등장하는 작가들, 비비 보켄, 그리고 그 터널까지 말이야. 너는 모든 것을 알고 있었지만 꿈을 꾸기 전까지는 그것들의 연관성을 찾아내지 못했던 거야. 그런데 꿈 속에서 그 모든 것이 퍼즐 조각처럼 짜맞춰진 거지. 그리고 비비 보켄의 마법의 도서관이 바로 네 앞에 나타난 거야. 그런데 그 가장 중요한 책을 너는 꿈 속에서 전혀 읽어내지 못하더구나. 그 책을 열어줄 퍼즐 게임을 우리가 아직 찾아내지 못했기 때문이겠지.

하지만 다시 현실로 돌아가보자. 나는 지금 플롬의 선착장에 앉아 배를 기다리면서 이 글을 쓰고 있어. 기차 여행은 정말 기가 막혔어.

나는 기차에 타자마자 잠옷으로 갈아입고 침대에 누웠지.

엄마는 로마에서 나한테 새 잠옷을 사주셨어. 흰 물방울무늬가 있고 단추가 달린 빨간 파자마야. 아주 멋있어. 하지만 그건 딴 얘기고.

어쨌든 좋아. 나는 지금 너무너무 피곤해서 당장 푹 자야겠어. 아버지는 언제나 "잠을 푹 뒤집어써야겠다." 하고 말씀하시지.

하지만 내가 잠들 수 있을 것 같니? 그럴 수 없을 거야. 닐스 뵤음 토르게르센은 결코 잠들지 않아! 더군다나 바로 위에서 웬 뚱보가 요란하게 코를 골며 자고 있는 이 마당에 어떻게 잠을 자겠어.

나는 한 시간 동안 이리 돌아누웠다 저리 돌아누웠다 하고 있었지. 그러다가 결국 잠자기를 포기하고, 옷을 입은 다음 열차 통로로 나왔어. 『레벤헤르츠 형제』라는 아스트리드 린드그렌의 책을 가지고서. 분명히 내 마음 속에 아직도 남아 있는 동심이 이 책을 골랐을 거야. 그리고 내가 누구의 형제 같다는 생각이 들거든. 이 책에 나오는 요나스 레벤헤르츠 같은 형은 없지만, 나한테는 그래도 베리트라는 사촌 누나가 있잖아.(히히.)

나는 통로를 돌아다니며 앉을 자리가 있나 찾아보았어. 그 다음 칸에서 흡연석 자리 하나를 발견했지. 그리곤 열차의 유리 창문을 바라보고 있다가 어찌나 요란하게 놀랐던지 머리를 창문에 부딪쳐 유리를 깰 뻔했지.

카드 게임을 하고 있던 두 부인 때문에 겁을 먹은 건 아니었어. 모자를 쓴 채 파이프 담배를 피우는 노인이 무서웠던 것도 아니었지.

나를 거의 기절시켰던 건 그 키 작은 대머리, 창가에서 담배를 피우고 있는 스마일리였어.

대체 스마일리가 이 열차에서 무엇을 찾고 있는 것이었을까? 그게 우연일 수 있을까? 천만에, 절대로 그럴 리가 없어. 지난 얼마 동안 너무나 많은 '우연'을 경험했지. 그래서 진짜 우연이 어떤 건지 확실하게 알 수 있을 것 같아. 이번의 우연은 레이네르트 브룬 선생님의 친절만큼이나 순수하지 않은 사건이었어.

스마일리는 나 때문에 이 기차를 탔던 거야. 어떤 사명을 띠고 있었던 거지. 스파이라는 사명 말이야. 하지만 이제 그와 나는 역할을 바꾸게 되었어. 이제 닐스 B. T.가 그를 감시하게 된 거야. 나는 조심스럽게 객차 안을 둘러보았지. 스마일리는 담뱃갑을 꺼냈어. 그게 빈 걸 보고는 자리에서 일어섰지.

정신을 차리고 나는 화장실로 들어갔어. 문은 걸어놓았지. 스마일리가 왔어. 그는 화장실 문 앞에 서 있었는데, 그 시간이 나한테는 참을 수 없을 만큼 끔찍하게 길었어. 하지만 다행히도 스마일리는 마침내 그곳을 떠났지. 나는 소리 없이 한숨을 내쉰 다음 조심스럽게 화장실 문을 열고 나와 스마일리를 따라갔어. 그건 상당히 위험한 짓이었지. 하지만 그는 돌아보지 않았어.

스마일리는 침대 칸 61, 62, 63호로 들어갔고 나는 통로 끝에서 기다렸지. 도약하기 직전의 표범처럼 말이야. 내 가설이 정말 맞는 것일까? 나는 책을 꼭 끌어안았어.

그는 곧 침대 칸에서 다시 나왔지. 내 짐작이 완전히 적중했던 거야. 그는 자기 짐에서 새 담배를 꺼내올 생각이었어.

그걸 보고 닐스 뵈윰 토르게르센은 곧바로 다시 화장실로 들어갔지. 좀 창백해지긴 했지만 아주 차분했어. 스마일리의 기분 나뿐 발소리가 화장실 앞을 지나갔지. 나는 오 초를 더 기다렸어. 어쩌면 십 초였는지도 몰라. 그런 다음 유유히 통로를 지나 침대 칸 61, 62, 63호로 갔지. 내 계획은 확고했어. 누군가 거기 누워 있다면 칸을 잘못 찾았다고 둘러댈 생각이었던 거야. 그러면 일은 그걸로 끝나는 거지. 하지만 그 칸은 비어 있었어.

재빨리 주위를 둘러보았지. 스마일리의 여행 가방이 바닥에 놓여 있었어. 번호를 맞춰 잠그는 자물쇠가 달려 있더라. 그건 나로서도 어쩔 수가 없었지. 아래쪽 침대에는 사람이 누웠던 흔적이 있었어. 이날 밤잠을 이루지 못한 건 나뿐이 아니었던 모양이지. 그런데 구겨진 시트 위에 편지 한 통이 놓여 있는 거야. 나는 책을 베개 위에 올려놓고 그 편지를 집어들어 읽어보았지.

마르쿠스! 피엘란에서 손 떼! 조금만 인내심을 갖고 이 일을 나한테 맡겨줘. ―비비

갑자기 내(우리) 가설이 옳았다는 생각이 떠올랐어. 비비 보켄과 스마일리(그의 진짜 이름은 마르쿠스였던 거야.)는 공범이고, 우리를 두고 뭔가를 계획하고 있어.

이들은 우리가 곧 피엘란에 함께 있게 되리라는 사실을 알고 있는 거야. 하지만 스마일리는 비비보다 인내심이 부족하지. 그는 우리를 갖고 뭔가를 하려고 계획하고 있지만, 비비는 그 일을 자기가 처리하려고 해.

이 희한한 사건의 대단원에 이제 우리가 가까이 가고 있다는 느

낌이 들어. 그리고 그 대단원은 특별히 흥미진진할 게 분명해.

편지를 읽고 나서 나는 내 침대 칸으로 돌아갔어. 그런데 침대에 눕자마자 기적처럼 잠이 들고 말았지.

검표원이 잠을 깨우는 바람에 일어나서 물건들을 주섬주섬 가방 속에 챙겨 넣었는데, 갑자기 잠이 확 깨버렸어. 아스트리드 린드그렌의 책을 스마일리의 베개 위에 놔두고 온 게 생각났거든.

하지만 그 책을 가지러 간다는 건 불가능한 일이었지. 그래서 그냥 놔두기로 했어. 좋은 책을 읽는 건 스마일리에게도 도움이 될 테니까 말이야.

지금 난 여기 플롬에 앉아 안개에 싸인 풍경을 바라보고 있어.

겁이 나긴 하지만, 우리가 다시 함께 있게 된다는 생각을 하면 마음이 즐거워. 이 순간만은 나도 무척 차분해. 이곳은 아주 고요하거든. 위험한 일이라고는 결코 일어나지 않을 듯한 분위기야. 그런데 지금 발소리가 들려. 누군가가 다가오고 있나봐. 바로 스마일리야. 그는……

그 순진한 바보들은 완전히 덫에 걸려들었다! 진실의 순간이 다가오고 있다! 사본 12-14Pkt(닐스)와 버클리 올드스타일 12-14Pkt.(베리트) M. B. H.

2부

도 서 관

우리는 완전히 덫에 걸려들었다. 진작 그걸 알아차렸어야 했는데. 하지만 눈먼 닭도 가끔은 제 발로 닭장 속으로 기어 들어갈 때가 있는 법이다.

그는 닐스와 내가 12-14Pkt 안에 들어가야 한다고 우리 편지책 속에 써놓았다. 그렇게 되기까지 며칠이 더 걸렸고, 이제 우리는 정말 여기 들어와 앉아 있다.

나는 엄청나게 커다란 탁자 맞은편에 앉아 있는 닐스를 건너다본다. 닐스는 의자에 앉은 채 몸을 이리저리 틀며 조금씩 조금씩 자기 연필을 갉아먹고 있다. 그러는 동안 나도 손톱을 잘근잘근 씹고 있다.

옆방에서 전화벨 울리는 소리와 복도에서 바쁘게 걸어다니는 발소리가 계속 들려온다. 우리가 있는 방 안만 아주 조용하다.

가끔 미소 띤 얼굴 하나가 우리를 들여다보며 괜찮으냐고 묻는다. 삼십 분 전에 그 사람은 우리에게 빵을 갖다주었다. 먹는 편이 나을 것이다. 닐스가 먼저 먹기 시작한다.

그 발소리를 들었을 때 나는 플롬 역 벤치에 앉아 있었다. 고개를 들어 쳐다보니 스마일리의 일그러진 얼굴이 보였다. 그게 진짜 일그러진 표정인지는 잘 모르겠다. 하지만 내 눈에는 그렇게 보였다. 그는 어두운 그림자처럼 내 앞에 서서 낮고 부드러운 목소리로 이렇게 말했다.

"너한테 네 물건을 돌려줘야지. 그리고 너도 내 물건을 돌려주는 게 좋겠다."

그 시나리오 말이로군 하고 생각했다. 그는 시나리오를 돌려 받으려는 것이다.

"좋아요. 그럼 물건을 바꾸도록 하죠."

나도 낮은 소리로 속삭였다. 그는 미소를 지으며 내게 한 발 다가섰다.

그때 나는 달리기 시작했다. 스마일리, 해 뜨는 풍경, 편지책, 그 모든 것을 뒤로하고 도망쳐버린 것이다.

때마침 배가 도착했다. 나는 갑판 위로 뛰어올라 막 갑판으로 미끄러져 들어오는 자동차들을 스쳐 달려 화장실에 들어가서 문을 잠가버렸다. 스마일리가 따라온다는 것을 알고 있어서 다음 배로 갈아탈 때까지 화장실에 있었다. 다음 배가 도착하자 그 배의 화장실로 옮겼다. 다행히도 성공할 수 있었다. 피엘란에 도착하자 나는 다른 모든 승객이 갑판을 떠난 뒤에 맨 마지막으로 배에서 내렸다.

항구는 텅 비어 있었다. 베리트는 이미 오래 전에 기다리기를 포기했을 것이다. 나는 느릿느릿 호텔 쪽으로 올라갔다.

베리트의 집에는 내가 묵을 방이 없었다. 그래서 베리트의 어머니는 나를 위해 호텔에 방을 예약해주셨다. 나한테는 그것도 좋았다. 뵈윰&뵈윰 탐정사무소에 제대로 된 사무실이 갖춰진 셈이었기 때문이다. 그때 나는 탐정이라기보다는 그저 멍청하고 어쩔 줄 몰라 하는 겁먹은 열두 살짜리 사내애일 뿐이었지만 말이다.

멍청한 건 그 시나리오를 훔친 일이었고, 어쩔 줄 몰라 하는 이유는 편지책을 잃어버렸기 때문이었다. 그저 단순히 잃어버렸다면 괜찮겠지만, 적들의 더러운 손에 넘어갔다는 사실이 말할 수 없이 끔찍했다. 겁을 먹은 건, 스마일리가 이곳 피엘란에 와 있으니 언제 어디서 다시 나한테 이빨을 드러낼지 모른다는 불안 때문이었다.

마침내 호텔 프런트 앞에 다다랐을 때는 기운이 빠져 몸을 제대로 가눌 수도 없을 정도였다. 나는 겨우 내 이름을 중얼거리고는 열쇠를 받아 곧장 객실로 올라가려 했다. 그런데 그때 뭔가가 내 등을 찔렀다. 그리고 등 뒤에서 뚜렷하지 않은 목소리가 명령을 내렸다.

"손 들어!"

가끔 내가 엉뚱한 상상을 한다는 건 스스로도 잘 안다. 현실과는 엄청난 거리가 있는 이상한 일들을 머릿속으로 지어낼 수 있다는 사실 말이다. 그러나 이번에는 그런 반응을 보일 이유가 충분히 있었다.

나는 이미 상당히 겁을 먹고 있었고, 스마일리가 어느 꽃병 뒤에서 혹은 어느 문 뒤에서 갑자기 나타나 시나리오를 훔쳐간 데 대해 보복을 할까봐 두려웠다. 그래서 나는 등 뒤에서 갑작스럽게 공격당한 팬텀이나 배트맨처럼 아주 본능적으로 반응했다. 번개처럼 돌아서서 머리를 어깨 사이에 박고 상대방에게 돌진해 배를 들이받았던 것이다.

"아우우우우! 너 미쳤어? 으으으윽!"

그건 스마일리가 아니었다. 베리트였다. 베리트는 양손으로 배

를 감싸쥐고 노여움과 놀라움이 반씩 섞인 눈길로 나를 바라보았
다. 나는 바닥에 배를 깔고 엎어진 채 멍한 얼굴로 베리트를 쳐다
보았다.

"미안해. 넌 줄 몰랐잖아."

"물론 몰랐겠지. 하지만 넌 나 말고 다른 사람들한텐 무조건 머
리로 배를 들이받니?"

"날 겁먹게 했잖아!"

"그래, 다시는 그런 짓 안 할게."

갑자기 베리트가 미소를 지었다. 립스틱을 바르고 마스카라까
지 칠해서 사촌이라기에는 상당히 예뻐 보였다. 왠지 내가 열 살
짜리 애처럼 어리게 느껴졌다.

"편지책 가져왔어?"

나는 침을 꿀꺽 삼켰고, 얼굴이 빨개지는 걸 느꼈다. 내가 또 멍
청한 짓을 저질렀다는 사실을 고백해야 하는 순간이었다.

"그게 말이야, 지금 막……."

이렇게 말을 더듬고 있는데 베리트가 말을 가로막았다.

"있잖아. 호텔 살롱에서 우리랑 얘기를 하려는 사람이 기다리고
있어."

종이 울려 겨우 KO를 면한 권투선수 같은 기분으로 나는 베리트
를 따라 벽난로가 있는 방으로 갔다. 베리트는 계속 조잘조잘 이
야기를 했다.

"그 사람이 그러는데, 우리하고 계약을 맺을 계약서를 들고 왔
대. 그리고 너를 알고 있더라……."

나는 베리트의 팔을 잡고 힘을 주었다. 살롱 안쪽에 앉은 남자는 창 밖을 내다보고 있었다. 우리 쪽으로 등을 보이고 있었지만 대머리를 보자마자 그의 끈적끈적한 웃음이 그대로 떠올랐다. 베리트는 아프다고 소리를 쳤다.

"아우, 왜 이래!"

나는 얼른 베리트의 입을 틀어막고 프런트 쪽으로 끌고 왔다.

이 순간만큼은 나는 정말 유능한 탐정처럼 굴었다.

"스마일리야, 저게 바로 스마일리라고."

내가 속삭였다. 베리트는 눈을 동그랗게 뜨고 나를 쳐다보았다.

"이제 내가 널 놓아주면 소리 지를 거니?"

내가 물었다. 수없이 많은 이 세상 탐정이 던지는 질문 가운데 하나였다. 베리트는 고개를 저었다.

"너네 집으로 갈까, 내 방으로 갈까?"

내가 낮은 소리로 물었다.

"네 방으로 가자, 이 바보야."

베리트가 중얼거리며 먼저 계단을 올라갔다. 나도 뒤를 따랐다. 삼십 분 동안 베리트에게 모든 얘기를 털어놓았다. 나는 내가 상상했던 것만큼 그렇게 강한 존재가 아니었다. 그래서 파란 나무 의자에 앉아 덜덜 떨며 눈물을 흘렸다.

"이제 우리 어떻게 하지?"

내가 물었다.

"이제 우리 어떻게 하지?"

이 질문에 대답하기는 어렵지 않았다.

닐스는 피엘란에 도착하자마자 머리로 내 배를 들이받았는데, 나는 너무 아파서 숨을 못 쉴 정도였다. 그러더니 닐스는 곧 내 입을 틀어막아 나를 거의 질식시킬 뻔했다.

가장 끔찍했던 건 물론 닐스가 편지책을 잃어버린 사건이다. 닐스는 플룀에서 편지책을 벤치 위에 놓아두어 스마일리 손에 들어가게 만들었다. 나는 화가 나서 뻥 터질 지경이었다. 이제 닐스는 그 편지책을 되찾아올 방법을 궁리해야 마땅했다.

스마일리는 호텔 방 하나를 예약했는데, 그 방은 닐스가 묵을 방과 같은 층에 있었다.

나는 닐스가 오기 전에 스마일리와 이미 이야기를 나눴지만 그가 스마일리일 거라고는 꿈에도 생각지 못했다. 그 남자가 내내 자신만만한 미소를 입가에 담고 있긴 했지만, 그런 사람은 흔했기 때문이다.

스마일리가 도착하기도 전에 나는 그가 이 호텔에 하나밖에 없는 특실에 묵으려고 한다는 얘기를 들었다. 아주 넓은 발코니가 딸린 방으로, 피오르드와 빙하를 한눈에 내려다볼 수 있었다. 그래서 나는 그가 아주 돈 많은 사업가일 거라고 생각했다.

나는 그를 호텔 당구장에서 처음으로 보았다. 당구장은 호텔 도서관도 겸하고 있었다. 닐스를 기다리며 무슨 일이 생긴 게 아닐까 걱정하면서 나는 혼자 당구를 치고 있었다. 기하를 잘했기 때문에, 그것과 상당히 비슷한 데가 있는 당구를 잘하기란 어렵지 않았다. 결국 당구나 기하나 각도 계산이 핵심이기 때문이다.

그곳에 그 호텔 손님이 서 있었다. 가장 비싼 방을 예약했다는 이유로 이미 소문이 파다하던 그 손님 말이다. 이날 오후에 도착한 손님이 두 사람뿐이어서 나는 그 사람이 바로 그 손님이라는 걸 알 수 있었다.(물론 저녁때는 몇 명의 교사가 더 들어오기로 되어 있었다.) 오후에 도착한 또 한 사람은 이탈리아 남자였는데, 그 손님보다 앞의 배로 도착했다. 그는 이탈리아어 빼고는 어떤 말도 할 줄 몰랐다. 그런데 문달 호텔에는 하필 이탈리아어를 아는 사람이 아무도 없어서 의사 소통에 문제가 생겼다. 하지만 사람들은 어쨌든 이 이탈리아 손님이 아주 희한하다는 사실을 곧 알게 되었다. 그는 도착하자마자 빙하 박물관에 가보고 싶어했고, 그래서 식사까지 포기했다.

어쨌거나 자신만만한 미소를 짓는 그 남자는 서가에서 책들을 뽑아보았다. 그가 나한테 당구나 함께 치자고 하면 좋겠다고 나는 생각했다.

그는 요스테달 빙하가 담긴 사진집을 보다가 다시 서가에 꽂아놓고는 내 쪽으로 돌아서서 말했다.

"멋진 도서관인데……."

그 말에 내 머릿속 어디에선가 이미 경고의 종이 울렸어야 옳다. 그러나 그 종은 너무나 머릿속 깊숙한 곳에 달려 있어서 다음과 같은 말을 듣고 나서야 제대로 울리기 시작했다.

"이 호텔에는 재미있는 책이 많군. 그런데 책들이 이렇게 체계 없이 아무렇게나 뒤섞여 꽂혀 있다니."

나는 당황해서 이렇게 말했다.

"그럼 시립 도서관에 한번 가보세요. 그곳에서는 듀이 시스템을 활용하고 있어요."

그 남자는 계속 미소를 짓고 있다가 그 말을 듣자 눈썹을 치켜올렸다. 나는 신중하게 생각해본 뒤에, 위험을 감수하고 이렇게 말했다.

"선생님께서 산이나 골짜기 등에 관심이 있으시다면 550번에서 559번 사이를 보시면 될 거예요."

이 모든 상황이 무슨 텔레비전 퀴즈 쇼 프로그램처럼 느껴졌다. 며칠 뒤에야 안 일이지만, 이날 그는 내 이름이 뭔지 알아내려고 이런 식으로 대화를 이끌어갔던 것이다. 그는 이렇게 물었다.

"아주 독특한 아가씨로군. 그런데 말이야, 이곳에 어떤 다른 도서관이 있다는 얘기 혹시 못 들어봤어?"

나를 '아가씨'라고 부르는 것이 마음에 들지 않았다. 다른 도서관이 있느냐고 묻는 것도 찜찜했다. 나는 당구대를 내려다보며 검은 대리석 당구공 두 개를 쳤다. 그 공들은 다른 흰 공 두 개에 부딪쳤다.

물론 그 말을 듣자 비비 보켄이 생각났다. 그러면서도 스마일리가 내 앞에 서 있으리라고는 꿈에도 생각지 못했다. 그가 피엘란에 나타나리라고는 전혀 짐작할 수 없었기 때문이다. 뿐만 아니라 나는 스마일리를 훨씬 더 끈적끈적하고 기분 나쁜 사람일 거라고 상상하고 있었다.

하지만 이 남자는 어디선가 비비 보켄에 대한 이야기를 들은 것이 분명했다.

"저희 학교에 작은 학교 도서관이 있어요."

내가 말했다.

그의 얼굴로 어떤 표정이 번개처럼 스쳐지나갔다. 화가 났거나 아니면 관심이 동하는 것 같은 표정이었다. 두 눈은 "나를 갖고 놀 생각은 하지 마!" 하고 말하고 있는 듯했지만, 입으로는 이렇게 말했다.

"그건 더 멋지겠구나!"

그런 다음 우리는 한동안 입을 다물고 있었다. 그 침묵이 너무 불편해서 나는 이렇게 말했다.

"하지만 학교 도서관은 지금 들어갈 수 없어요. 이번 주가 가을 방학이거든요."

그는 혀를 찼다.

"나는 내일까지밖에 머무를 수가 없단다. 하지만 네가 나를 좀 도와준다면……. 그러면 너한테도 해가 되지는 않을 텐데."

나는 그 자리를 떠나고 싶었다. 왜냐하면 생전 처음 보는 사람이 나한테 그런 제안을 한다는 게 마음에 들지 않았기 때문이다. 그가 돈 많은 사업가라 하더라도 다를 건 없었다. 하지만 나는 그가 무슨 말을 하려는지 벌써 알 것 같았다. 비비 보켄의 수많은 책이 머리에 떠오르면서…….

"나는 계약서를 가지고 있지. 한 장은 네 거고 다른 한 장은 닐스 거야. 하지만 우리 세 사람 외에는 아무도 필요하지 않아. 무슨 말인지 알겠니?"

그가 도와달라면 물론 그렇게 할 생각이었다. 하지만 아무것도 이해할 수가 없었다. 그가 어떻게 닐스를 알고 있을까? 그리고 '계약서'라니? 대체 무슨 계약서를 말하는 걸까?

그때 마침 빌리 홀리데이가 내려와서 나한테 얘기 좀 하자고 말한 것이 정말 다행이었다. 당구장을 나서려는데 그 남자가 말했다.

"나중에 얘기 더 하자."

호텔 살롱을 빠져나가면서 빌리는 그 남자를 전에 본 적이 있느냐고 물었다. 나는 고개를 저었다. 그러자 빌리는 호텔 레스토랑에서 손님들 식사 때 시중을 들어줄 수 있겠느냐고 물었다.

닐스가 오고 있다는 것을 알았지만 그러겠다고 대답했다. 이날 오후에 벌써 두 번째로 누가 나한테 도움을 청했던 것이다. 두 번째 제안을 받아들인 건 현명한 일이었다는 생각이 들었다.

그런 다음 닐스가 도착했다. 큰일을 앞두고 아주 컨디션이 좋아 보였다. 플롬에서 일어난 사건 이야기를 들었을 때 나는 "우리 이제 어떻게 하지?" 하는 그의 질문에 어떻게 대답해야 할지를 분명히 알고 있었다.

"네가 조심하지 않아서 편지책을 잃어버린 거잖아. 그러니 이제 어떻게 해서든 그걸 되찾아오도록 해."

내가 말했다. 그리고 한마디 덧붙였다.

"우리가 쓴 편지 내용을 스마일리가 모두 읽는다는 건 상상만 해도 참을 수가 없어."

틀림없이 스마일리는 벌써 다 읽었을 것이다. 그래서 나하고 이야기할 때 '다른' 도서관이라는 말을 한 게 분명하다. 편지책을 읽어서 그 모든 사실을 알고 있는 것이다.

우리는 스마일리가 마르쿠스 부르 한센이라는 이름으로 호텔에 예약했다는 사실을 알아냈고, 115호실에 묵는다는 것도 알 수 있었다. 그런 다음 우리는 이렇게 하기로 정했다. 그가 식사를 하는 동안 닐스가 스마일리의 방에 몰래 들어가기로 말이다. 나는 여직원한테서 열쇠를 얻어다 주겠다고 말했다.

나는 함께 갈 수가 없었다. 식사 시중을 들어야 했으니 말이다. 그래도 스마일리가 갑자기 식탁에서 일어나 객실로 돌아가는 일이 없도록 그를 감시할 수는 있다…….

내 예쁜 사촌 말이 물론 맞다. 편지책을 다시 훔쳐오는 건 내 막중한 임무이자 사명이다. 나는 계단을 올라가 스마일리의 방이 있는 층에 도착했다. 베리트가 갖다준 열쇠는 내 손 안에서 축축이 젖어 있었다. 스마일리 부르 한센 씨가 아래층 호텔 레스토랑에 앉아 양고기 스테이크를 먹으며 월귤로 배를 채우고 있다는 사실을 알고 있으면서도 내 두 다리는 푸딩으로 만든 것처럼 후들거렸다. 그리고 열쇠 구멍에 열쇠를 꽂을 때 내 두 손은 폭풍 속의 사시나무처럼 덜덜 떨렸다. 처음 두 번은 실패했고 세 번째에야 문을 여는 데 성공했다. 나는 천천히 문을 열었다. 문이 정말 큰 소리로 삐걱거렸다고는 생각하지 않는다. 그러나 문틈에 고양이 두 마리가 끼여 있기라도 한 것처럼 나한테 그 소리는 커다랗게 울렸다. 문을 연 다음 방문을 살짝 닫고 안으로 들어갔다.

115호실은 호텔에서 가장 아름다운 방이었고, 베리트는 오래 전
그곳에 묵어 갔던 유명 인사들 이야기를 해주었다. 그런데도 그곳
은 여전히 교도소의 감방이나 숲속의 오두막집처럼 느껴졌다. 방
을 둘러보니……. 행운은 바로 나처럼 능력 있는 사람의 곁에 있었
다. 편지책이 바로 거기 놓여 있었던 것이다! 스마일리의 침대맡
탁자 위에 말이다. 안도의 한숨이 터져 나왔다. 그 소리가 내 귀에
천둥소리처럼 크게 울렸다. 너무 놀라 얼른 입술을 꼭 다물고 편
지책으로 손을 뻗쳤다. 마지막 장이 펼쳐져 있어 내 손으로 쓴 글
씨를 읽을 수 있었다.

이곳은 아주 고요하거든. 위험한 일이라고는 결코 일어나지 않을 듯
한 분위기야. 그런데 지금 발소리가 들려. 누군가가 다가오고 있나
봐. 바로 스마일리야. 그는…….

아무 문제도 없는 것처럼 보였다. 그러나 다음 장을 넘겼을 때
나는 피가 머리로 솟구치는 것 같았다. 그 장 맨 위에는 내 것도 아
니고 베리트의 것도 아닌 글씨체로 다음과 같이 적혀 있었다.

그 순진한 바보들은 완전히 덫에 걸려들었다! 진실의 순간이 다가오
고 있다! 사본 12-14Pkt(닐스)와 버클리 올드스타일 12-14Pkt.(베리
트) M. B. H.

나는 무너지듯 침대 위에 주저앉았다. 내 심장을 움켜쥐고 있는

발톱에서 풀려나려고 애를 썼다. 그러나 조여드는 그 느낌을 벗어날 길이 없었다. 진실의 순간이라니, 대체 무슨 말일까? 우리를 어디에다 집어넣는단 말인가? 사본과 버클리 올드스타일이라는 게 누굴까, 아니면 무엇일까? 나는 아무것도 이해할 수가 없었다. 하지만 베리트와 내가 진짜 위험에 처해 있다는 것만은 분명했다. 그 마녀 가설이 머리를 스치고 지나갔다. 스마일리와 비비 보켄이 정말…….

눈앞에서 모든 것이 빙빙 돌고 있었다. 누런 이빨과 타오르는 눈을 가진 사본이라는 끔찍한 괴물 앞에 앉아 있는 나 자신의 모습이 눈앞에 보였다.

"어때, 닐스? 이제 진실의 순간이 왔다!"

사본이 씩씩거리고 있었다.

소리를 지르고 싶었다. 현실이 내 어두운 상상을 깨뜨려버리지 않았더라면 나는 정말 소리를 질렀을지도 모른다. 그러나 유감스럽게도 현실은 장난이 아니었다. 문 밖에서 급하게 달려오는 발소리가 들렸던 것이다. 그 발소리는 점점 가까워졌다.

도대체 내가 어떻게 발코니로 나갔는지 기억도 나지 않는다. 그러나 바로 다음 순간 나는 115호실의 엄청나게 넓은 발코니 구석에 서서 스마일리가 혼잣말을 하는 소리를 듣고 있었다. 발코니 문은 열려 있지만 다행히도 난 커튼을 내려두었다.

"이상하네. 분명히 방문을 잠그고 나갔는데……."

스마일리가 중얼거렸다. 그런 다음 밖이 조용해졌고, 갑자기 스마일리는 내가 여기 적기 곤란한 무슨 소리를 외쳐댔다. 하지만 그가 무척 흥분해 있었다는 얘기는 써야겠다.

그때 갑자기 내 손에 편지책이 들려 있다는 사실을 깨달았다. 미처 알아차리지도 못한 채 나는 그걸 집어들고 몸을 숨겼던 것이다. 난 얼마나 멍청한 녀석인가! 돋보기조차 사용할 자격이 없는 아마추어 탐정! 편지책을 제자리에 놔뒀어야 했지 않은가!

틀림없이 스마일리는 뭔가 잊어버린 게 있어서 올라왔을 것이다. 편지책을 그 자리에 그냥 내버려두었더라면 그는 필요한 물건을 찾아 다시 아래로 내려갔을 것이고, 그랬더라면 나머지는 식은 죽 먹기였을 텐데. 하지만 이젠 상황이 완전히 달라졌다. 이제 그는 편지책을 찾으려 할 것이고, 방안에 없으면 곧 발코니를 둘러볼 것이고, 그렇게 되면……

스마일리의 목소리가 들렸을 때 나는 아래를 내려다보면서 뛰어내릴지를 고민했다.

그는 어딘가에 전화를 걸었다. 나는 귀를 배춧잎만큼이나 커다랗게 만들어 그가 하는 얘기를 열심히 들었다.

"비비, 마르쿠스요. 이젠 끝냅시다. (공백) 그래요, 이걸로 충분해요. 이 정도면 해도 너무하는 거지. 레몬 두 개에서 쥐어짤 수 있는 즙에는 한계가 있는 거요. (공백) 그러지 말아요, 비비. 나는 그렇게 무한정 기다릴 수는 없소. (공백) 그렇다면 이 일을 내 손으로 떠맡을 수밖에 없지."

그런 다음 그는 수화기를 내려놓고 방을 나갔다.

나는 다시 한숨을 쉬었다. 아니, 한숨이 아니라 신음소리를 냈다. 이번에는 안심이 되어서가 아니라 겁이 나서였다.

스마일리는 비비 보켄이 우리 편지책을 가져갔다고 믿고 있는 게 틀림없었다. 그래서 그처럼 화를 내는 게 분명했다. 하지만 도대체 왜 그러는 걸까? 우리의 사적인 편지가 스마일리와 비비에게 대체 왜 중요한 걸까?

스마일리는 마치 자기 목숨이 걸린 문제라도 되는 듯 펄펄 뛰고 있었다. 이제 이 일을 자기 손으로 떠맡겠다고도 말했다. 하지만 어떤 일 말인가? 베리트와 내가 바로 그가 말한 '일'일까? 그렇다면 우리를 '자기 손으로' 떠맡는다는 것은 어떤 뜻일까? 스마일리라면 우리를 부드럽게 다룰 리가 없다. 그것만은 확실했다.

뭔가 무서운 일이 계획되고 있는 것이 분명했고, 내 생각으로는 마르쿠스 부르 한센이 그 일을 그의 역겨운 발톱으로 움켜잡으려고 비비 보켄에게 가는 중인 것 같았다.

갑자기 몸이 얼음처럼 차가워지는 느낌이었다. 너무나 화가 났기 때문이다. 대체 그들은 어떻게 그렇게 잘난 척을 하고 있단 말인가? 베리트와 나를 놓고 무슨 게임을 벌이고 있는 게 아닌가. 우리는 그들에게 잘못한 게 아무것도 없는데 말이다! 그건 우리의 편지책이다. 나는 우리 물건을 되찾으려는 것뿐이다. 비밀에 싸인 단서들, 마법의 도서관, 미소를 띤 대머리, 책도둑, 그 모든 것에 나는 질려버렸다. 그저 편지책을 되찾고 가을방학을 여유 있게 즐기고 싶을 뿐이었다.

나는 115호실로 돌아가 스마일리가 재킷을 걸쳐둔 의자를 발로 뻥 차서 쓰러뜨렸다. 그런 다음 복도로 나와 나선형 계단을 내려와서 주방으로 갔다.

주방을 통해 호텔 레스토랑으로 들어간 나는 때마침 미국인 부부에게 건포도 푸딩을 갖다주고 있던 베리트에게 다가갔다. 나는 그 부부의 식탁 위에 쾅 소리가 나도록 편지책을 내려놓았다. 그 바람에 물병에서 물이 튀었다.

"이젠 지겨워! 이게 진실의 순간이야!"

나는 이렇게 외쳤다.

"이봐요, 정말⋯⋯."

식탁 앞에 앉아 있던 미국 남자가 영어로 말을 걸었다. 그러나 나는 그 남자를 쳐다보지도 않았다. 그에게 눈길조차 주지 않았다는 얘기다.

"여기 편지책 가져왔어."

내가 말했다.

"!!!!!????????"

베리트의 표정은 느낌표 다섯 개, 물음표 여덟 개쯤 되는 것 같았다. 나는 베리트의 손을 잡았다.

"이제 우리가 비비 보켄을 데리러 가는 거야."

그러면서 나는 베리트를 레스토랑 밖으로 끌어냈다. 베리트는 너무 놀라 한마디도 하지 못했다. 등 뒤에서 미국 남자의 목소리가 들렸다.

"이게 대체 무슨 일인지 누가 설명 좀 해주시겠소?"

나는 베리트에게 모든 이야기를 들려주었다. 스마일리의 전화 통화와 협박과 그 모든 것을 말이다. 베리트는 말없이 내 이야기에 귀를 기울였다.

말을 마치고 나자 베리트는 아주 진지한 표정을 지었다.

"그래, 진실의 순간이 온 거야."

그 말을 했을 때 난 무척 걱정하고 있었다…… 두어 시간 전에 나는 갑자기 요리사의 딸에서 레스토랑 종업원으로 승격되었다. 이 일자리는 태어나서 처음으로 돈을 벌게 해준 것이기도 했지만, 처음으로 식사 시중을 처음부터 끝까지 들어보게 해준 것이기도 했다. 그러나 이제 나는 이런 일을 할 기회가 이번이 마지막임을 깨달았다. 적어도 이 문달 호텔에서는 더 이상 나한테 일을 시켜주지 않을 것이 틀림없었다.

처음에는 모든 것이 잘 돌아갔다. 손님 무릎 위에 수프를 쏟지도 않았고 양고기 스테이크를 손님 머리 위에 떨어뜨리지도 않았다. 단 한 가지 문제는 스마일리에게도 식사 시중을 들어야 했다는 점이다. 나는 그를 전혀 본 적이 없는 것처럼 행동했다.

그가 꽃양배추 수프를 먹고 있는 동안 생수 한 병을 갖다 주었는데 그 순간 스마일리는 소금기둥이 된 것처럼 그 자리에 얼어붙었다. 커다란 동전을 꿀꺽 삼켜버린 아이 같은 표정이었다. 그 모습을 보자 테네리파로 떠났던 우리의 여행이 기억났다. 엄마가 갑자기 집 히터 위에 비키니를 걸어놓고 왔음을 기억해낸 것이다. 문제는 우리가 그 순간 지브롤터 해협 만 미터 상공에 떠 있었다는 점이다.

"돌아가야 해!"

엄마가 외쳤다. 하마터면 엄마는 자신의 인생에 비행기 납치범이라는 경력을 덧붙일 뻔했다.

스마일리는 그 순간 바로 비행기에 앉아 있던 엄마처럼 보였다. 그런 상태는 오래가지 않았다. 그는 벌떡 일어나더니 호텔 레스토랑에서 달려나갔다.

나는 정신없이 그를 따라 뛰었다. 자기 방으로 올라가려는 게 분명했기 때문이다. 하지만 만일 그가 히터 위에 비키니를 걸어두고 왔다면 닐스가 지금 그 방에 있으니 문제될 게 없었다. 뭔가 타는 냄새가 났다면 닐스가 벌써 문제를 해결했을 테니 말이다.

나는 스마일리를 쫓아가 붙잡았다. 레스토랑 입구에서였다.

"선생님은…… 아직 주문하신 스테이크가 안 나왔잖아요. 스테이크가 벌써 타버렸을 거라고 생각하시는 건 아니겠죠?"

이렇게 말하며 나는 그의 소매를 움켜잡았다.

너무 큰 소리로 말했기 때문에 레스토랑에 앉아 있던 모든 사람이 내 말을 들었을 게 분명했다. 그러나 스마일리는 잡힌 팔을 잡아 빼고는 그냥 달려가버렸다.

나는 음악실로 들어갔다. 스마일리의 방 바로 아래에 있는 공간이기 때문이다. 그리그의 「로망스」가 들어 있는 CD를 몇 장 뽑아서 천장을 향해 던졌다. 닐스를 도우려고 내가 할 수 있는 최소한이자 유일한 일이었다.

나는 다시 레스토랑으로 돌아갔다. 손님들이 모두 나를 쏘아보았고 빌리 홀리데이는 조리실 뒤쪽에서 고개를 빼고 쳐다보았다. 빌리의 눈길은 나를 죽일 것만 같았다.

몇 분 뒤 스마일리가 되돌아왔을 때 상황은 더욱 끔찍해졌다. 그는 노여움으로 끓어오르고 있었다. 그의 얼굴은 기름에 튀긴 토마토 같았는데, 그 정도로 시뻘겋고 완전히 일그러져 있었다.

"베리트! 내 식사 가져와!"

마치 내가 자기 딸이나 하녀라도 되는 듯이 그는 말했다.

건포도 푸딩을 열심히 먹고 있던 다른 손님들이 다시 고개를 들고 쳐다보았다. 세상에서 가장 기분 좋은 호텔에 와서 평화로운 식사를 하고 있다가 방해받은 듯한 모습이었다.

나는 양고기 스테이크 접시를 조리실에서 가져와 스마일리의 식탁에 올려놓았다. 그는 몇 조각을 급하게 입 속에 쑤셔 넣더니 삼키는 데 일 분쯤 들였다. 그런 다음 다시 일어나서 달려 나가버렸다. 건포도 푸딩도 먹지 않고 주문한 레드 와인도 다 마시지 않은 채였다. 그 레드 와인은 빌리가 갖다 주었다. 열여덟 살 이하의 청소년은 주류를 서빙하지 못하도록 법이 정하고 있어서다.

그 사이 스마일리가 닐스를 죽이고 왔는지는 확실히 알 수가 없었다. 어쨌든 그가 닐스를 방에 가두어두었을 것만은 확실했다. 그래서 닐스가 호텔 주방을 통해 레스토랑으로 달려 들어왔을 때 난 상당히 놀랐다. 닐스는 다시 야생으로 돌아가기로 막 결심한 동물원의 호랑이처럼 보였다.

시애틀에서 온 그 석유회사 엔지니어는 터져 나오는 분노를 놀라운 자제력으로 억누를 능력이 있는 사람이었다. 그러나 닐스가 편지책으로 식탁을 내리쳐 자기 부인의 가슴에 빙하 생수가 튀었을 때는 그도 기가 막힌다는 얼굴로 우리를 쳐다보았다.

"이봐요, 정말 이성을 잃은 모양이군."

그는 그렇게 말했다.

"진실의 순간이 온 거야." 하고 말했을 때 나는 비비 보켄만을 생각하고 있지 않았다. 이곳 피엘란에서 내 자신의 미래에 대해 생각했고, 지금도 주방에서 일하고 있는 엄마에 대해서도 생각했다.

"이게 대체 무슨 일인지 누가 설명 좀 해주시겠소?"

바깥은 개기 일식이 시작되기 십오 분 전처럼 아주 밝은 동시에 너무 어두웠다. 우리가 교회에 다다를 때는 비까지 내리기 시작했다.

"비옷 있어?"

내가 물었다. 닐스는 고개를 저었다.

"지금 아니면 영원히 끝이야. 이 닐스 토르게르센이 이렇게 화가 났으니 제값을 할 수 있을 거야."

닐스가 말했다. 그 말이 끝나자마자 우리는 멀리서 울리는 천둥 소리를 들었다. 그 소리는 닐스의 분노에 대한 메아리처럼 들렸다. 그처럼 화를 내는 닐스를 보자 그에게 그런 열정이 있다는 사실이 마음에 들었다.

"대체 무슨 일이 일어난 거야?"

내가 물었다.

"별일 아니야. 스마일리가 비비 보켄을 죽이려고 하는 것 같아."

우리는 문달스달렌 방향으로 계속 걸어갔다.

"하지만 나는 그런 서지학자에게 쓰일 미끼가 되고 싶지 않아. 내 사촌 누이의 도움을 돈으로 사려고 하는 그런 책도둑의 미끼가 되고 싶지도 않아."

닐스가 말했다. 나는 고개를 끄덕였다. 닐스가 내 고갯짓을 본 것 같지는 않았다. 그래서 나는 이렇게 말했다.

"어쨌든 우리는 두 미치광이가 서로 총을 겨누고 있는 한가운데에 제 발로 걸어 들어가는 거야. 비비 보켄의 집 초인종을 누르고…… 잘 지내셨어요, 어쩌고, 그런 걸 우리가 물어봐야 한다는 거니?"

다시 우르릉대는 천둥소리가 들려왔다. 이번에는 그 소리가 닐스의 걸음을 멈추게 할 정도였다. 비는 하염없이 내렸고, 내 마스카라는 아마 얼굴 전체에 얼룩덜룩 번져 있을 것이다.

"나는 전에도 이 일을 한 번 겪은 적이 있어."

닐스가 말했다.

"무슨 일 말이야?"

"지금 이 장면 말이야! 이 길을 우리가 걸어가고, 비가 내리고……. 확실해."

"무슨 소리야? 그러니까 괜히 무서워지잖아."

"그래, 그럴 거야. 하지만 이건 처음 있는 일이 아니야."

"돌아갈까?"

내가 물었다.

"문제없어. 그냥 해보자, 베리트."

닐스는 그렇게 말하며 다시 걷기 시작했다.

무슨 일이 있든 나는 닐스보다 더 비비 보켄의 일을 잘 알고 있었고, 그래서 이렇게 말했다.

"난 자신이 없어."

"우린 다른 선택의 여지가 없어."

닐스가 말했다.

"하지만 정말 겁이 나."

"나도 마찬가지야."

우리가 성문 근처까지 왔을 때 비비 보켄의 노란 집에 불이 켜져 있는 게 보였다. 우리는 몸 속까지 다 젖어 있었다.

그러나 닐스 토르게르센은 거기서 멈추려 하지 않았다. 이 일은 나보다 닐스한테 더 중요한 모양이야 하는 생각이 들었다. 스마일리와 더 자주 마주쳤기 때문일 것이다. 닐스는 가을방학 동안만 이곳 피엘란에 와 있을 수 있고 나는 여기 사니까 그것도 당연한 일이다.

우리는 생각했던 것보다 빨리 벨을 눌렀다. 지난번에 혼자 이 집으로 숨어 들어갔다가 비비 보켄에게 '학교 도서관을 위해 복권을 판다' 고 거짓말을 했을 때 이후로 한 번도 다시 온 적이 없었다.

지금 여기서 일어나고 있는 일은 안티클라이맥스라고 부를 만하다고 나는 생각한다. 그러나 우리는 스마일리 아니면 비비가 문을 열고 우리를 덮칠 거라고 생각했다.

스마일리가 비비 보켄을 인질로 잡고 있을 가능성도 있었다. 스마일리가 한 손으로 비비의 입을 막고 다른 손으로는 권총을 흔들고 있을 거라고도 생각했다. 그러나 여기서 일어난 일은 이랬다.

아무도 문을 열지 않았다. 우리는 다시 몇 번 벨을 눌렀지만 집 안은 조용했다.

나는 조심스럽게 문 손잡이를 돌렸다. 맨 처음에 그랬던 것처럼 말이다. 이번에도 문은 열려 있었다.

우리는 집 안으로 살금살금 들어갔다. 몇 분 동안 꼼짝 않고 숨을 죽인 채 귀를 기울여 보았다. 그러나 아무 소리도 들리지 않았다.

"비비 보켄이 자고 있나봐."

내가 속삭였다. 닐스는 어깨를 으쓱해 보였다.

"아니면……."

닐스는 말을 하다 말았지만 나는 닐스가 무슨 말을 하려는 건지 알고 있었다.

이때 우리는 말도 안 되는 짓을 했다. 신발을 벗었다. 가능한 한 소리를 내지 않으려고 했거나 아니면 우리 운동화가 너무 젖어서 그랬을 것이다. 이유가 무엇이었는지는 확실히 모르겠다. 어쨌든 우리는 양말을 신은 채 거실로 기어 들어갔다.

"나는 이 집에 있는 방마다 다 들어가봤어."

내가 속삭였다.

닐스는 이 집 구조를 몰랐다. 그는 집을 둘러보면서 책장이 한 개도 없는 걸 보고 몹시 놀랐다.

"지하실이 있을 거라고 생각하지 않니?"

닐스가 물었다.

"맞아, 이 아래에 방 하나가 더 있어."

그 순간에야 나는 그 사실이 떠올랐다. 비비 보켄이 이 집으로 이사온 뒤로 힐데 메우리첸이 들었다는 이상한 소리 말이다. 비비 보켄이 그 많은 책을 어디 숨겨놓았는지 이제 알 것 같았다.

우리는 집을 뒤지기 시작했다. 그리고 이제 바닥을 샅샅이 살피고 다녔다.

곧 바닥에서 놋쇠로 된 해치를 찾아냈다. 해치 문은 거실 탁자 아래에 있었는데, 비비 보켄은 일전에 내가 소파 밑 먼지 가득한 바닥에 엎드려 있었을 때 그 탁자 위에서 새로 도착한 소포의 책들을 풀고 있었다.

위층에서 바스락거리는 소리가 들린 것 같아 나는 손가락을 입술에 대고 동작을 멈췄다. 닐스가 고개를 저었다.

"저건 바람소리일 뿐이야. 그들은 틀림없이 호텔 바에 앉아 있을 거야. 플랏브레 산장으로 가는 중이든지 말이야."

나는 손가락 두 개를 놋쇠걸이에 걸어 해치 문을 열었다. 우리는 바깥의 어둠보다 더 캄캄한 그 구멍 속을 들여다보았다. 하지만 닐스는 나보다 추리소설을 더 많이 읽었다. 그는 손전등을 꺼내 가파른 계단을 비추어보고 있었다.

물론 앞장서서 아래로 내려간 것은 닐스였다. 곧 그는 지하실 바닥에 내려서서 손전등으로 안을 비추어보았다. 내가 계단을 다 내려서기도 전에 닐스가 외치는 소리가 들렸다.

"도, 도, 도서관이야, 베리트!"

"저건 바람소리일 뿐이야."

작은 소리로 이렇게 말하며 곧 죽을 것 같은 두려움을 숨기려고 애썼다. 하지만 두려움은 사라지지 않았다. 나는 아주 지쳐 있었지만 아무렇지도 않은 듯한 목소리를 내려고 애를 썼다.

"그들은 틀림없이 호텔 바에 앉아 있을 거야."

나는 그렇게 말했다. 그 말은 아주 멍청하게 들렸을 게 뻔하다. 하지만 나는 용기 내어 말을 계속했다.

"플랏브레 산장으로 가는 중이든지 말이야."

나는 이를 악물고 베리트를 건너다보았다. 베리트는 놋쇠 해치를 위로 들어올렸다. 나는 숨을 멈췄다. 그냥 도망가버리고 싶었지만 발이 땅바닥에 붙어버린 것 같았다. 우리는 캄캄한 구멍을 내려다보았다.

재킷 주머니에서 손전등을 꺼냈다. 오슬로를 떠나기 전에 사둔 것이었다. 손전등이 필요할지도 모르겠다는 생각을 했는데, 그것이 사실로 들어맞았다. 드디어 결전의 순간이 왔다. 몸은 완전히 젖어 있었는데, 빗물인지 땀인지 알 수가 없었다. 손전등을 켜고 아래를 비추어보았다. 나무로 된 나선 계단이 아래까지 닿아 있었다. 베리트는 바로 내 뒤에 서 있었다.

둘 중 한 사람이 먼저 계단을 내려가야 한다는 사실을 알고 있었다. 그리고 베리트가 먼저 내려갈 리가 없다는 것도 알고 있었다. 사실 돌아가고 싶었지만 이젠 너무 늦었다. 보이지 않는 힘에 이끌려 계단 아래로 내려갔다. 고소공포증이 있으면서도 나는 높은 난간이나 깊은 심연에 마음이 끌리는 경향이 있다.

등 뒤에서 베리트의 발소리가 들렸다. 계단을 다 내려가는 데는 아마 이 초밖에 걸리지 않았을 것이다. 그러나 그 순간이 영원처럼 길게 느껴졌다. 아주 넓은 공간이 펼쳐져 있었다. 지하실치고는 습기가 전혀 없고 건조한 공기가 느껴졌다. 손전등으로 벽마다 비추어보았다. 그 순간 머리에서 피가 완전히 사라져버리는 것 같은 기분을 느끼며, 이렇게 말하는 내 목소리를 들었다.

"도, 도, 도서관이야, 베리트!"

우리는 마침내 그 도서관을 찾아냈다! 비비 보켄의 마법의 도서관 말이다! 그럴 줄 짐작했다. 아니, 나는 그 사실을 알고 있었다! 그 사실을 머리로만이 아니라 몸 전체로 느끼고 있었다. 긴장과 흥분으로 몸이 떨렸지만 동시에 이상하게도 아주 차분해졌다. 마치 오랜 여행 끝에 집에 돌아온 기분이었다.

우리는 책들로 가득한 일종의 보물 창고 안에 들어와 있었다. 지하실 안이라서 어두웠지만 책들은 반짝반짝 빛을 내고 있는 것 같았다. 그래서 한편으로는 당혹스러우면서 동시에 아주 행복한 기분에 사로잡혔다. 언젠가 여기에 와본 적이 있는 것 같았다.

순간 스위치를 켜는 듯한 작은 소리가 들렸고, 부드럽고 희미한 빛이 방안을 채우면서 수없이 많은 작은 먼지 알갱이가 우리 주위에서 별처럼 빛나는 듯한 느낌이 다가왔다.

내가 우주의 한 부분인 것처럼 느껴졌다.

왜인지는 모르겠다. 어쨌든 우리는 지금 작은 나라의 작은 도시, 그리고 그곳의 어느 작은 집 안의 지하실에 있을 뿐인데도 이 공간이 바깥 세상 전체인 양 커다랗게 느껴졌다.

사방 벽들은 책들이 가득 꽂힌 책장과 책꽂이로 덮여 있었다. 수백만 권은 될 것 같았다. 책들을 열어보면 금박 글자가 새겨져 있을 것만 같았다. 인쇄된 것이 아니고 직접 손으로 그린 것처럼 아름다운 종이와 작은 진주로 장식된 표지의 책들, 구식 문자로 인쇄되어 내가 읽을 수 없는 책들……. 낡은 벽지처럼 보이는 책에서는 활자들이 곧 떨어져나갈 것만 같았다.

이 모든 것을 언젠가 한 번 경험해본 것 같은 느낌은 점점 강해졌고, 방구석에 놓인 책상 앞에 우리 쪽으로 등을 돌리고 앉아 있는 남자를 보았을 때 나는 별로 놀라지도 않았다.

베리트는 그 남자를 벌써 발견하고 그쪽으로 걸어갔다.

"안녕하세요."

베리트가 말했다. 남자는 아무런 반응을 보이지 않았다.

"실례합니다."

베리트가 다시 말했다. 남자는 여전히 돌아보지 않았다. 그는 뭔가를 쓰고 있는 것 같았다.

"저희는 비비 보켄을 찾고 있는데요."

베리트가 큰 소리로 외쳤다.

남자는 계속 뭔가를 쓰기만 했다. 나는 베리트에게 다가가 어깨를 안고 이렇게 속삭였다.

"이 도시에는 나이 많은 남자가 하나 살지.

귀는 먹었지만 장님은 아니라네.

그의 사랑은 젊고 반짝이며 새롭지.

수천 권의 책이 그의 마음속에 살아 숨쉬고 있다네."

베리트는 어리둥절해서 나를 쳐다보았다. 그때 베리트의 머리에 불이 들어왔다.

"마리오 브레자니구나!"

나는 고개를 끄덕였다.

"저 사람은 귀머거리지?"

나는 다시 고개를 끄덕였다.

"저 사람이 비비 보켄이 마법의 도서관을 만드는 걸 도와준 사람이지. 저 사람……"

베리트는 그 문장을 마무리했다.

"…… 자신도 마법의 도서관을 가지고 있지."

나는 계속 고개를 끄덕였다.

"단테, 페트라르카, 호메로스, 오비디우스 등이 티베르 강가 그 서점의 보물들이잖아."

베리트가 말했다. 갑자기 그녀는 미소를 지었다. 한 번도 베리트에게 그런 말을 한 적은 없지만, 그녀의 미소는 정말 예뻤다.

나는 베리트의 어깨를 놓고 브레자니의 어깨를 가볍게 두드렸다. 그는 놀라지도 않고 자세를 고쳐 똑바로 앉더니 몸을 돌려 베리트의 미소에 답했다. 우리를 기다리고 있었던 듯했다.

로마에서는 모든 것이 너무나 빨리 지나가버려서 난 그의 얼굴조차 제대로 보지 못했다. 하지만 이제는 제대로 볼 수 있었다. 이상했던 건 그의 얼굴에서 도대체 나이를 짐작할 수 없었다는 점이다.

마리오 브레자니는 쉰 살일 수도 있고 여든 살일 수도 있었다. 몇 살쯤 되어 보인다고 도저히 말할 수가 없었다. 머리카락은 은

발이었지만 젊은이처럼 풍성하고 숱이 많았다. 이마와 눈가의 수없이 많은 잔주름은 그가 아주 오랫동안 세상을 살아왔음을 설명해주는 듯했다. 그의 눈빛은 어린아이처럼 꾸밈이 없고 호기심에 가득 차 있었다. 이빨은 눈처럼 희었고 미소는 밝고 명랑하면서도 소년처럼 좀 장난기 있어 보이기도 했다. 이제 그는 베리트를 보며 웃고 있었다.

"본 조르노, 시뇨리아 베리트.(안녕하세요, 베리트 양.)"

그렇게 인사하며 그는 천천히 또박또박 대답하는 베리트의 입모양을 바라보았다.

"본 조르노, 시뇨레 브레자니.(안녕하세요, 브레자니 씨.)"

 "본 조르노."

나도 대답했다. 그 말이 '안녕하세요'를 뜻한다는 것쯤은 짐작할 수 있었다.

호텔에서 사람들이 말하던 그 이탈리아 사람이 바로 마리오 브레자니라는 사실을 당장 깨달을 수 있었다. 식사도 하지 않고 빙하 박물관에 가려 했다는 그 사람 말이다…… 어째서 나는 그때 바로 그 생각을 하지 못했을까.

현명하고 아름답고 따뜻해 보이는 그 얼굴을 바라보았다.

이 사람은 누구일까? 왜 여기에 와 있을까? 그리고 어째서 그는 이처럼 아름다울까? 듣지 못한다는 사실이 사람을 아름답게 만드는 모양이라고 나는 생각했다. 혹은 책을 많이 읽어서 그렇게 보이는 것인지도 모른다. 나를 바라보는 그의 갈색 눈동자가 좀 흔들렸지만 먼저 눈길을 내리깐 것은 내 쪽이었다. 그는 내 입술 모양뿐 아니라 표정 전체를 읽고 있는 것 같았다. 내가 눈길을 돌리자 그는 자리에서 일어섰다. 그는 우리 어깨를 두드리며 이렇게 말했다.

"벤베누티 알라 비블리오테카!"

브레자니는 닐스보다 별로 크지 않았다. 그리고 나보다는 머리통 반만큼이나 작았다. 그는 내가 자기 말을 제대로 알아들었는지 보려고 나를 올려다보았다. 어쩌면 내 입술에서 대답을 읽으려고 쳐다봤는지도 모른다.

"도서관에 온 것을 환영합니다!"

내가 뜻풀이를 했다. 브레자니는 고개를 끄덕였다.

"시, 시!(예, 맞았어요.)"

"비비 보켄의 마법의 도서관에 들어왔군."

닐스가 말했다. 브레자니는 닐스 쪽으로 몸을 돌리더니, 포기했다는 뜻으로 두 팔을 벌려 보였다. 닐스의 입 모양을 제대로 보지 못한 것이다.

"이게 마법의 도서관이란 말이죠."

닐스는 말을 계속했다. 이번에는 그게 아주 중요한 뜻이라도 되는 듯 훨씬 더 큰 소리로 말했다.

브레자니는 웃음을 터뜨렸다.

"나투랄멘테, 시뇨레…… 우나 비블리오테카 마지카…… 에 몰토 세그레타!"

브레자니는 손가락을 입술에 댔다. 비밀을 누설하지 않기로 약속이라도 하자는 듯한 태도였다.

이 도서관이 내가 꿈에서 본 요스테달 빙하 지하 터널 속의 거대한 도서관과 좀 닮아 보인다는 느낌이 들었다. 그곳에서 본 전세계의 모든 책과 모든 작가를 나는 이미 알고 있었다. 그런데 이제는 갑자기 이탈리아어까지 알아듣고 있는 게 아닌가!

"물론입니다. 마법의 도서관입니다……. 그리고 아주 은밀한 곳이죠."

브레자니는 방금 그렇게 말했다.

그는 두 팔을 벌리고 도서관 전부를 보여주려는 것처럼 보였다. 그러다가 그는 닐스가 손에 들고 있는 우리 편지책에 눈길을 주었다. 브레자니는 계속 아주 느리게 말했다.

"시뇨레 에 시뇨리나! 쿠에스토 에 일 센트로…… 델 로로 라비린토 그란데…… 에 몰토 미스테리오조……."

이제는 닐스가 통역을 맡고 나섰다.

"우리가 신비로운 미로에 들어와 있다고 말하는 것 같은데?"

브레자니는 하얀 이를 드러내고 웃었다. 그러면서 손뼉을 쳤다.

"브라보!"

이제야 나는 주위를 제대로 둘러보기 시작했다. 이 방은 널찍한 거실 정도의 크기였다. 하지만 천장은 훨씬 낮았다. 방 한가운데는 탁자가 놓여 있고 그 주위에 의자가 네 개 있었다. 사방 벽은 책들로 덮여 있었는데 서가뿐 아니라 다양한 빛깔의 책 상자들도 있었다. 그 밖에도 책꽂이들 사이에는 유리문이 달린 화려한 책장들도 있었다.

페이퍼백이나 문고판은 한 권도 볼 수 없었다. 많은 책이 아주 오래된 것 같았다. 하지만 새 책들도 있었다. 그리고 여기 있는 모든 책은 말할 수 없이 아름다웠다.

커다란 대성당의 스테인드글라스가 생각났다. 그림 자체는 특별하지 않지만 색채가 서로 어울려 참으로 아름다운 그림을 만들어내는 모자이크화 말이다. 비비 보켄의 도서관에 서서 갈색, 검은색, 붉은색, 흰색 등의 책표지를 바라보고 있노라니 그런 생각이 들었다. 특히 많은 책이 다양한 갈색 가죽 빛깔을 띠고 있었다. 진짜 가죽으로 표지를 싼 책들도 많았다. 그 책들은 정말 살아 있는 것처럼 보였다…….

지하 도서관의 분위기와 브레자니와의 만남은 정말 엄숙하고 평온하고, 호텔의 온갖 소음에서 아주 멀리 떨어져 있었다. 그래서 우리는 얼마나 겁을 먹고 이 집에 몰래 들어왔던가를 벌써 잊어버릴 정도였다. 나는 브레자니라는 이 남자가 우리에게 결코 나쁜 짓을 할 사람이 아니라는 걸 어느 정도 확신할 수 있었다.

하지만 닐스 생각은 어떨까, 여전히 겁을 먹고 있을까? 닐스가 지난번 마리오 브레자니를 만났을 때는 갑자기 스마일리가 뛰어들어와 모든 것을 망쳐놓았다. 바로 지금의 이곳과 비슷한 그 장소에서…….

그런데 내가 어떻게 그 비슷함을 알고 있는 걸까? 로마에 가본 적이 없는데도 말이다. 하지만 닐스가 그 서점에 대해 편지책에 써보냈기 때문에 그곳 분위기를 알고 있었던 것이다. 그 덕분에

174

나는 브레자니의 고서점에 가보았다고 말할 수도 있다. 하지만 그렇다고 해도……

갑자기 위층에서 발소리가 들렸다. 누구일까? 스마일리가 온 게 아닐까? 아니면 비비 보켄일까?

그런 다음 발소리는 계단을 내려와 지하 도서관으로 향했다. 우선 나는 여자의 하이힐을 보았고 그 다음에는 나선 계단을 내려오는 길고 붉은 원피스를 볼 수 있었다. 그건 천천히 땅으로 내려앉는 낙하산처럼 보였다.

비비 보켄이었다. 그녀는 마르지도 않았지만 뚱뚱하지도 않았다. 사람들이 보통 '보기 좋다'고 말하는 그런 체격이었다. 이제까지 나는 그녀를 줄곧 '책마녀'라고 생각해왔다. 그러나 이 붉은 원피스를 입은 여자는 마녀일 리가 없었다.

대체 내가 비비 보켄을 왜 그렇게 무서워했던 것일까 하고 생각했다. 그 이유를 곧 알게 될까? 비비 버켄이 우리에게 다가오던 그 순간부터 닐스와 내가 비비를 잘못 알고 있었다는 사실을 깨달았다. 비비 보켄은 사실 좀 독특한 사람이긴 했다. 하지만 못된 구석이라고는 전혀 없었다.

"닐스랑 베리트구나."

따뜻한 미소를 지으며 비비 보켄은 그렇게 말했다. 그런 다음 닐스가 손에 들고 있는 우리 편지책을 바라보았다.

"너희를 드디어 만나게 돼서 얼마나 반가운지 몰라."

나는 비비 보켄이 정말 우리에게 관심이 있다는 인상을 받았다. 우리가 산 속에서 길을 잃어 여러 날 동안 실종되었다가 안개와 폭풍우를 헤치고 오래도록 헤맨 끝에 겨우 구조된 것처럼 느껴졌다. 하지만 그것도 맞는 얘기였다. 우리는 어둠 속에서 덫에 걸렸다. 사태를 제대로 보지 못했던 것이다.

비비 보켄은 한 손으로 당당한 제스처를 해보였다.

"내 도서관이 너희 마음에 드니?"

그녀가 물었다.

"최고예요."

닐스가 말했다.

"정말 대단해요."

내가 말했다.

"시, 시, 벨리시마!"

마리오 브레자니가 말했다.

그는 미소를 지으며 허리를 굽혀 절을 했다. 그런 다음 아까 일어났을 때와 마찬가지로 아주 조용하게 자기 책상으로 돌아갔다. 책상 위에는 검은색과 붉은색의 잉크병들, 깃털펜, 붓들, 그리고 종이가 가득했다.

비비는 브레자니에게 고개를 끄덕여 보였다.

"브레자니 씨는 이 친구들하고 서로 인사했나요?"

비비 물었다.

"물론이에요. 우리는 벌써 많은 얘기를 나눴어요."

내가 말했다.

비비는 한쪽 벽면으로 가서 스위치를 켰다. 그러자 책꽂이와 책장들 위로 환한 불빛이 쏟아졌다.

"와!"

지하 공간이 아까보다 훨씬 더 아름다워 보여서 나는 감탄했다. 책들의 색깔도 훨씬 더 아름답게 돋보였고 불빛들은 교회 축성식을 떠올리게 했다.

"정말 기가 막히다, 베리트."

닐스가 말했다. 그런 다음 그는 비비 쪽으로 돌아섰다.

"어떻게 이런 식으로…… 책을 모을 생각을 했나요?"

닐스가 더듬거리며 물었다. 비비는 소리내어 웃었다.

"대체 어떻게 지하실에다가 수영장을 만들 생각을 했느냔 말이지? 내 작은 도서관도 수영장 하나 만드는 것보다 더 많은 돈이 드는 건 아니란다, 닐스. 나는 여러 해 전부터 책을 모으고 있어. 하지만 책들에 신경을 쓰지. 그리고 한 권 한 권을 있어야 할 자리에 조심스럽게 배치한단다."

"듀이의 분류법에 따라서요?"

내가 물었다.

"그래, 모든 전문 서적을 듀이의 체계에 따라 정리했어. 나는 듀이를 저어엉말 좋아해. 그리고 그런 사람이 나뿐만은 아닐 거야. 듀이가 십진분류법을 개발한 이래로 백년이 넘는 세월이 흘렀지. 하지만 그것은 여전히 최고의 분류법으로 인정받고 있단다."

비비는 네 곳의 벽을 가리키며 두 벽이 온갖 주제의 전문 서적으로 가득 차 있다고 설명했다. 그 모든 책이 듀이의 100부터 990에 이르는 표에 따라 분류되어 있다고도 했다.

닐스는 나머지 두 개의 벽을 가리켰다.

"그럼 이쪽에는 어떤 책들이 있지요?"

닐스가 물었다.

"문학이지. 지금 너희가 보는 대로 이런 책들은 세 그룹으로 분류되어 있어. 우선은 산문……."

"장편소설과 중편소설, 그런 것들 말이죠?"

닐스가 말했다. 국어 수업 시간에 배운 모양이었다.

비비는 다시 고개를 끄덕였다.

"네 번째 벽 제일 위쪽에 보면 마리오가 Lyric(서정시)의 'L' 을 아주 멋지게 붓으로 그려준 게 보일 거야. 그 아래에 내가 모은 시집들이 꽂혀 있지."

나는 다시 책꽂이 위를 가리켰다.

"저쪽에는 예쁜 글씨로 'D' 라고 적혀 있네요."

"그건 '희곡' 의 머리글자야."

"『페르 귄트』 말이죠?"

비비의 얼굴이 환하게 빛났다.

"예를 들면 『페르 귄트』 같은 거지. 나는 그 작품의 1867년 초판본을 가지고 있어, 베리트. 내가 아주 사랑하는 책이란다."

닐스는 아주 작은 서랍들이 잔뜩 달린 장식장을 가리켰다.

"도서 목록 카드인가요?"

"그래, 맞아. 도서관에 있는 한 권 한 권의 책은 적어도 세 장의 서로 다른 목록 카드를 가지고 있어. 카드 하나에는 작가 이름이 알파벳 순서로 정리되어 있지. 두 번째 카드에는 책 제목이 알파벳순으로 정리되어 있고. 세 번째 카드는 주제 목록 카드야. 그 카드들은 책의 주제에 따라 분류되어 있어. 예를 들어서 천문학에 관해서 알고 싶으면 그 목록 카드 쪽으로 가서 어떤 책이 우주를 다루고 있는지 살펴보면 돼. 그 주제를 다룬 전문 서적과 문학 작품들도 찾을 수 있지."

"정말 대단하군요. 체계에 따라 정리한다는 건 진짜 중요한 일 같아요, 흠⋯⋯."

비비는 갑자기 씩씩거렸다.

"책들을 기분 내키는 대로 책꽂이에 쑤셔넣는다는 건 말도 안 돼! 우표 수집하는 사람들도 우표들을 커다란 서랍에다 되는 대로 쑤셔넣지는 않는다고! 그렇게 한다면 어떻게 1882년에 인쇄된 2실링 반짜리 우표를 찾을 수 있겠어? 그리고 『페르 귄트』의 초판을 어떻게 찾아낼 수 있겠느냐고?"

닐스는 이런 토론을 계속하려 하지 않았다.

"이 정교한 체계를 스스로 생각해냈어요?"

닐스가 물었다. 비비는 갈라진 목소리로 웃었다.

"아니, 온 세계 도서관이 이 체계를 쓰고 있어. 그러니까⋯⋯ 물론 도서관마다 약간의 차이는 있지. 그리고 요즘은 대부분의 도서관이 컴퓨터 시스템으로 전환했으니까⋯⋯."

"맞아요."

내가 대꾸했다. 왜 그렇게 말했는지 나 스스로도 알 수 없었다. 그냥 그런 말이 입에서 튀어나왔다.

닐스가 커다란 책장에서 뭔가를 찾아냈다. 책장으로 다가가더니 닐스는 세 권이 겹으로 쌓인 책들을 가리켰다. 그 책들은 크기가 대략 전화번호부 두 개를 이어놓은 것 같았다. 그리고 두께는 전화번호부만큼 두꺼웠다. 세 권 모두 무척 낡아 보였다.

"이…… 이게 뭐죠?"

닐스가 물었다.

"쉿!"

비비는 그 책들이 마치 깨워서는 안 될 어린아이들이기라도 한 것처럼 작은 소리로 속삭였다. 아주 성스러운 임무를 수행하고 있는 성직자처럼 엄숙한 표정이었다.

"닐스, 네 앞에 있는 건 진짜 고판본들이야!"

"인쇄 기술이 발명된 초기에 인쇄된 책들이죠. 서기 1500년 이전에……."

내가 말했다. 비비는 손뼉을 쳤다.

"참 배운 것도 많구나!"

그러자 곧 내 머릿속에서 온갖 생각이 뒤섞이기 시작했다. 닐스도 마찬가지인 것 같았다.

지리의 편지가 떠올랐고, 닐스가 계속 손에 들고 있는 편지책을 생각했고, 비비 보켄의 마법의 도서관, "우리는 손해볼 게 없지." 하고 당구장에서 말하던 스마일리, 닐스와 내가 산장 방명록에 적어놓은 시, 그 밖에도 많은 것을 생각했다.

우리가 지난 몇 주 동안 겪은 모든 일을 이해하려면 도서 목록 카드 함 두 개와 반나절 정도는 필요할 거라는 생각이 들었다. 비비에게 지리의 편지에 대해 물어보고 싶었다. 이제는 내가 그 편지를 주워 읽었다고 얘기해도 괜찮을 것 같았기 때문이다. 그러나 그때 비비가 책꽂이에서 무거운 초판본 한 권을 꺼내 방 한가운데 있는 탁자에 내려놓았다. 그 일을 할 때의 비비는 다이아몬드와 보석들로 치장된 금관을 자기 머리 위에 올려놓는 여왕처럼 보였다.

"앉아봐."

비비가 말했다. 교실에 막 들어선 선생님 같은 투였다. 그래서 우리 셋 다 자리에 앉았다. 브레자니는 비비가 그 낡은 책을 손에 들고 있는 것을 보자 이렇게 외쳤다.

"프루덴테, 비비! 프루덴테!"

비비는 웃음을 터뜨렸다.

"우리더러 조심하라는 거야."

그 커다란 책은 단단한 나무판에 묶여 있었다. 세 장의 나무판에 황금빛 띠로 묶여 있었다. 비비는 띠를 풀고 그 오래된 책을 아주 조심스럽게 들추어보았다. 그러면서 말했다.

"이렇게 해서 글자 그대로 책이 열리는 거야. 오래 전 옛날에는 책을 여는 것이 말할 수 없이 엄숙한 행위였지……."

커다란 책의 누르스름한 책장들은 두꺼운 마분지처럼 보였다.

"종이가 정말 두껍네요."

내가 말했다. 비비는 의미심장한 미소를 띠었다.

"이건 목화나 대마를 원료로 만든 종이인데, 그것들을 잘게 다져서 돼지기름과 함께 끓이는 거야. 그렇게 섞어 만든 것이 세월이 지나서도 이처럼 잘 보존되어 있는 게 놀랍지 않니? 이 책은 오백 년 전 밀라노에서 인쇄된 거야. 요즘 인쇄되는 책들 가운데는 수명이 이렇게 긴 책이 거의 없지."

"책이 무척 크네요?"

닐스가 말했다.

"이건 폴리오 포맷이라고 부르는 판형이야. 이탈리아 시인인 페트라르카의 작품집이지. 마리오가 선물한 책인데, 이 책을 사느라고 얼마나 엄청난 돈을 지불했는지는 마리오만 아는 비밀이란다."

우리는 그 책을 들춰보았다. 쪽마다 첫줄이 시작되는 철자는 아주 커다랬고 빨간색과 파란색으로 그려져 있었다.

"이 글자들은 손으로 그린 건가요?"

닐스가 물었다. 비비는 고개를 끄덕였다.

"인쇄 기술이 발명된 초기에는 책을 만드는 일이 여전히 비밀에 싸인 수작업이었지. 당시 사람들은 시간이 있었으니까. 그런데 지금 마리오는 이 오래된 기술을 되살리려고 해. 마리오는 세계에서 몇 손가락 안에 꼽히는 중요한 칼리그라퍼(calligrapher)란다."

닐스가 고개를 저었다.

"칼리……?"

"칼리그라퍼란 '예술적으로 글씨를 쓰는 사람', 즉 서예가라는 뜻이야."

비비가 설명했다.

"네가 로마에서 예쁜 종이 몇 장을 가져다준 데 대해서도 고마움을 표해야겠구나."

닐스는 얼굴이 새빨개졌다.

"그 시를 직접 썼나요?"

비비는 묘한 미소를 지었지만 닐스의 질문에는 대답하지 않았다.

182

"한 가지씩 차례대로 얘기하자, 닐스. 너희의 질문에 모두 대답할게. 우리는 한 가지씩밖에 얘기할 수 없으니까……. 그러면 맨처음부터 시작해볼까?"

비비는 책을 다시 덮고 황금색 끈으로 묶었다. 그런 다음 탁자 위로 몸을 굽히고 닐스와 나를 번갈아가며 쳐다보았다. 그러더니 이렇게 물었다.

"지구상에서 우리 인간이 생각과 감정과 체험을 서로 나눌 수 있는 유일한 생명체라는 생각을 해본 적 있니? 어쩌면 우주 전체에서 유일한 존재일지도 모르지."

닐스와 나는 함께 머리를 흔들었다.

"우리는 이미 수십만 년 전부터 그런 능력을 지니고 있었어. 그런데 오천 년 또는 육천 년 전에 문자가 발명되어 인간은 글을 쓰는 법을 배웠지. 그렇게 되자 언어에 아주 새로운 가능성이 주어졌어. 문자가 생기면서 우리는 경험한 것들을 아주 멀리 떨어진 곳에 살고 있는 사람들과 서로 나눌 수 있게 된 거야. 혹은 우리보다 수백 년, 수천 년 후에 태어나는 사람들하고도 경험을 나눌 수 있게 되었어. 최초의 문자 언어로는 상형문자를 사용했지. 그 당시의 문자들은 지금의 만화책과 상당히 비슷했단다. 하지만 차츰 한 언어의 모든 단어를 그저 몇 개의 철자로만 적을 수 있는 특별한 문자가 개발되었는데……."

닐스는 앉은 채로 몸을 바짝 앞으로 당겼다. 학급의 말썽꾸러기가 어느 날 갑자기 모범생이 되기로 결심한 것처럼 보였다. 그것도 여선생님이 그가 흥미를 가질 만한 어떤 이야기를 해서.

"철자는 스물여섯 개밖에 없지만 그런데도 그것들이 모든 도서관을 채울 수 있단 말이죠……."

닐스가 말하자 비비는 고개를 끄덕였다.

"그건 그렇지만 이곳은 장소가 너무 좁아서 한계가 느껴졌어. 그래서 바위를 폭파하여 전혀 새로운 지하 공간을 만들어내야 했지……."

"호텔 야간 경비원이 지진이 일어난 줄 알았대요. 그래서 경찰을 부르려고까지 생각했대요!"

내가 말했다. 비비는 활짝 웃었다.

"하지만 우리는 벌써 알파벳에 대한 이야기를 하고 있구나. 알파벳의 발명은 문자 문화의 역사에서 최초의 엄청난 혁명이었지. 수천 년 동안 사람들은 돌과 파피루스 위에, 나뭇조각과 거북 등딱지 위에, 진흙판과 깨진 그릇 조각 위에, 짐승 가죽과 밀랍판 위에 글을 써왔지. 그래, 까마귀 발처럼 생긴 것들을 새겨넣었던 거야. 갑자기 지구 전체에 열병이 퍼져나가는 것 같았지. 세월이 흐르면서 양피지와 종이로 된 책들이 만들어졌어. 하지만 각각의 책들은 손으로 쓰여졌지. 그래서 책값이 비쌌고 대부분의 사람은 책을 손에 넣을 수 없었어. 세계 곳곳에서 철자를 목판에다 새겨 여러 번 찍어낼 수 있도록 하려고 노력을 기울였지. 이런 식으로 복제 예술이 발전하기 시작한 거야. 하지만 이런 '목판 인쇄'는 시간이 몹시 오래 걸리고 비용도 많이 드는 작업이었어."

"이제 구텐베르크가 나오는군요."

내가 말했다. 비비는 고개를 끄덕였다.

"그래. 1450년쯤이었지. 그런데 우리는 이제 와서야 인쇄 기술에 대해 이야기할 수 있게 된 거야. 인쇄 기술은 문자 문화에서 두 번째로 큰 혁명이었지. 구텐베르크는 납을 부어 만든 활자들을 사용했어. 그는 원래 금세공사였는데, 금이나 은을 부어서 액세서리를 만들던 것처럼 납을 부어서 알파벳을 만들어낼 수 있었던 거지. 그렇게 해서 책 전체를 만들어냈던 거야. 활자, 즉 움직이는 철자들 또는 글자들은 한 번 쓰고 버리는 게 아니라 계속 사용할 수 있었지. 그것들은 책이라는 세상에서 원자와 분자들이 되었던 거야."

닐스는 헛기침을 한 뒤 이렇게 말했다.

"원자와 분자가 곰 한 마리를 구성할 수 있는 것처럼, 알파벳 철자들이 『곰돌이 푸』 같은 이야기를 만들어내는 거군요."

비비는 닐스에게 장난스럽게 눈을 찡끗해 보였다.

"그래, 『곰돌이 푸』 같은 책을 예로 들 수 있지. 중국에서는 벌써 구백 년 전에 그런 움직이는 철자, 그러니까 활자가 사용되었어. 하지만 그곳에는 알파벳이 없었지. 언어가 수천 개의 글자로 이루어져 있으면 활자를 주조해 인쇄하는 게 보통 일이 아니잖아. 그래서 바로 이 단순한 알파벳과 활판 인쇄 덕택으로 유럽의 문자 문화가 이루어진 거야."

"그럼 구텐베르크는 어떤 책들을 인쇄했는데요?"

내가 물었다. 그 대답은 총알처럼 돌아왔다. 비비는 책에 대해서는 뭐든지 묻기만 하면 당장 대답해줄 수 있을 것 같았다.

"구텐베르크가 처음 인쇄한 책은 물론 성서였지. 지금도 성서 인쇄본이 몇 개 보존되어 있어. 때때로 그 전집이 팔리기도 하는

데, 가격은 물론 어마어마하지. 수백만 크로네나 되니까 말이야."

"그럼 그런 책을 사려면 우선 열심히 돈을 모아야겠네요."

닐스가 말했다.

비비는 페트라르카의 작품들이 담긴 크고 무거운 책을 들어다가 서가에 꽂았다. 비비가 탁자로 돌아오자 마르코 브레자니가 돌아 앉았다.

"브라보!"

그가 말했다.

빨간 원피스를 입은 비비는 다시 자리에 앉아 닐스의 무릎 위에 놓여 있는 편지책에 눈길을 던졌다. 그 내용을 읽어보고 싶어하는 것 같았다. 닐스와 내가 편지책을 교환했다는 사실을 알고 있는 것일까? 하지만 우리가 주고받은 편지가 자기 얘기라는 사실은 알고 있을 리가 없는데……

내 머릿속은 답을 얻지 못한 질문들로 들끓고 있었다.

"그런데 선생님은 피엘란 사람이 아니잖아요. 왜 이곳에 오셨죠? 그리고 왜 여기서 도서관을 만드셨나요?"

내가 물었다. 비비는 다시 의미심장한 미소를 띠었다. 얼른 대답을 하지 않아 나는 곧 다른 질문을 했다.

"혹시 그 일이 월터 먼데일과 관계가 있나요?"

이 질문은 비비를 깜짝 놀라게 했다. 이제까지는 아주 차분하게 이야기를 해왔지만 그 질문을 받자 갑자기 태도가 달라진 것이다.

비비는 다시 편지책을 쳐다보았다. 그러나 그때까지는 뭐라고 말할 용기를 내지 못하고 있었다.

"그런데 베리트, 대체 어디서 그걸 알았지?"

나는 어깨를 으쓱해 보였다.

"저도 거기 있었거든요. 먼데일 전 부통령이 피엘란 터널 개통식에 왔을 때 다들 그 자리에 모였잖아요."

비비는 체념한 듯 머리를 흔들었다. 갑자기 상황이 돌변하고 말았다. 내가 생각보다 많은 것을 알고 있다는 사실이 별로 비비의 마음에 들지 않았던 것 같다.

잠시 후 비비는 말을 계속했다.

"나는 월터 먼데일이 피엘란 터널 개통식에 참석했던 1986년에 처음으로 피엘란에 왔지. 그때 난 오래 전부터 알고 지내던 미국의 전 부통령을 만나볼 생각이었어. 그를 알게 된 건 미국에서 도서관학을 전공할 때였는데……."

닐스가 비비를 뚫어지게 쳐다보았다.

"네가 말한 그대로야, 베리트."

닐스가 말했다. 그는 비비에게 이야기를 계속하라고 손짓했다.

"그 무렵 나는 국립 도서관을 위한 서고를 지을 계획을 세우고 있었지. 우리는 노르웨이의 모든 책과 잡지를 모아둘 공간이 필요했어. 그 모두를 후손들에게 확실하게 물려주려고 넓은 공간이 필요했던 거야."

"네가 말한 대로잖아."

닐스는 이곳 피엘란에서 탐정으로서의 내 활동 능력에 깊은 감명을 받은 것이 분명했다.

"노르웨이에서는 어느 곳에 광산 서고를 지을 것인가를 두고 논

의가 분분했어. 피엘란에 왔을 때 나는 그 서고를 요스테달 빙하 아래에 짓는 것이 아주 좋은 생각이라는 걸 깨달았지…… . 어차피 긴 터널을 파놓은 곳이니 말이야."

"베, 베, 베리트의 꿈이 사실이네요."

내 가련한 사촌은 더듬거리며 이렇게 말했고, 이젠 나까지 진땀이 났다. 비비는 우리가 흥분하는 모습을 보며 얼른 이렇게 덧붙였다.

"하지만 모든 것이 현실에서는 계획대로 되지 않았어. 1889년에 의회는 그 서고를 모 이 라나에 짓기로 결정했지. 그래서 그곳 산을 폭파해 거대한 구멍 두 개를 얻어냈지. 한 곳에는 사 층짜리 건물을 지었는데, 그 건물은 몇 달 전에야 개관되었어. 그 안에는 이른바 '종합 서고' 라는 게 있는데 온갖 책, 잡지, 사진 자료, 극영화, 녹음 자료 등이 들어 있지. 그 밖에도 그곳에는 노르웨이 방송국에서 제작한 모든 라디오 프로그램과 TV 프로그램이 보존되어 있어."

닐스는 심호흡을 했다.

"그럼 정말 그렇게 커다란 서고가 있단 말이에요?"

"그런데 다른 지하 공간 속에는 뭐가 있죠?"

내가 물었다.

"그곳에는 앞으로 만들어질 책들이 들어갈 거야. 이런 방식으로 우리 시대의 문자 문화가 보존되어 우리 뒤에 태어나는 사람들이 우리가 쓴 것을 읽어볼 수 있게 되는 거지. 아마 그 서고는 수천 년 후에도 계속 존재하게 될 거야."

"그렇다면 그런 지하 도서관이 정말 있다는 거잖아요."

닐스가 말했다. 비비는 고개를 끄덕였다.

"최근에 개관한 그 도서관은 불이 나도 안전하고 원자폭탄에도 끄떡없지. 뿐만 아니라 우리가 생각할 수 있는 온갖 자연 재해에도 안전해."

나는 다시 내 이상한 꿈을 떠올릴 수밖에 없었다.

"그곳이 어떻게 생겼는지 자세히 이야기해주실 수 있을까요?"

내가 부탁했다.

"그곳에 도착하면 맨 먼저 쇠창살 문과 철제 셔터 앞에 서게 되지. 그 뒤로 육십 미터 길이의 터널이 나와. 산으로 가는 터널이야. 그 터널은 화물차가 지나가기에도 충분히 넓은데, 그걸 따라가면 내가 말한 사 층짜리 건물에 도달할 수 있지. 건물 자체만 해도 길이가 백 미터 가까이 되고, 서가만도 길이를 전부 더하면 사십 킬로미터에 달해. 온도와 습도가 일정하게 조절되어 책이 상하는 일이 없이 잘 보존될 수 있지…… 오늘날 인쇄되는 모든 책이 다 들어 있는 건 아니지만 말이야. 오래된 고판본 같은 책들은 다 이 서고에 들어와 있지."

나는 잠시 생각에 잠겼다가 물어보았다.

"그러니까, 피엘란에 서고를 짓자는 당신의 제안이 받아들여지지 않았기 때문에, 이곳에 집을 사서 손수 지하 도서관을 지으셨단 말이죠?"

비비는 활짝 웃었다.

"그렇다고 말할 수 있지. 1986년 처음으로 피엘란에 와본 뒤로 나는 끊임없이 이곳을 찾아왔어. 여기가 아주 마음에 들었거든. 그래서 어느 날 피엘란에 집을 샀지. 내가 가지고 있는 책들이 너무나 귀중한 것이어서, 목조 주택에 사는 건 위험하다고 생각했어. 언제든지 화재가 날 수 있으니까 말이야. 한 번도 지하에 개인용 수영장을 지어야겠다는 생각은 해본 적이 없으니까, 이 집 지하에 도서관을 만들 수 있겠다고 생각한 거야. 가끔 나는 여기 앉아서 책을 읽거나 일을 하지. 하지만 어떤 때는 위층 거실로 책을 꺼내들고 가기도 해. 그리고 그냥 도서관을 이리저리 돌아다니며 책 제목들을 훑어보기도 하지……."

이렇게 말하면서 비비는 튕기듯 일어나 방금 자기가 한 말을 실천에 옮겼다. 벽을 따라 걷다가 서가에서 작은 책 한 권을 꺼내들고 왔다. 시멘 스키엔스베르그가 쓴 『끔찍한 쾌락—독서의 비밀에 관한 책』이었다.

비비는 닐스에게 책날개에 적힌 글을 소리내어 읽어달라고 부탁했다. 닐스는 두어 번 헛기침을 하더니 글을 읽었다.

나는 도서관에서 서가들을 지나쳐 걸어간다. 책들은 나한테 등을 보이고 있다. 나를 싫어하는 사람들처럼 등을 보이는 게 아니라 자신을 소개하려고 불러들이는 듯한 태도다. 내가 결코 읽을 수 없을 책들이 끝없이 늘어서 있다. 나는 여기서 제공하는 것이 무엇인지 안다. 그건 인생이다. 내 삶에 덧붙어 쓸모 있게 쓰이길 기다리는 인생인 것이다. 그러나 하루하루가 흘러가듯이 그처럼 빠르게 기회는 사라져 버린다. 이 책들 중 어느 한 권이면 내 인생을 완전히 바꿔놓는 데 충분하고도 남을 것이다. 현재의 나는 누구인가? 그리고 그 책을 읽고 나면 나는 어떤 인간이 될까?

"당신이 책을 사랑하신다는 건 충분히 이해할 수 있어요. 하지만 직업은 없으신가요? …… 그리고 남편은요?"

내가 물었다. 비비는 고개를 뒤로 젖히며 큰 소리로 웃었다.

마리오 브레자니는 고개를 돌리고는 우리를 바라보며 똑같이 큰 소리로 웃었다.

비비가 말했다.

"한 번에 두 가지 질문이네. 내 직업은 서지학자야, 베리트. 그건 내가 책과 도서관에 관한 전문가라는 뜻이지. 그리고 그 직업으로 나는 돈을 벌어서 먹고살아. 이곳 노르웨이에서뿐 아니라 다른 많은 나라에서도 일을 부탁받거든. 그래서 나는 출장을 많이 다니는 편이지. 바로 그 때문에 내 도서관을 특별히 안전하게 보호하려고 하는 거야. 가끔 나는 로마에 가지……. 때로는 마리오가 노르웨이로 오고. 하지만 나는 내 책들 속에 파묻혀 있을 때 무척 행복해. 누군가가 이렇게 말했지. '책은 가장 좋은 친구다.' 다른 어떤 사람도 그와 비슷한 얘기를 했어. '좋은 책들을 고를 줄 아는 사람은 가장 멋진 친구들과 함께 있는 셈이다. 그곳에서 우리는 인류의 자부심과 멋을 소유한 가장 고귀하고 현명하고 사려 깊은 인물들과 함께 지내는 셈이다.'"

그렇게 말하면서 비비는 자리에서 일어나 마리오 브레자니에게 다가갔다. 비비는 한 손을 그의 어깨에 올려놓았다.

닐스와 나도 따라 일어섰다. 우리는 브레자니의 등 뒤로 가서 그가 무엇을 하는지 들여다보았다. 브레자니는 검은색과 붉은색 물감으로 아름답고 장식이 복잡한 글자들을 그려내고 있었다. 우리가 이미 읽은 적이 있는 것을 다시 볼 수 있었다. 비비 보켄의 마법의 도서관이라는 글귀였다.

그러자 나는 다시 지리의 편지를 떠올리게 되었다. 그 편지를 안다는 사실을 털어놓고 싶진 않았다. 그래서 이렇게 말했다.

"비비 보켄의 마법의 도서관이라는 제목의 책이 있나요?"

마리오는 나를 바라보며 이렇게 말했다.

"시, 시! 라 비블리오테카 마지카 데 비비 보켄!"

"그럼 이 책은…… 그건…… 내년에 나온단 말인가요?"

나는 그 말을 한 걸 금방 후회했다. 그래서 입술을 깨물었던 것 같다. 이제 내가 지리의 편지를 읽었다는 사실을 비비가 알지 않았을까?

다시 수수께끼 같은 미소가 비비의 얼굴에 감돌았다. 아무런 대답이 없자 닐스가 말을 꺼냈다. 그는 아주 대놓고 물어보았다.

"이 희한한 책을 여기 가지고 계세요?"

그러자 비비는 히스테릭한 웃음을 터뜨렸다. 웃음을 그치고 나서 그녀는 이렇게 말했다.

"아니, 정말 아니야. 너희가 좀 지나친 것 같구나!"

이 순간에 처음으로 나는 그렇게 생각했다. 비비를 두려워했던 건 그럴 만한 이유가 있었을 거라고. 어쩌면 우리는 이곳 지하 세계에 갇히게 되는 건지도 모른다…….

하지만 비비는 이렇게 말했다.

"학교에서 좀더 참을성을 갖도록 너희를 가르쳤어야 하는 건데! 모든 것을 단번에 다 알아내려고 요구하면 안 되지. 거짓말은 사실 쉽게 꿰뚫어볼 수 있는 거란다. 하지만 진실을 놓치지 않는 건 그리 쉬운 일이 아니야. 진실은 다양한 면을 갖고 있는 경우가 많거든. 그렇기 때문에 진실이란 건 손바닥 뒤집듯이 그렇게 간단히 말로 표현할 수 있는 게 아니란다. 그리고……"

우리는 함께 비비를 올려다보았다.

"…… 너희는 마법의 도서관을 아직 한 번도 보지 못했잖아."

베리트, 비비 보켄, 마리오 브레자니와 함께 지하실에 있는 동안 나는 기적을 체험했다. 내 생애 처음으로 책이 어떤 건지 이해하게 된 것이다. 한 권의 책이란, 죽은 자를 깨워 다시 삶으로 불러내고 산 자에게는 영원한 삶을 선사하는 작은 기호들로 가득 찬 마법의 세계다. 알파벳의 스물여섯 개 철자가 그처럼 다양한 방법으로 합성될 수 있다는 것, 그리고 그 철자들이 책으로 가득 찬 거대한 서가들과 결코 끝나지 않는, 지구상에 인류가 존재하는 한 끝없이 자라나는 어떤 세계로 우리를 이끈다는 것. 이런 일은 정말 이해하기 어렵고 환상적이며 마법 같은 것이다.

사방 벽에 가득한 책들을 올려다보면서 나는 그 모든 책이 나를 뚫어지게 쳐다보는 듯한 느낌을 잠시 받았다. 그 책들은 살아 있는 양 이렇게 외치는 듯했다.

"우리한테 와, 우리한테 와봐! 겁내지 마! 어서 이리 와봐!"

갑자기 엄청나게 배가 고파왔다. 뭔가를 먹고 싶었던 게 아니라, 이 서가에 숨어 있는 온갖 말에 대한 굶주림이었다. 하지만 나는 쓰여진 모든 문장 가운데 백만 분의 일도 읽지 못하리라는 걸 알고 있다. 살아 있는 동안 얼마나 많은 책을 읽든 상관없이 말이다. 하늘의 별만큼이나 무수하게 많은 문장이 이 세상에 존재하기 때문이다. 그 문장들은 수가 갈수록 많아지고 무한한 공간처럼 끊임없이 확장되고 있다. 동시에 나는, 책 한 권을 열면 하늘의 끄트머리를 보게 된다는 걸 안다. 새로운 문장 하나를 읽으면 그 문장을 읽기 전보다 조금은 더 많은 것을 알게 된다는 사실도 안다. 내가 읽은 모든 것은 이 세상을 넓혀주고 키워주며 동시에 나 자신도 키워준다.

나는 잠시 환상적이고 매력적인 책의 세계를 들여다보았다. 그래서 비비가 이렇게 말했을 때 상당히 어리둥절해졌다.

"너희는 마법의 도서관을 아직 보지 못한 거야!"

"천만에요, 지금 막 봤잖아요. 정말 감사합니다."

나도 모르게 이런 말이 흘러나왔다.

비비는 나를 보고 웃었다.

"이건 외형일 뿐이야. 현재 세상에 나와 있는 책들을 위한 공간일 뿐이지."

"그러면 또 다른 공간들이 있어요?"

베리트와 나는 한 목소리로 물었다.

"맞아."

비비는 이렇게 말하며 우리를 호기심 어린, 하지만 좀 서글퍼 보이는 눈빛으로 훑어보았다. 우리가 무엇을 생각하고 있는지 알아내고 싶지만 그것이 뜻대로 되지 않아 슬퍼하는 것 같았다.

"안쪽의 공간이 또 있단다. 아직 세상에 나오지 않은 책들이 들어가야 할 공간이지. 가능성의 공간이야."

베리트는 그게 무슨 말인지 알아듣는 것처럼 보였다.

"그 말의 뜻은……."

비비는 고개를 끄덕였다. 그런 다음 마리오 브레자니에게 손짓을 했다. 브레자니는 일어나서 책상 건너편에 있는 거대한 책장 쪽으로 걸어갔다. 그 책장에는 유리문이 없었다. 마리오는 열쇠를 꺼내 자물쇠를 열었다. 그러자 그건 책장이 아니고 문이라는 사실을 알 수 있었다. 안쪽의 공간으로 들어가는 입구였던 것이다.

"이리 와. 이제 들어가보자."

비비가 말했다.

마리오 브레자니는 다시 자리에 앉았다. 그는 우리에게 고갯짓을 해 보이고 다시 자기 작업에 몰두했다. 그러는 동안 우리는 비비 보켄의 마법의 도서관에 발을 들여놓았다.

첫눈에 나는 꽤 실망했다. 우리 쪽을 환히 비추고 있는 강렬하고 흰 조명은 마법 같은 것과는 거리가 멀었다. 그리고 그 안쪽에 있는 방은 우리가 방금 떠나온 환상적인 도서관보다 훨씬 작았다. 여기에는 아름다운 책들이 전혀 없었다. 고판본도 없었고 금박 글자도 없었고 장식이 된 아름다운 문자들도 없었다. 모든 것이 아무렇게나 뒤섞여 있을 뿐이었다.

벽들은 평범한 책꽂이들로 채워져 있었다. 조립식 가구나 그 비슷한 것을 파는 상점에서 나오는 책꽂이 같았다. 그것들에는 종이 상자, 플라스틱, 정리함, 그리고 공책들로 가득 차 있었다. 방 한가운데 있는 넓은 탁자 위에는 종이무더기, 신문뭉치, 그렇고 그런 그림더미가 놓여 있었다. 에드바르드 뭉크 같은 대가의 그림이 아닌 것만은 확실했다.

"어때?"

비비는 자랑스럽게 물었다.

"대단한데요!"

그렇게 대답하면서 내 대답이 진지하게 들리게 하려고 애썼다.

나는 슬금슬금 베리트를 건너다보았지만 베리트는 전혀 실망한 것처럼 보이지 않았다. 베리트는 비비를 바라보며 미소를 지었고 비비도 베리트에게 미소를 보냈다. 그들은 공동의 비밀을 지니고 있는 사람들처럼 보였다. 나는 상당히 소외감을 느꼈다.

"그래요, 여긴 정말 인상적인 방이군요."

그렇게 말하며 나는 더 이상 실망을 감추려고 애쓰지 않았다.

비비는 웃음을 터뜨렸다. 그 웃음이 내게는 기분 나빴다. 베리트도 함께 웃어서 더욱더 기분이 나빴다.

"저게 뭔지 모르겠어, 닐스?"

베리트가 물었다.

"아니, 난 이해 못하겠는데. 이 방이 네 눈에는 뭔가 다르게 보이나 보지?"

내가 중얼거렸다.

"저게 바로 아직 쓰여지지 않은 책들이야. 안 그래요, 비비?"

베리트가 말했다.

이제 그들은 서로 이름을 부르는 사이가 되어버린 것이다! 비비는 고개를 끄덕였다.

"물론이지. 셰익스피어는 '아이는 어른의 아버지' 라고 말했지."

비비가 말했다.

"혹은 어른의 어머니이기도 하죠."

베리트가 덧붙였다.

"그래, 어머니이기도 하지."

비비가 같은 말을 되풀이했다.

"그리고 매초 지구상의 지식 총량은 늘어나고 있지. 새로 지구상에 살게 된 사람들이 새로운 생각, 새로운 단어, 그리고 새로운 문장을 계속 만들어내니까 말이야. 전세계에서 이 순간에도 수백만의 아이들이 내일의 언어를 창조하고 있지. 그들 중 많은 수가 그 모든 것을 혼자 간직하고 있지만, 또 다른 아이들은 그것들을 글로 쓰기도 하지. 미완성의 시들, 지금 막 시작된 이야기들, 아직 쓰여지지 않은 문장들 말이야. 그 아이들은 자신들이 그런 지식을 소유하고 있다는 사실조차 모르는 채 지식으로 가득 채워져 있는 거야. 그들…… 그러니까 너희는 과거의 유산을 지닌 채로 너희 안에 이미 미래의 가능성을 안고 있는 거지."

"그러니까 그게 '가능성의 공간' 이라는 거군요."

내가 말했다.

이제는 소외감이 사라지고 나도 한 편이 된 듯한 기분이었다.

비비는 고개를 끄덕였다.

"나무도 봄에 가장 아름답지 않니?"

비비의 얼굴은 다시 슬퍼 보였다.

"이 마법의 도서관은 언젠가는 새로운 책들이 쓰여질 그 가능성으로 가득 채워져 있지. 몇 백년이 지나고 나면 이 방에 모인 상상들은 가치 있는 고판본이 될 거야. 그러면 단어들은 다른 방법으로 서로 엮이게 되지. 예전과 똑같은 문장이 쓰이지 않을 게 틀림없어. 하지만 이곳에는 미래의 언어가 되어야 할 어떤 것의 요람이 존재하지. 새로 태어나는 문학은 그런 모습일 거야. 그리고 우리 인생에서 가장 엄청난 마법은 '세상에 태어나는 일'이야."

비비는 종이 한 장을 집어 우리에게 읽어주었다.

덩굴식물이 자라고 자라나
공간을 뚫고 나온다네. 그리고 달까지.
아폴로 13호를 다시 지구로 데려오려고.
그러면 끔찍하게 비가 퍼붓는 날씨가 되고
그러면 긴 덩굴식물은 빨래 속에서 줄어들어
창 안으로 기어 들어가 잠들어버리지.

등골이 서늘해졌다. 그 시가 그만큼 멋져서가 아니라, 나도 바로 그런 시를 쓸 수 있다는 걸 알았기 때문이다. 그런데 비비는 나보다 천 배 더 영리하다 하더라도 그런 시를 쓸 수는 없었다. 나는 공책 하나를 집어들고 읽었다.

옛날옛날에 너무너무 게으른 여자 하나가 살았다. 여자는 못생겼고 뚱뚱하고 부자였다. 어느 날 그녀는 장을 보러 가기로 했다. 어떤 가게에 갔는데 문으로 빠져나갈 수가 없었다. 여자는 살을 빼야겠다고 생각했다. 그러고 나니 과자나 찬거리를 살 필요가 없어졌다. 그녀는 남편도 없이 혼자 살고 있었다. 어느 날 여자는 시내로 나가 그동안 살이 빠졌는지 확인해보려고 했다. 시내에서 마음에 쏙 드는 남자 하나를 발견했다.

"금세공사한테 가는 길을 아시나요?"

그녀가 물었다.

"예."

남자가 대답했다. 그는 여자에게 길을 가르쳐주었다.

"정말 감사합니다."

여자는 그렇게 말하고 즐거운 마음으로 길을 걸어갔다.

이렇게 해서 그녀는 금세공사에게 가서 액세서리 하나를 샀다. 그뒤로 여자는 계속 행복하게 혼자 살았다. 그녀는 예전과 다름없이 뚱뚱하고 부자였고 못생겼고 게을렀다. 그리고 그녀의 집은 지저분했다. 그때 생쥐 한 마리가 나타났고 동화는 끝났다.

"그래, 그렇게 하는 거야."

비비가 말했다.

베리트는 어느 서가 앞에 서서 웃고 있었다.

"쿠벤트레 학교에 유령이 나타났다."

베리트는 이렇게 말하고 다음과 같은 이야기를 읽어주었다.

나와 토마스는 교실로 들어갔다. 아무도 없었다. 하지만 우리는 의자 하나가 움직이는 소리를 들었다. 그런 뒤에 발소리가 들려왔다. 하지만 토마스는 발길질을 해보았는데, 그때 발이 의자에 부딪치는 것을 느꼈다. 그리고 유리창 하나가 깨지는 소리를 들었다. 그 의자는 우리 눈에 보이지 않았다. 하지만 그건 그레테가 우리에게 쳐놓은 덫이었다.

비비는 의미심장하게 고개를 끄덕였다.
"그레테는 상상력이 풍부한 소녀인 모양이구나."
비비가 말했다.
우리는 아무 말도 하지 않았다. 그런 다음 베리트는 아르네라는 이름의 소년에 관한 이야기를 읽어주었다. 아르네는 용 한 마리와 함께 독서 대회를 주최한다.
나는 종이 한 장을 손에 들고 있었다. 그 종이는 어떤 책에서 찢어낸 것처럼 보였다. 그 위에는 이렇게 적혀 있었다.

즐거운 여름을 이곳에서 보내며
우리는 콜라 한 잔을 함께 마신다.
그 '우리'는 바로 닐스와 베리트.
지금은 신나는 방학중.
이 산꼭대기가 너무나 아름다워
둘 다 집에 돌아가고 싶은 생각이 없다네.

"이걸 방명록에서 찢어오셨어요?"

내가 물었다.

비비는 얼굴이 빨개졌다. 하지만 많이 빨개지진 않았다.

"비교적 사소한 범죄지."

비비가 말했다.

베리트는 아르네와 용의 이야기를 다시 서류 정리함에 꽂아넣었다. 그런 다음 우리에게 다가왔다.

"여기 있는 이 이야기들은 아직 완전히 끝나지 않은 것 같네요."

베리트가 말했다.

"맞아. 그건 이야기의 첫 부분일 뿐이지. 너희가 집으로 돌아간 다음부터 진짜 이야기가 시작되었으니까, 그렇지 않니?"

나는 이제까지 이해되지 않던 어떤 것을 갑자기 이해할 수 있게 된 기분이었다. 그래서 맨 먼저 생각난 것을 그냥 이야기했다. 제일 먼저 떠오른 것이 가장 현명한 말일 경우가 많다.

"우리는 비비 보켄의 마법의 도서관을 보았어요. 이제는 비비 보켄의 마법의 도서관에 대한 책을 읽어보고 싶어요."

"그럼 따라와봐."

비비가 말했다.

나는 닐스와 내가 산장 방명록에 써놓았던 시를 들여다보았다. 어째서 비비는 이 시를 찢어왔을까? 청소년이 쓰는 글에 흥미가 있기 때문일까? 아니면 뭔가 다른 목적이 있는 것일까? 비비가 우리가 쓴 시에 대해 열심히 생각해본 게 분명하다는 걸 알 수 있었다. 그래서 나는 이렇게 말했다.

"그 시는 아직 완전히 끝난 게 아닌……."

비비는 멈춰 서서 나를 내려다보았다. '말 잘했다, 베리트'라고 생각하고 있는 것처럼 보였다.

"물론 아니지. 이건 그저 시작일 뿐이야. 너희가 집에 돌아가고 나서야 진짜 이야기가 시작되었으니까 말이야, 안 그래?"

어떤 면에서는 그 말이 옳았다. 산장에서 돌아와 닐스가 집으로 떠난 뒤에 빌리 홀리데이가 그런 제안을 했기 때문이다. 오슬로와 피엘란 사이를 오가는 편지책을 써보면 어떻겠느냐는 얘기 말이다.

우리는 비비를 따라 마법의 도서관을 나왔다. 아이들이 쓴 시들과 미완성 작품들이 가득한 공간이었다.

우리가 벽장 같은 그 문을 통해 다른 방으로 들어서자 마리오 브레자니는 반가워하는 얼굴로 우리를 쳐다보았다. 그는 닐스가 손에 들고 있는 편지책에 눈길을 던지며 말했다.

"일 모멘토 디 베리타!"

그리고 그는 우리를 따라 나선 계단을 통해 거실로 올라왔다.

"뭐라고 말했어요?"

"우리가 진실의 순간에 다가가고 있다고 말했지."

비비가 미소를 띠며 말했다. 진실의 순간이란 말이지, 하고 나는 생각했다. 나도 그 비슷한 말을 하지 않았던가?

비비는 위층 큰 탁자 위에 접시와 커피 잔과 콜라를 늘어놓았다. 탁자 가운데에는 반쪽짜리 아몬드 케이크와 집에서 구운 건포도빵

접시가 놓여 있었다.

닐스는 분명 배가 고팠던 모양이다. 재빨리 탁자로 다가가 앉는 것을 보니 그랬다. 그는 편지책을 지키느라고 찻잔 밑에다 편지책을 놓아두었다. 아직도 도둑맞을까 봐 겁을 내고 있는 것일까? 아니면 비비가 갑자기 편지책에 투자한 십 크로네를 돌려달라고 할까 봐 겁을 내고 있는 것일까?

"그럼 모두 자리에 앉지. 자, 어서 먹어."

비비가 말했다.

자리에 앉자마자 비비는 갑자기 뭔가를 생각해낸 듯했다. 하지만 닐스가 찻잔 받침 밑에 깔아둔 편지책은 아닌 것 같았다.

"이상하네…… 아까는 건포도빵이 훨씬 많았는데……."

비비가 말했다. 그녀가 식탁을 차린 건 닐스와 내가 도서관으로 간 뒤였기 때문에 나는 그 말에 전혀 찔리지 않았다.

비비는 주방으로 가서 끓인 커피를 가져왔다. 그녀가 자리에 앉자 닐스는 빵을 베어물었다. 그리고 이렇게 말했다.

"아주 맛있네요, 비비! 하지만 여기서 '진실의 순간'을 맞이하려면 우리는 내년에 나올 그 아름다운 책을 봐야 할 것 같네요."

비비는 웃음을 터뜨렸고 마리오 브레자니도 함께 웃었다. 나는 웃지 않았다. 이제 모든 것을 이해했기 때문이다. 이해가 안 가는 건, 어떻게 비비가 그 일을 해냈는가 하는 것뿐이었는데…….

비비는 마리오 브레자니를 건너다보며 손가락으로 소리를 냈다. 그 조용한 이탈리아 사람은 한 손을 천천히 웃옷 주머니에 밀어넣었다. 그는 주머니에서 꺼낸 아주 작은 책을 닐스와 나 사이에 놓았다. 그 책은 성냥갑만큼이나 작았는데, 표지에는 붉은 사자 한 마리가 그려져 있었고 아주 낡아 보였다. 그리고 표지에는 거의 읽을 수 없는 글자로 뭐라고 적혀 있었다.

"연감이군요."

내가 말했다. 비비가 고개를 끄덕였다.

닐스의 두 눈동자는 금방이라도 탁자 위로 튀어나올 것 같았다.

"이 책이 마법의 도서관에 관한 책인가요?"

닐스가 물었다. 비비는 장난스러운 표정을 지었다.

"이 오래된 연감은 비비 보켄이 세상에 존재하기도 전에 나온 거야. 17세기의 캘린더지. 내년이면 정확하게 삼백오십 년이 되는구나. 이 책이 인쇄된 지 말이야……."

"책의 해 말씀이군요!"

내가 외쳤다.

"소냐 왕비가 후원한 행사 말이에요. 그 연감은 그러니까, 노르웨이에서 인쇄된 최초의 책이지요."

비비의 얼굴이 밝아졌다.

"그걸 알고 있었구나, 베리트?"

나는 어깨를 으쓱해 보였다.

"작가 한 사람을 알고 있거든요. 개들이 어디에 묻혀 있는지 알고 있는 사람이에요."

닐스는 그 작은 책을 끌어다가 책장을 넘겨보았다. 입안 가득 건포도빵을 문 채로 그는 이렇게 말했다.

"이건 마녀들의 책이야, 베리트. 확실하다고! 이런 비밀에 찬

기호들을 담고 있잖아……. 별들과 행성들을 나타내는 고대의 상
징……."

닐스는 그 책을 들여다보며 옛날 문자들을 해독하려고 애썼다.

"이가 빠지는 꿈을 꾸면 현실에서 친한 친구를 잃게 된다……."

닐스는 나를 쳐다보며 힘차게 고개를 주억거렸다.

"마녀들의 책이 틀림없어."

닐스는 당장이라도 벌떡 일어나 바깥으로 달려나가고 싶어하는
것처럼 보였다. 하지만 비비가 말했다.

"하지만 그건 오래된 연감일 뿐이야. 물론 네 말이 맞아. 그 책
은 학문과 옛날 미신을 마구 뒤섞어놓은 책이니까. 그렇지만 삼백
오십 년이나 된 책이니 어쩔 수 없지."

닐스는 그 설명에도 마음이 풀리지 않았다. 얼굴빛이 빨간 토마
토 같았다. 그 얼굴을 보고 있자니 그날 저녁 호텔 레스토랑으로
뛰어들어오던 때의 얼굴이 떠올랐다.

"그러면 이 책이 대체 베리트랑 저하고 무슨 상관이 있는지 얘기
해주시겠어요? 아니면 마법의 도서관과 무슨 상관이 있나요?"

닐스가 물었다.

마리오 브레자니는 엄격한 눈빛으로 비비를 바라보았다.

"부오타 일 사코!"

마리오가 말했다.

나는 비비를 올려다보았다.

"나보고 사실을 털어놓아야 한다고 말했어."

비비가 설명했다.

"맞아요!"

닐스가 외쳤다.

닐스는 이제 더 이상 뵈윰&뵈윰 탐정회사의 수사반장 토르게르센이 아니었다. 이제 그는 그냥 닐스일 뿐이었다.

"지금 당장 대답을 듣고 싶어요. 그렇지 않으면 호텔로 돌아가서 스마일리하고 얘기하겠어요. 비비 보켄의 마법의 도서관이라는 책이 있는 거예요, 없는 거예요?"

나는 웃음을 터뜨렸다. 비비도 따라 웃었다.

"그 책은 바로 네 찻잔 받침 밑에 있단다, 닐스."

비비가 말했다.

닐스의 얼굴은 긴 팬터마임을 하고 있는 배우처럼 보였다. 어떤 생각과 질문들을 닐스가 머릿속에 담고 있는지 나는 짐작만 했다. 마침내 닐스는 이렇게 말했다.

"이제 저는 차츰……."

"그 책 좀 봐도 되겠니?"

비비가 물었다.

"내가 무척 호기심이 많다는 건 너희도 이미 알고 있겠지."

닐스는 나를 쳐다보았다. 나는 보여주라는 뜻으로 고개를 끄덕였다. 그러자 닐스는 찻잔 받침을 들어올려 편지책을 비비 쪽으로 밀어놓았다. 비비는 활짝 웃으며 책장을 넘기기 시작했다. 닐스는 아직 자기 접시 위에 반이 남아 있는데도 새 건포도빵을 집어들었다. 나는 마리오 브레자니와 이야기를 나누기 시작했다. 그는 닐스를 향해 고개를 끄덕이며 이렇게 속삭였다.

"참 성질 한번 급하군!"

나는 그 말에 동의할 수밖에 없었다.

한참 지난 후에야 닐스는 다시 말을 꺼냈다. 한참을 골똘히 생각해본 것이 틀림없었다.

"그러니까 그 편지책이…… 그게 바로 내년에 출판될 책이라는 건가요?"

비비가 고개를 끄덕이자 이제 내 불쌍한 사촌은 완전히 뒤집어졌다. 그는 숨을 몰아쉬었다.

"우리가…… 우리가 함께 책을 쓴 거야, 베리트! 우리가 이 모든 이야기를 지어낸 거라고."

"비비 보켄의 마법의 도서관에 대해서 말이지. 책 제목이 그런 거야."

내가 말했다. 하지만 닐스는 새로운 생각을 하고 있었다.

"하지만 우리 편지책이 이 오래된 연감과 무슨 상관이 있지요?"

비비는 자리에서 일어나 서랍장 쪽으로 가서 가느다란 파이프를 꺼내왔다. 담배로 파이프를 채운 뒤 성냥으로 불을 붙였다. 방 한가운데 서서 뭉게구름을 만들면서 이렇게 말했다.

"그 얘기는 한참 걸리는데……. 이미 삼백오십 년 전에 시작된 얘기지. 이 연감이 노르웨이 최초의 인쇄된 책으로 크리스티아니아에서 만들어졌을 때 말이야. 이런 일은 기념해야 마땅하다고 생각하지 않니?"

"물론이에요. 하지만 베리트와 제가 이 일과 무슨 상관이 있는지는 전혀 이해를 못하겠어요."

닐스가 말했다.

비비는 이야기를 계속했다.

"몇 달 전 '노르웨이 책의 해 조직위원회'에서 요청이 왔어. 노르웨이의 모든 중학생에게 무료로 나눠줄 책을 한 권 만들고 싶다는 거야. 그러면서 나한테 그런 책을 쓸 수 있겠느냐고 물어봤지."

닐스는 어깨를 으쓱해 보였고, 파이프를 물고 있는 붉은 원피스의 여인은 이야기를 계속했다. 이제 비비는 방안을 이리저리 돌아다니고 있었다.

"나는 그러겠다고 대답했지. 그런데 이 책을 그 나이 또래의 청소년에게 쓰게 하는 것이 더 좋겠다는 생각이 들었어. 그런 다음 플랏브레 산장 방명록에서 너희가 쓴 시를 읽었을 때, 너희와 함께 한번 해보기로 마음먹었지. 그 시가 정말 마음에 들었거든."

마리오 브레자니는 힘차게 고개를 끄덕였다. 비비가 하는 말을 듣지도, 보지도 못했을 텐데 말이다.

"우리와 함께 해본다고요?"

나는 비비가 방금 한 말을 따라했다.

"하지만 어떻게요? 저희한테 어떻게 그런 일을 하게 만들었는지 아직도 이해가 안 가요."

비비는 탁자로 가서 송네 피오르드 사진이 실려 있는 그 편지책을 들어올렸다.

"이 책 속에 모든 설명이 들어 있어. 내가 제대로 이해했다면 너희는 이야기 전체를 벌써 스스로 설명한 셈이야."

그런 비비는 편지책을 뒤적이며 큰 소리로 내용을 읽었다.

"이번 여름방학에 너를 만날 수 있어서 참 좋았어. 정말 멋진 시간을 보냈잖아?…… 그 이상한 여자 생각나? 접시 같은 눈을 하고 핸드백 속에 너덜너덜해진 책을 가지고 있던 여자 말이야……. 그 눈빛은 말야, 뭐라고 할까, 마치 펼쳐놓은 책을 읽듯 내 속을 읽고 있는 것 같았어……."

비비는 닐스를 바라보며 말했다.

"잘 썼다, 닐스. 정말 출발이 좋았어. 그러면 이제 베리트가 쓴 걸 볼까……."

비비는 다시 책 위로 몸을 굽히고 몇 문장을 소리내어 읽었다.

"그 여자가 열쇠로 대문을 열었을 때 갑자기 핸드백에서 뭔가 나풀거리며 땅으로 떨어진 거야……. 난 얼른 작은 편지 봉투를 주워들고 다시 성벽 뒤로 숨었어……."

비비는 다시 나를 쳐다보더니 읽기를 계속했다.

"그 봉투 안에는 이런 편지가 들어 있더군. '안녕, 비비? 오전 내내 이 도시를 헤매고 다녔지만 그 희한한 고서점은 도저히 다시 찾아낼 수가 없었어…… 표지에는 높은 산들이 그려져 있었고…… 정말 중요한 건, 이 책이 대체 언제 오슬로에서 출간되었느냐는 거야! 그러니까 그 책은 내년 언제쯤인가에 출간된 책이었단 말야, 비비!…… 아주 희귀한 중세 고판본보다 더 큰 가치가 있는 이 책을 감히…….'"

나는 막 자리에 앉았다.

"브레자니 씨가 모든 걸 함께 한 거예요? 그러니까, 내년에 나올 책을 자신이 가지고 있다고 브레자니 씨가 지리를 설득하려 했던 건가요?"

비비는 가만히 서서 내 눈을 들여다보았다. 그러고 이렇게 물었다.

"지리?"

나는 뭐라고 대답을 해야 좋을지 몰랐다. 이제 막 천천히 뭔가를 깨달을 수 있을 것 같았기 때문이다.

지리라는 사람은 존재하지도 않았단 말인가? 그렇다면 이 편지가 조작된 편지란 말인가? 그러면 우리는 정말 쳐놓은 덫에 걸려든 게……

"지리라는 사람이 없다는 거예요? 그러면 그 사람이 편지를 쓴 게 아니라는 말인가요? 비비가 잃어버린 그 편지 말이에요."

내가 물었다.

비비는 여전히 나를 뚫어지게 쳐다보고 있었다.

"잃어버렸다고?"

나는 더 이상 얘기할 필요가 없었을 것이다. 닐스가 그때 신음소리를 크게 냈기 때문이다. 그런데도 나는 이렇게 말했다.

"뒤에도 눈이 달린 모양이군요."

비비는 많은 것을 암시하는 듯한 미소를 지었다.

"책을 많이 읽은 사람은 상상할 수 없는 곳에 눈을 가지고 있지."

닐스는 들고 있던 콜라 병을 좀 큰 소리가 나게 탁자에 내려놓았다. 그래야만 한다는 듯이 말이다. 그는 고개를 흔들며 말했다.

"그건 아무런 의미가 없잖아요!"

비비는 닐스 쪽으로 고개를 돌렸고, 닐스는 이렇게 이야기했다.

"선생님은 우리가 방명록에 써놓은 시를 봤어요. 그건 우리도 잘 알고 있는 사실이죠. 그러니까 그 점에서는 우리를 속일 일이 없었던 거죠. 그런 다음 내가 송달에서 앨범을 샀죠. 그때 십 크로네를 선생님한테 빚진 사실을 잊지 않고 있어요. 하지만 베리트와 내가 그 앨범을 편지책으로 사용하기로 한 건 선생님의 아이디어가 아니었잖아요."

비비는 연기로 동그라미를 만들어 탁자 위로 불어보내고 있었다.

"그렇다면 그게 누구 아이디어였지?"

나는 숨을 깊이 들이마신 뒤 깜짝 놀라 한 손으로 입을 막았다.

"빌리 홀리데이였어요."

내가 속삭였다. 비비는 만족스럽다는 듯 입맛을 다셨다.

"아이디어가 넘치는 사람이지."

"그렇다면 혹시……."

"내가 빌리한테 그 아이디어를 제공했느냐고? 맞아. 내가 그 아이디어를 심어주었지. 어떤 때는 그렇게 심은 아이디어에서 꽃이 피기도 하고 어떤 때는 피지 않기도 해."

"정말 기가 막히는군요!"

내가 외쳤다. 비비는 말을 계속했다.

"빌리와 난 가끔 우체국에서 마주치지. 이따금 우리는 시간이 있으면 거기서 이야기를 좀 나누기도 해. 빌리는 내가 이탈리아에서 그렇게 많은 소포를 받는다는 사실에 놀라고 있었어."

닐스가 헛기침을 했다. 키워드는 이탈리아라고 나는 생각했다.

"그리고 물론 그 시를 로마의 호텔로 보낸 것도 선생님이겠죠……. 나를 고서점으로 유인하기 위해서 말이에요. 하지만 내가 로마로 간다는 사실은 어떻게 알았죠?"

"나는 뒤에도 눈이 달렸단다, 닐스. 몸 전체에 눈이 달렸단다. 책을 읽으면 사람이 영리해지지."

"물론 그렇겠죠. 우리가 여기서 스파이 놀이 얘기를 하려는 건 아닐 거예요. 하지만 선생님이 나를 로마로 보낸 건 아니잖아요."

닐스가 말했다.

"바로 나였어!"

닐스는 벌떡 일어났다.

"말도 안 돼요! 우리가 로마로 간 건, 엄마가 그 멍청한 수기 공모에서 로마행 티켓을 따냈기 때문이라고요. 선생님은 엄마가 작가라는 사실을 모르겠지만……."

비비는 그 자리에 가만히 서서 닐스를 쳐다보다가 이렇게 말했다.

"기억해요, 내 사랑? 성 베드로 대성당, 콜로세움, 판테온, 스페인 계단, 그리고 나보나 광장을요? 아니면 그 모든 것을 잊어버렸나요? 우리 사랑이 낡은 사진첩처럼 벌써 색이 바래고……."

"제발 그만해요. 베리트가 이 일을 끝까지 파헤치려고 할지라도 난 그만둘래요. 우리 편지책에 담긴 이야기는 아직 인쇄되지 않았잖아요."

닐스가 한숨을 쉬었다.

나는 비비를 바라보았다.

"혹시 그 잡지사에서 일하는 건가요?"

내가 물었다.

비비는 고개를 저었다.

"그건 아니지만, 내가 그 수기 공모 심사위원 가운데 하나였거든. 사람들이 글을 쓴다는 건 중요한 일이야, 베리트! 뵈윰 부인의 이야기가 다른 수기들보다 떨어지지도 않았고…… 그래서 뵈윰 부인이 상을 받게 된 거지. 닐스의 엄마가 상을 받게 되어 잘됐다고 생각했지. 그리고 닐스 가족이 로마로 가게 되었다는 걸 알았을 때 그들이 묵을 호텔이 어디인지 바로 알아두었어. 그래서 닐스는 내가 보낸 시를 받았고 마리오한테 가는 길을 찾아냈던 거야. 그리고 마리오는 닐스에게 노르웨이로 가지고 가야 할 종이들을 주었지. 사실은 마리오가 닐스에게 자신의 그 멋진 고서점을 제대로 구경시켜줬어야 했는데……. 닐스에게 글쓸 거리를 주기 위해서 말이야. 하지만 나는 그 일이 계획대로 되지 않았다는 걸 알고 있지……."

닐스는 비비를 바라보며 말했다.

"그 마르쿠스 부르 한센이라는 남자 때문에……."

비비가 고개를 끄덕였다. 그런 다음 그녀는 세차게 고개를 흔들며 닐스의 말을 이었다.

"…… 그 사람은 책의 해와 관련해 나오는 전혀 다른 계획을 가지고 있어."

그러는 사이에 비비는 몇 번이나 시계를 쳐다봤다. 그리고 이번에도 또 시계를 보았다. 그러더니 마리오 쪽으로 몸을 기울여 이렇게 말했다.

"타체 에 피아티니, 페르 파보레."

그러자 마리오는 일어나 주방으로 갔다. 비비는 서랍장 쪽으로 걸어가 파이프의 재를 털었다. 그런 다음 처음부터 끝까지 모든 것을 요약해주려고 했다.

"플랏브레 산장에서 재치 있는 시를 썼던 두 아이가 내 눈에 들어왔어. 그래서 나는 빌리에게 너희 둘이 오슬로와 피엘란을 오가는 편지를 교환하게 하자는 아이디어가 떠오르도록 만들었지. 서점에서 닐스를 만났을 때 난 편지책을 사는 데 돈을 보태주면 좋겠다고 생각했어. 하지만 그 모든 것을 뭔가 비밀에 싸인 일처럼 연기했지. 그렇게 해서 너희 둘에게 글쓸 소재를 만들어주려 했던 거야. 예를 들면 배 위에 앉아 듀이의 십진분류법에 몰두한다든가, 그런 행동을 했던 거지. 아무튼 너흰 그 단서에 도달하게끔 되어 있었어. 지리의 편지는 내가 배를 타고 가면서 써놓았던 것인데, 문달스달렌을 지나가는 내내 등 뒤로 어떤 낌새가 느껴졌지. 그런 느낌이 있었기 때문에 집 현관문을 열 때 뭔가를 가방에서 떨어뜨리는 일을 얼마든지 할 수 있었을 거야. 한번쯤은 현관문을 그냥 열어두기도 했지. 그렇게 하면 청하지 않은 손님이 창문을 부수고 들어올 필요가 없으니까 말이야. 어차피 훔쳐갈 건 아무것도 없으니까. 물론 소파 밑에 수북히 쌓인 먼지를 청소하지 않은 건 미안해. 하지만 그게 전부였어. 『비비 보켄의 마법의 도서관』이라는 책은 너희 스스로 쓴 거야. 난 그저 밤에 등불 몇 개만 켜놓았을 뿐이지. 그러면 어느 틈에 불나방 같은 너희가 불빛을 보고 달려온단 말이야. 그래서……."

내가 말을 막았다.

"그거 참 뻔뻔스럽네요. 그러니까 처음부터 끝까지 우리를 꼭두각시처럼 조종한 셈이잖아요."

비비는 정말 화가 난 것 같기도 하고 그저 화를 내는 척하는 것 같기도 했다. 어쩌면 비비 스스로도 어느 쪽을 택해야 할지 쉽지 않았을 것이다.

비비가 이렇게 말했다.

"늙은 도서관 사서 등 뒤에서 스파이 짓을 하는 건 뻔뻔스러운 일이 아니냐? 그리고 살인과 범죄에 대한 끔찍한 이야기들을 쓰는 건 또 어떻고?"

마리오는 주방에서 나와 커피 잔을 두 개 더 탁자 위에 올려놓았다. 그러자마자 현관 벨이 울렸다.

닐스가 기겁을 했다.

"스마일리다!"

그가 외쳤다.

비비는 달려나가 문을 열어 젖혔다. 아주 젊지는 않은 두 사람이 서 있었는데, 한 번도 본 적이 없었다.

나는 닐스를 돌아보았다. 그 순간 닐스는 백지장처럼 하얗게 질려 의자에서 굴러 떨어졌다. 눈이 오 크로네짜리 동전만큼이나 커졌고 또 그것만큼이나 번쩍거렸다.

"다시 의자에 앉아."

나는 엄격한 목소리로 말했다. 그의 엄마가 말한 것만큼이나 엄격하게 들렸을 것이다. 그런 다음 나는 닐스에게 속삭여 물었다.

"저 사람들 누군지 아니?"

닐스는 얼이 빠진 채로 고개를 끄덕였다. 오늘 벌써 두 번째로 그는 내가 한 번도 본 적 없는 사람들을 알아보고 있었다.

"저 사람들이 아슬라우그와 레이네르트 브룬이야."

닐스가 신음소리를 냈다.

그 순간, 호텔에서 사람들이 마지막 배를 타고 올 교사 부부를 기다렸다는 사실이 기억났다.

이제 나도 한숨을 쉬었다.

두 사람은 벌써 거실에 들어와 서 있었다.

"닐스를 여기서 만나다니, 정말 반갑다! 가을방학이라서 여기 올 수 있었구나……."

"그러면 네가 베리트겠구나. 만나서 반갑다."

"저도요."

내가 대꾸했다.

잠시 나는 이런 생각을 했다. 이들 모두가 어떤 사이비 종교 집단을 통해, 그러니까 아이들의 상상력을 자신들의 그릇된 목적에 이용하려는 사이비 종교 집단을 통해 서로 알게 되었다는 얼토당토않은 닐스의 가설이 사실일지도 모른다는 생각이었다.

곧 여섯 사람이 함께 탁자에 둘러앉았다. 비비는 커피를 한 번 더 끓였다. 그리고 아몬드 케이크의 나머지 반을 가져왔고, 마리오 브레자니는 새로 콜라를 내왔다.

"나의 기억으로는, 건포도빵을 훨씬 더 많이 구웠던 것 같은 데……."

비비가 혼잣말처럼 중얼거렸다. 나 말고는 아무도 그 말을 듣지 못한 듯했다. 그러자 이런 생각이 떠올랐다. 누군가 초대받지 않은 손님들이 이 집에 왔다는 이야기를 하려는 걸까? 비비는 그 말을 하고 싶은 게 틀림없었다. 우리가 지하에 있는 마법의 도서관에 있는 동안 스마일리가 몰래 들어와 편지책을 찾아 헤맸던 게 아닐까? 하지만 스마일리는 우리 편지책으로 무엇을 하려는 것이었을까? 그리고 어째서 비비는 스마일리가 책의 해를 위한 다른 계획을 세우고 있다고 생각했을까?

우리가 예의상 나누는 인사를 다 마쳤을 때 닐스는 대놓고 이렇게 물었다.

"이게 무슨 비밀결사예요?"

이 질문은 모두를 웃게 만들었다. 닐스와 나만 빼고 다들 웃음을 터뜨렸다. 가장 큰 소리로 웃었던 건 귀머거리인 마리오였다. 닐스의 질문을 알아듣지 못했을 텐데도 말이다. 하지만 말을 알아듣지 못한다 하더라도 당황한 표정을 보고 웃음을 터뜨리는 것도 가능한 일이다.

"다들 웃기만 하는군요. 하지만 이게 무슨 비밀결사라면 난 이 모든 일을 교장선생님께 알리겠어요."

닐스가 말했다.

사람들이 다시 웃음을 터뜨렸다.

"이게 어떤 비밀결사라면 건포도빵 비밀결사라고 불러야겠군."

아슬라우그가 말했다.

"우리가 함께 앉아 건포도빵을 먹은 것도 그리 오래된 일이 아니잖니? 스칼켄 카페에 앉아 있던 때보다는 훨씬 기분이 좋은 데……."

닐스는 이 모두가 하나도 우습지 않다는 표정이었다. 그가 안되어 보여서 나는 도와주려고 했다. 그래서 비비에게 이런 질문을 던졌다.

"닐스의 선생님께서 이 '책의 해'와 무슨 상관이 있나요?"

"아니야. 하지만 닐스는 무척이나 재미있는 작문을 했고, 그래서……."

비비가 말했다.

'그렇다면 교사들은 학생이 제출한 작문의 비밀을 지킬 의무조차 없단 말인가.'

나는 속으로 그렇게 생각했다. 자기 제자의 작문을 온 세상에다 공개해서는 안 되는 게 아닐까?

레이네르트 브룬은 헛기침을 했다.

"닐스는 상상력이 풍부한 아이지. 가을에 닐스는 아주…… 상상력이 넘치는 작문 숙제를 해왔는데, 비비 보켄이라는 사람에 대한 거였어. 나는 비비 보켄이 예전에 아슬라우그와 함께 대학을 다녔다는 사실을 알고 있었지. 아슬라우그가 그 이름을 가끔 입에 올렸거든. 나는 아내에게 닐스의 작문을 보여주었어……. 사실 그게 전부였지."

"하지만 나는 비비를 아주 오랫동안 만나지 못했어."

이제 아슬라우그가 말을 받았다.

"그런데 닐스의 작문을 보니 다시 생각이 나서 비비에게 전화를 걸었지. 나는 비비에게 레이네르트의 학생 하나가 대체 어디서 그녀의 이름을 알았으며, 그녀가 피엘란으로 이사했다는 사실을 어떻게 작문에까지 쓸 수 있었는지 짐작이 가느냐고 물어볼 생각이었지."

"난 정말 한참 웃었어."

비비가 털어놓았다.

"그때 내가 그 책에 대한 계획을 몇 마디 얘기했던 것 같아. 그리고 너한테 닐스를 한 번 집에 초대하라고 얘기했지……. 그래서 닐스를 데리고 글쓰기에 대해 이야기를 좀 들려주라고 말이야."

아슬라우그는 닐스를 바라보며 말했다.

"그리고 네가 전화를 걸어 카페에서 만나자고 했을 때 난 비비를 생각해서 거기 나갔던 거야. 비비는 너희 둘이 하는 모든 일에 엄청나게 관심이 컸거든."

닐스는 그녀를 빤히 쳐다보았다.

"그렇다면 적어도 미니 비밀결사라고 해야겠군요."

닐스가 말했다. 그는 이제 기분이 훨씬 나아진 것 같았다. 자기 자신의 삶을 다시 이해할 수 있게 되었다고 느껴서일 것이다. 그러나 그 기분은 오래가지 않았다. 다시 새로운 생각이 닐스에게 떠올랐기 때문이다.

"하지만 사람이 하나 더 있잖아요."

닐스가 말했다.

아마 닐스의 말을 알아들은 유일한 사람은 비비뿐이었을 것이다. 닐스는 말을 계속했다.

"그것도 아주 기분 나쁜 남자였죠. 올 가을에 내가 있는 곳이라면 어디에서나 불쑥불쑥 나타나던 그 남자 말이에요. 그 사람은 브룬 선생님 댁에도 나타났어요. 이름은 마르쿠스 '스마일리' 부르 한센이죠. 그 사람도 이 '책의 해'에 관련되어 있나요? 그렇다면 난 그만두겠어요."

탁자에 둘러앉은 모든 사람이 침묵했다.

"대답해보세요."

닐스가 말했다. 이날 저녁 처음으로 비비는 근심스러운 표정을 보였다.

"안됐지만 그들은 바로 그 남자를 책의 해를 위한 일종의 판촉위원장으로 선임했어. 왜인지는 나도 이해할 수 없는데……."

더 이상은 말이 없었다. 하지만 우리는 닐스와 내가 쓴 편지책에 대한 이야기를 한참 더 나눴다. 비비와 아슬라우그와 레이네르트는 편지책을 차례차례 돌려가면서 읽었다. 그리고 빠짐없이 칭찬의 말을 늘어놓았다.

비비는 우리가 내일 아침에 그 편지책을 들고 오슬로로 떠나야 한다고 말했다. 출판사에서 여행 비용을 이미 지불했다는 것이다. 그 책으로 우리가 무척 많은 돈을 받게 될 것이라고도 했다. 비비가 소재를 제공했다고는 해도 결국 글을 쓴 것은 우리 둘이었기 때문이다.

"하지만 일이 다 끝난 건 아니야. 오슬로에 가면 너희는 수수께끼의 해답을 적어넣어야 해. 그렇게 하지 않으면 읽는 사람들이 너무 실망할 테니까 말이야. 너희가 그 해답을 찾으면 드디어 목적지에 도달한 거야. 그리고 그 목적지는 길을 통해 목적지에 이르는 이야기가 되는 거지."

　비비가 말을 마치자마자 위층에서 알 수 없는 덜그럭거리는 소리가 들려왔다. 마리오 브레자니를 제외한 모든 사람이 바짝 긴장했다. 비비가 나를 돌아보며 말했다.

　"내가 걱정하던 일이 바로 이거야. 난 항상 내가 건포도빵을 몇 개 구웠는지 세어보거든."

　나는 고개를 끄덕였다.

　"그 사람은 호텔에서 밥을 먹을 시간이 없었거든요."

　비비는 계단을 달려 올라갔다. 닐스가 나를 돌아보며 속삭였다.

　"스마일리야?"

　위층에서 분노에 찬 목소리들이 들려왔다.

　"이건 너무 심해요, 마르쿠스! 당신을 절도죄로 신고해야겠군요."

　"그렇게 해요. 하지만 나는 그 책을 가져가야겠소. 당장 그 책을 내놓으라고!"

　"말도 안 돼!"

　"하지만 당신은 그 아이들이 쓴 얘기를 하나도 믿지 않잖아? 그 애들은 나를 사기꾼으로 알고 있단 말이오!"

　"그래요, 그 아이들은 날카로운 관찰력을 지니고 있으니까."

　두 사람은 곧 계단을 굴러 내려올 것만 같았다. 두 사람이 문턱에 다다랐을 때 스마일리는 잠시 거실 안을 들여다보았지만 이때만은 미소를 짓지 않았다. 탁자 위에 놓인 편지책을 보자 그는 이렇게 외쳤다.

"바로 저기 있잖아!"

레이네르트는 한 손으로 책을 가렸고 아슬라우그는 몸을 돌렸다. 6대 1인 것은 명백했다. 아마도 닐스는 그 덕분에 벌떡 일어나 이렇게 말할 용기가 났을 것이다.

"그리고 이 책을 당신 방에서 꺼내온 사람은 비비가 아니에요, 스마일리 씨! 바로 나라고요. 당신이 비비한테 전화를 걸었을 때 난 발코니에 있었다고요. 나는…… 으으음…… 우스워서 죽는 줄 알았어요."

스마일리는 비난에 찬 시선으로 비비를 뚫어지게 쳐다보았다. 그는 태양계 전체로부터 배신당한 사람처럼 보였다. 비비는 고개를 끄덕였다.

"그리고 어쨌든 이건 저 애들의 책이에요. 미안하지만 이제 우리 집에서 나가주실까?"

그는 돌아서서 달려나갔다. 그러나 그러기 전에 재빨리 이렇게 말했다.

"분명히 후회하게 될 거야, 비비."

그가 문을 꽝 소리가 나게 닫고 떠나자 비비는 다시 얼굴 가득 웃음을 띠고 방으로 들어왔다.

"저 남자는 애초부터 기념 책을 내는 데 반대해왔지."

비비가 말했다.

곧 호텔에 묵기로 한 사람들 전부가 문달스달렌을 거쳐 호텔까지 걸어갔다. 비비를 제외한 모든 사람이었다. 우리가 떠나려 할 때 비비는 마리오 브레자니에게 이탈리아어로 아주 많은 말을 했다. 하지만 마법에 걸린 신데렐라가 자정을 넘겼을 때처럼 나는 갑자기 그 언어를 알아듣는 능력을 잃어버리고 말았다. 천둥, 번개가 물러갔다. 높은 산들 위로 별이 반짝였고 우리는 우주를 아주 멀리까지 바라볼 수 있었다.

이 별에서 한때 어떤 연감이 인쇄되었던 것이다.

나는 수수께끼의 해답을 써야 하는 과제 때문에 베리트를 부러워했던 게 아니다. 우리는 녹음기가 없었고, 비비는 우리에게 적지 않은 소재를 제공했다. 그러나 우리는 둘 다 베리트가 그 일을 맡아야 한다고 생각했다. 생각을 정리하는 데는 베리트가 나보다 훨씬 나았기 때문이다. 뿐만 아니라 비비는 아주 훌륭한 검열관이었다. 비판하고 이끌고, 또 글을 쓴 사람들에게 적절한 질문을 할 임무를 맡고 있었다. 우리는 그런 것들을 배웠다. 그러니까 우리는 말하자면 출판업계에서 일하게 된 것이다.

그러나 비비는 한 가지 중요한 일을 나한테 넘겼다. 그 단서는 마르쿠스 '스마일리' 부르 한센이었고, 그에게서 우리는 어떤 도움도 기대할 수 없었다. 말하자면 그는 이 책에서 악당이었고 악당이라면 바로 내 전문이다. 그러니 계속 읽어보시길 바란다!

우리가 호텔로 내려갔을 때 나는 상당히 겁을 먹고 있었다. 나는 우리의 편지책을 가지고 있었고, 어떤 객실에 내가 묵고 있는지 스마일리가 이미 알고 있을 게 분명하다고 생각했기 때문이다. 스마일리는 내가 혼자 남을 때까지 기다렸다가 나를 찾아와 그 책을 다시 한번 훔쳐가려 할 것이 뻔했다. 나는 편지책을 베리트에게 줄까 잠시 고민했지만, 역시 그렇게 하지는 않았다. 내 문제를 힘 없는 여자(소녀)에게 떠넘기는 건 내 스타일이 아니었기 때문이다.

나는 아무것도 신경 쓰지 않고 용감해지기로 했다. 부엉이의 집이 폭풍우에 휘말려 날아가고 겁먹은 아기 돼지가 지붕 꼭대기로 기어올라가 도움을 청하려 할 때처럼 말이다.

우리가 호텔 프런트 앞에서 레이네르트와 아슬라우그 브룬에게 안녕히 주무시라고 인사했을 때, 호텔 야간 경비원이 베리트를 테러리스트라도 되는 양 뚫어지게 쳐다보는 것이 느껴졌다. 그러나 경비원은 아무 말도 하지 않았다. 나는 방 열쇠를 받고 난 뒤 우리 책을 위한 상당히 훌륭한 결말을 생각해냈다.

소년 주인공 닐스 뵤움 토르게르센은 자신이 함께 쓴 책을 지키려고 목숨 걸고 영웅적인 활약을 했다. 자기 자신의 안전을 고려하지 않고 그는 사상의 자유를 위해 스스로를 희생한다.

베리트와 브레자니 쪽을 건너다보니 브레자니가 내 쪽을 향해 다급하게 손짓을 하며 나를 가리키고 있었다. 그 순간 나는 이것도 계획된 것이 아닐까 하는 생각을 했다. 브레자니는 주인공 중 한 사람이 악당과의 싸움에서 목숨을 잃는다면 아주 멋진 결말이 될 거라고 베리트에게 이야기하고 있는 것 같기도 했다. 그러나 스마일리가 이 책을 손에 넣는다면 아예 책이 세상에 나오지 않을 거라는 사실이 떠올랐다. 어쨌든 스마일리가 악당으로 등장하는 책은 나오지 않을 것이다.

나는 희미하게 미소를 지으며 열쇠를 들고 계단을 올라가 스스로를 두려운 운명 속에 맡기려고 했다. 그때 베리트가 말했다.

"편지책을 가지고 방으로 가면 안 돼. 그러면 분명 스마일리가 올 테니까 말이야. 네 방이 어딘지 스마일리는 틀림없이 알고 있을 거야."

"난 벌써 더 못된 유령들과도 싸운 적이 있는데 뭐."

이렇게 말은 했지만 스스로 떨고 있다는 게 느껴졌다. 베리트가 웃음을 터뜨렸다.

"하지만 네 마음속은 겉보기처럼 단단하지가 못하잖아. 안 그래, 닐스?"

베리트는 나를 꿰뚫어보고 있었다. 여자애들은 대개 그런 재주가 있다.

"그러면 나보고 어쩌란 말이야?"

나는 좀 화를 내며 물었다.

"마리오랑 방을 바꾸면 되지."

베리트가 그 말을 마치기도 전에 나는 이 작전이 정말 천재적이라고 생각했다. 스마일리가 편지책을 훔쳐가려고 내 방에 숨어든다면, 그는 침대에서 키 작은 노르웨이 소년 대신 키 작은 이탈리아 남자를 발견하게 될 것이다. 하지만 스마일리가 침대에서 키 작은 노르웨이 소년 대신 키 작은 이탈리아 남자를 발견하게 되면 그 다음에는 어떻게 될 것인가…….

"그럼 마리오는 어떻게 되는 거지?"

내가 물었다.

마리오 브레자니는 내 입을 쳐다보고 있었다. 노르웨이어를 할 줄은 모른다 하더라도, 그는 이탈리아어 말고도 다른 언어들을 입술에서 '읽을 수' 있었기 때문이다. 갑자기 그는 한쪽 팔을 내 쪽으로 뻗었고, 그 순간 나는 한방에 날아갔다. 마리오 브레자니는 엄청난 힘으로 나를 메다꽂았다.

코를 바닥에 처박는 줄 알았지만 마리오는 부드럽게 나를 두 팔로 받아 안았다. 나는 어린아이처럼 팔에 안겨 있어서 좀 창피스러웠다.

마리오는 다시 나를 똑바로 세워놓고 눈처럼 흰 이를 드러내며 미소를 지었다.

"이게 유도라는 거야."

나는 너무나 놀랐지만, 동시에 마음이 가벼워졌다. 우리는 열쇠와 짐을 서로 바꿨다. 베리트에게 잘 자라고 인사한 뒤 나는 방으로 들어가 금방 잠이 들었다.

세계유도선수권대회에서 스마일리를 상대로 결승전을 벌이는 꿈을 꾸었다. 그 싸움은 상당히 힘들었고, 스마일리는 내가 자기를 매트에 메어붙일 때마다 고함을 치고 비명을 질러댔다. 심판의 호각소리 비슷한 소리에 잠을 깼다. 그러나 그건 나를 부르는 베리트의 목소리였다. 아침을 먹고 싶으면 당장 일어나야 하며, 그리고 한 시간만 있으면 배가 떠난다고 했다.

151호실 앞을 지나갈 때 방 안에서 분노에 찬 문 두드리는 소리가 들렸다.

"브레자니!"

내가 외쳤다. 아직 잠이 덜 깬 난 그가 귀머거리라는 사실을 잊고 있었다. 그러나 방안에 갇혀 있는 남자는 브레자니가 아니었다. 문을 두들겨대는 소리가 멈췄고, 방안에서는 상냥하게 들리려고 애쓰는 끈적끈적한 목소리가 들려왔다. 누구의 목소리인지는 아주 분명했다.

"아, 닐스로구나? 문 좀 열어줄래? 너한테 제안할 게 있어."

그 목소리가 말했다.

"또 나한테 손해될 게 없는 그 제안을 하겠다는 건가요?"

내가 외쳤다.

"바로 그거야."

스마일리는 버터처럼 녹아드는 목소리로 대답했다.(나는 버터가 싫다.)

"안됐지만 난 지금 비비 보켄의 마법의 도서관에 대한 책을 가지고 출판사로 가는 길이에요."

나는 그 말을 하고 나서 혀를 깨물고 싶었다. 이렇게 멍청한 소리를 하다니. 이제 스마일리는 우리가 어디로 가려는지 알게 된 것이다. 그래도 그 출판사가 어디인지는 말하지 않았다.

복도를 달려가다가 나는 엄청난 굉음을 들었다. 스마일리가 잠긴 문을 몸으로 부수려고 부딪치는 소리였다. 베리트와 브레자니는 호텔 레스토랑에 앉아 있었다. 나는 별로 식욕이 없었다.

"스마일리, 스마일리예요."

나는 이렇게 말하면서 천장을 가리켰다.

브레자니는 달걀을 하나 집어 공중으로 던졌다. 그리고는 달걀을 다시 받아 식탁에 부딪쳐 껍질을 깼다. 좀 위험해 보이는 행동이었지만 나는 그가 스마일리의 머리통을 부숴놓지는 않았다는 사실을 알고 있었다.

"유도였어요?"

내가 물었다.

브레자니는 고개를 끄덕이고는 열쇠 하나를 꺼내 우리에게 내밀었다. 말이 필요 없었다. 그는 시계를 보더니 자리에서 일어났다.

"에 아데소, 아반티, 아미치 미에이!(자, 이제 갑시다, 친구들!)"

그가 말했다. 우리는 현장을 떠날 때가 되었다는 사실을 알아차렸다.

브레자니는 우리를 배까지 데려다 주었다. 우리가 갑판으로 올라가고 있을 때 스마일리가 다가오는 게 보였다. 그러니까 문을 부수고 나왔던 것이다. 꼴이 말이 아니었다. 머리카락은 온통 헝클어졌고 한쪽 팔은 아래로 축 처져 있었다.

"아반티! 포르차!(어서! 서둘러요!)"

브레자니가 다시 한번 외쳤다. 우리는 배를 향해 달려갔다.

우리가 뒤를 돌아보자 브레자니도 우리를 돌아보았다. 그는 자기 쪽을 향해 달려오는 남자를 가슴으로 끌어안을 듯이 두 팔을 벌리고 거기 서 있었다. 스마일리는 브레자니 앞 십 미터쯤에서 멈춰 섰다. 베리트가 그에게 손짓했다.

"그냥 놔주세요!"

베리트가 외쳤다.

"미쳤어?"

내가 속삭였다. 그러나 베리트는 웃기만 했다.

"스마일리는 어차피 올 수가 없어."

베리트가 말했다.

베리트 말이 옳았다. 스마일리는 그 자리에 못박힌 것처럼 서서 브레자니를 쏘아보고 있었다. 목소리를 들을 수 없을 정도로 멀리 떨어져 있었지만, 스마일리의 씩씩거리는 소리가 귀에 들리는 듯했다. 브레자니는 그에게 한 걸음 다가섰다.

스마일리는 몸을 날리더니 번개같이 돌아서서 호텔 쪽으로 다시 달려갔다.

브레자니가 돌아서서 우리에게 손을 흔들었다. 배가 피엘란 항구를 떠나가는 동안 우리도 그에게 손을 흔들어주었다.

기차가 오슬로에 도착했을 때는, 출판사로 가기에 너무 늦은 시간이었다. 베리트는 부모님의 대대적인 환영을 받으며 우리 집에서 하룻밤을 잤고, 다음날 우리는 택시를 불렀다. 나는 한 번도 출판사라는 곳에 가본 적이 없었다. 나는 일종의 동화 속에 나오는 집을 상상했다. 어둠침침한 방들과 긴 복도를 골덴 바지에 뿔테 안경을 걸친 남자들, 하늘거리는 숄을 두르고 베레모를 쓴 여자들이 중얼거리며 이리저리 돌아다니거나 두꺼운 책을 들여다보고 있는 모습을 머릿속에 그렸던 것이다. 그러나 현실은 좀 달랐다.

우리는 비비가 알려준 주소를 찾아냈다. 그리하여 도시 한복판에 자리잡은 엄청나게 커다란 건물 앞에서 차를 내렸다. 확실히 몰랐더라면 아마 나는 그 건물이 출판사가 아니라 보험회사라고 생각했을 것이다. 그러나 어떤 의미에서는 내 생각도 옳았다. 출판사란 우리의 머리가 굳어버리는 것을 예방하는 일종의 보험회사 같은 것이기 때문이다. 우리의 첫 번째 문제는 입구를 찾는 일이었다. 우리는 두 번이나 건물 주위를 빙빙 돌았지만 찾아낸 건 뒷문들뿐이었다. 그리고 그 문들은 물론 모두 잠겨 있었다. 결국 우리는 모퉁이에 있는 택시 정류장에서 맨 끝에 줄을 서 있는 택시 속의 뚱뚱하고 친절한 택시 기사에게 물어보았다. 그러자 그는 우리가 유일하게 아직 열어보지 않은 문으로 데리고 갔다.

우리는 호텔 프런트 같은 곳으로 들어섰는데, 부스 유리창 너머로 어떤 여자가 우리를 바라보고 있었다. 마치 영화관 매표소 같았다.

"출판사에 가려는 아이들 두 명이에요."

내가 말했다.

"무슨 말인지 모르겠는데?"

"우리는 책을 한 권 썼어요."

베리트가 말했다.

"책을 썼다고?"

베리트가 고개를 끄덕였다.

"그게 정말이니?"

여자는 금방 웃음을 터뜨릴 것만 같았다.

"꼭 그런 건 아니에요."

내가 우물거렸다.

"물론이죠. 틀림없어요, 우리는……."

베리트가 용감하게 말했다. 다행히도 더 이상 설명할 필요가 없었다. 그때 명랑해 보이는 키 작은 여자 하나가 엘리베이터에서 걸어나왔기 때문이다.

"너희가 베리트 뵈윰과 닐스 토르게르센 뵈윰이니?"

여자가 물었다.

우리는 아무 말 없이 고개만 끄덕였다. 여자는 손을 내밀며 만족스러운 듯이 미소를 지었다.

"우리는 벌써부터 너희를 기다리고 있었어. 나는 게르다 로테라고 하는데, 여기서 기획부장으로 일하고 있지."

그녀는 우리를 엘리베이터에 태우고 육 층으로 올라갔다. 그곳에는 회사 식당과 사무실로 통하는 복도들이 있었다.

"내 사무실은 저기 뒤쪽이야."

그렇게 말하며 여자는 한쪽 복도를 가리켰다.

"뭐든지 필요한 게 있으면 나한테 와. 그분이 너희를 기다리고 계셔. 왼쪽 두 번째 방이야. 그냥 들어가면 돼."

그녀는 다른 쪽 복도를 가리켰다.

"콜라 한 잔 마실래?"

"누구요?"

나는 아무 말도 알아들을 수가 없었다.

"예, 감사합니다."

베리트가 대답했다.

각자 손에 콜라를 들고 우리는 게르다라는 사람이 가리킨 문 쪽으로 갔다.

"셋을 세면 들어가는 거야. 하나, 둘, 셋."

베리트가 말했다.

그녀가 문을 열었다. 책상 뒤쪽에 앉아 있던 남자가 미소를 띠며 일어났다. 내 생애에 그때만큼 놀라서 기절할 뻔한 적은 없었다.

그 남자는 바로 스마일리였다!

우리는 당장 뛰어나오려고 했다. 그러나 그가 우리보다 빨랐다. 표범처럼 날쎄게 달려나온 그는 문을 막아서며 이렇게 속삭였다.

"이렇게 다시 만나게 되는군, 내 귀여운 친구들!"

그는 주머니에서 열쇠를 꺼내더니 자랑스럽게 우리에게 내밀었다. 나는 그가 열쇠를 삼키려는 줄 알았다. 바지가 너무 심하게 떨려 나는 낙하산을 타고 방금 땅에 떨어진 사람처럼 보였을 것이다. 나와는 달리 베리트는 얼음처럼 차가워 보였다.

"다친 팔은 어떻게 됐나요, 부르 한센 씨? 지난 얼마 동안은 유도 훈련을 좀 심하게 한 것 같군요. 안 그래요?"

베리트가 물었다.

그렇게 겁이 나는 중에도 나는 베리트의 말에 반해 박수를 칠 뻔했다. 스마일리는 눈을 찡그렸다.

"나한테 그런 식으로 대하다니!"

스마일리가 숨을 몰아쉬었다.

"맞아요. 우린 둘 다 그런 식이에요."

내가 중얼거렸다.

"입 닥쳐!"

232

스마일리가 외쳤다. 나는 입을 다물었다. 가끔 나는 말없는 소년이 되곤 한다.

스마일리는 한 손을 내밀었다.

"책 내놔."

그가 말했다.

나를 죽이기 전엔 어림없어요, 하고 말해야 한다고 생각했다. 그러나 나는 여전히 입을 다물고 있었다. 베리트가 고개를 가로저었다.

"그 책은 내 거야."

스마일리가 말했다.

"아니에요. 이건 우리 책이고 또 출판사 소유예요. 책의 해에 출판하여 전국의 아이들에게 나눠줄 책이라고요."

베리트가 말했다.

"이제 아시겠어요?"

나는 좀 멍청하게 말했다.

그러자 스마일리가 웃음을 터뜨렸다. 그가 웃는 소리는 처음으로 들었는데, 기분 좋은 웃음소리는 절대로 아니었다. 꼭 감기 걸린 악어가 내는 소리 같았다.

"보켄 여사가 얘기 안 했니? 내가 너희 책을 판매하는 판촉부장으로 이 출판사에 고용되었다는 사실을 말이다."

비비가 그 말을 해줬으므로 우리는 말없이 고개를 끄덕였다.

"그러니까 책 이리 내."

방문은 잠겨 있었고 스마일리는 우리보다 훨씬 키가 컸다. 그리고 베리트와 나를 합친 것보다 더 힘이 셌다. 그래서 우리에게는 다른 선택의 여지가 없었다.

나는 그에게 편지책을 내밀었고 스마일리는 책상 앞에 앉아 읽기 시작했다. 그냥 읽는 시늉을 했다는 뜻이다. 사실 그는 우리가 거기에 뭐라고 썼는지 다 알고 있었으니 말이다. 그는 책장을 술술 넘겨보았다. 한 번에 열 쪽쯤 건너뛰는 것 같았다.

"안됐지만, 이 책은 출판할 수가 없겠다."

스마일리는 미래에 고판본이 될 책을 책상 위에 올려놓고 가슴에 팔짱을 낀 채 씁쓸한 미소를 지으며 우리를 쳐다보았다.

"이렇게 말할 수밖에 없어서 마음이 아프구나. 하지만 이 책은 출판할 만한 가치가 없어."

이 말은 그렇게 말한 사람만큼이나 어리석었지만, 우리는 어쩔 도리가 없었다. 베리트와 나와 스마일리 말고는 아무도 없었으니 말이다. 우리 편지책을 다 읽은 비비도 이 자리에 없었다. 비비는 우리가 이 일을 해낼 수 있다고 굳게 믿었고, 그녀의 믿음은 옳았다. 우리는 스마일리도 그걸 알고 있다고 생각했다. 그러나 그는 어른이고 우리는 아이들인데, 아이들이 하는 얘기를 누가 믿어줄 것인가?

"그 책으로 뭘 하실 거죠?"

대답을 뻔히 알면서도 나는 그렇게 물었다.

"너희를 위해 이 책을 잘 보관해주마."

스마일리는 그렇게 말하며 웃었다.

가슴이 무릎까지 내려앉는 기분이었고, 베리트도 그럴 거라는 생각이 들었다.

우리는 아무 말 없이 책상만 쳐다보았다. 커피가 가득 든 일회용 컵과 전화기 옆에 우리의 편지책이 놓여 있었다. 전화기에는 번호들이 붙어 있었고 번호마다 이름이 붙어 있었다.

그때 베리트가, 지금 생각하면 너무나 어리석게 느껴지는 어떤 짓을 했다. 사실은 그 일이야말로 우리 둘 중 누군가가 이제까지 했던 모든 일 가운데 가장 영리한 행동이었다. 그리고 베리트에게 그런 아이디어가 떠오르지 않았더라면 우리 편지책은 결코 출판되지 못했을 것이다.

베리트는 책상 위로 몸을 던져 편지책을 움켜쥔 다음 이렇게 외쳤다.

"이건 우리 거예요! 당신은 절대로 이걸 가질 수 없어요!"

베리트는 편지책을 나한테 던지며 외쳤다.

"뛰어, 닐스!"

그 말은 상당히 우스꽝스럽게 들렸다. 대체 어디로 뛰란 말인가. 문은 잠겨 있었고 나로 말할 것 같으면 육 층에서 창문으로 뛰어내리고 싶은 기분은 아니었다. 그래서 나는 편지책을 손에 든 채로 방 한가운데 우뚝 서 있었다. 스마일리가 재빨리 내게 다가왔다. 나는 유도 선수도 아니었고 스마일리가 내게서 다시 그 책을 빼앗는 데는 일 초 반밖에 안 걸렸다.

베리트는 나를 도우려고 손가락 하나 까딱하지 않았다. 그 반대였다. 나한테는 눈곱만큼도 관심이 없어 보였다. 베리트는 계속 책상 앞에 서서 내게 등을 돌리고 있었다.

스마일리가 편지책을 들고 책상 뒤로 돌아갔을 때 베리트는 돌아서서 나한테 윙크를 했다. 나는 화난 표정으로 베리트를 바라보았다.

"이제 게임은 끝났어."

스마일리가 말했다.

"그런 것 같네요. 하지만 질문이 하나 있어요. 왜 그렇게 우리 책을 싫어하는 거죠? 당신은 스스로 주장하는 것만큼 우리 글이 나쁘지 않다는 걸 알고 있을 텐데요."

베리트가 느릿하게 말했다.

스마일리는 당장은 아무 대답도 하지 않으려는 것처럼 보였다. 그러나 곧 이 문제를 달리 생각해보는 듯했다. 그는 특유의 미소를 짓더니 버터 녹는 목소리로 이렇게 말했다.

"그렇게 나쁘지야 않지. 글을 못썼다는 게 아니다. 그러니까 내 말은, 멍청한 두 아이들이 쓴 것치고는 말이야."

그 순간 나는 나중에 분명히 후회했을 어떤 말을 하려고 했다. 그러나 베리트가 내 팔을 꼬집었다.

"바로 그거예요. 그리고 그것 때문에 우리는 당신이 왜 그 책을 출판하지 않으려고 하는지 알고 싶은 거예요. 당신은 이 책을 팔려고 고용된 사람이 아닌가요. 우리가 당신을 이 책에서 악당으로 묘사했기 때문인가요?"

베리트는 크고 또렷하게 말했다.

악어가 다시 기침을 했다.

"그것과는 아무 상관이 없어, 아가씨."

스마일리가 대답했다.

"그럴 거라고 생각했어요. 당신이 우리 편지에 정말 관심이 있어서 닐스를 쫓아다녔다면, 당신은 악당일 리가 없을 테니까요."

베리트가 말했다.

스마일리는 이 상황을 철저히 즐기는 것 같았고, 나는 베리트가 바로 그 점을 목표로 하고 있다는 느낌을 받았다.

스마일리는 커피를 한 모금 마셨다. 커피 한 방울이 그의 턱을 타고 흘러내렸다.

"그렇다면 좋아. 너희한테 얘기해도 되겠구나. 이유는 아주 간단해. 너희 '칠드런즈 어뮤즈먼트 컨설트(Children's Amuzement Consult)' 라는 말 들어봤니?"

나는 고개를 끄덕였다.

"하지만 우린 그게 뭔지는 몰라요."

내가 우물거렸다.

"그건 작은 회사 이름인데, 어린이를 위한 비디오 필름을 제작하는 곳이지. 나는 그 회사를 위해 일하고 있어."

"더 얘기해보세요."

베리트가 말했다.

나는 베리트를 건너다보았다. 그녀는 아주 관심 있는 듯한 표정을 짓고 있었다. 나는 아무것도 이해할 수 없었다.

"그런데 우리는 출판업자들과 일종의 경쟁 관계에 있지. 많은 사람이 이 점을 아직 이해하지 못해. 책의 시대는 끝났어. 그래서 나는 처음부터 이 책을 출판하는 계획에 반대했던 거야."

스마일리가 말했다.

"하지만 그렇다면 대체 어째서 이 출판사가 당신을 책의 해 기념 출판의 판촉부장으로 고용했나요?"

내가 물었다.

"나는 적응력이 뛰어난 인간이지. 예전에 난 여러 해 동안 출판사에서 일했거든. 그래서 내 전문 지식을 활용했던 거지. 나는 이 책의 판매를 위한 흥미로운 제안을 할 수가 있었어. 그리고 광고 비디오 제작을 시작하기까지 했지. 내가 이 프로젝트를 막을 수 없을 경우에 써먹으려고 말이야."

"아스트리드 린드그렌이었군요! 그래서 당신은 아스트리드 린드그렌을 만나 이야기했던 거죠. 비디오 제작을 도와달라고 말이에요."

내가 외쳤다. 스마일리는 고개를 끄덕였다.

"그래, 하지만 린드그렌은 자기 분야가 아니라고 말했지. 그건 물론 맞는 얘기고."

"그런데 당신의 프로젝트란 어떤 건가요?"

베리트가 물었다.

스마일리는 양손을 문질렀다.

"내 프로젝트는, 책을 내는 대신 책의 해를 축하하기 위한 필름을 만드는 거였지. 책 인쇄술에서부터 현대의 비디오 산업까지의 발전 과정을 보여주는 재미있는 만화영화를 만들려고 했던 거야. 제목은 '철자에서 비디오까지'로 정해졌지. 나는 벌써 이탈리아의 만화가와 연결이 되어 있어."

머릿속에서 불이 하나씩 차례대로 켜지는 것 같았다.

"그래서 이탈리아에 온 거군요!"

"그래. 하지만 내가 너와 같은 시간에 그곳에 갔던 건 다른 이유에서였어. 그 잡지에서 잉그리 뵈윰이라는 사람과 그녀의 가족에 대해 읽었을 때, 난 로마에 가서 파리 두 마리를 한 번에 잡을 수 있겠다는 생각을 한 거지. 네가 그곳에 편지책을 가지고 올 거라는 짐작도 했거든. 그렇다면 그 책을 손에 넣을 수도 있을 테니 말이야."

"내 뒤를 밟은 거군요."

"너를 눈여겨보고 있었다고 하는 편이 낫겠는데."

"그런데 당신은 비비 보켄과 무슨 관계죠?"

베리트가 물었다. 이 분위기는 거의 일종의 심문 같았다. 하지만 스마일리는 그 사실을 눈치채지 못하는 듯했다.

"비비 보켄 말이지…… 비비 보켄은 화석이야. 나는 비비를 대학 다닐 때부터 알고 있었지. 그녀는 서지학을 전공했고 나는 경제학을 전공했지. 우리는 그때 친해져서……."

스마일리는 갑자기 말을 끊었다.

"하지만 그건 이제 지난 일이잖아요."

베리트가 말했다.

"맞아. 우리는 견해가 너무 달랐지. 비비는 내가 이 책의 판촉부장으로 고용되는 것에 반대했어. 그리고 나는 비비가 이 책을 넘겨받을 임무를 부여받았다는 것에 화가 났지."

"카페 스칼켄 일은 어떻게 된 거죠? 우리가 그곳에 가려고 한다는 걸 어디서 알았어요?"

내가 물었다.

"그게 문제였지. 나는 물론 너의 글쓰기에 대해 물어보려고 네 선생님과 연락을 취했어. 그때 아슬라우그 브룬이 너를 카페에서 만나기로 했다는 얘기를 해주었지. 그래서 그곳에 가서 몸을 숨기고……."

"신문 뒤에 말이죠."

내가 말했다.

"맞아."

"그래서 당신은 내가 브룬 선생님 댁에 갔던 날 거기 온 거군요."

"너 보기보다 그렇게 멍청하지 않구나. 나는 그 책이 가능한 한 훌륭하게 만들어지는 것이 내 소망인 양 위장했지. 그리고 네가 글을 잘 쓰는지 물어봤던 거야."

"브룬 선생님이 뭐라고 하시던가요?"

내가 물었다.

"브룬 선생은, 네가 글을 꽤 잘 쓰지만 상상력을 제대로 통제하지 못하고 있다고 하더구나."

스마일리는 갑자기 화가 난 표정을 지었다.

"내가 피엘란에서 너희에게 제안하려고 했던 것에 귀를 기울이지 않은 건 멍청한 짓이었어."

스마일리가 말했다.

"무슨 제안이었는데요?"

베리트는 스마일리를 똑바로 쳐다보았다.

"너희가 비디오 판매 수입의 일 퍼센트를 받는 조건으로 너희 편지책의 저작권을 나한테 넘겨달라는 제안을 하려고 했던 거야. 하지만 이젠 너무 늦었어."

그는 편안하게 자신의 안락의자 속에 몸을 파묻고 천장을 올려다보았다.

"당신은 이제 끝장인가요?"

베리트가 물었다.

"아니, 정말 끝장난 건 너희야."

스마일리가 말했다.

"진짜 그런지는 두고봐야겠는데요."

베리트가 대꾸했다.

스마일리는 뭔가 대답을 하려고 했다. 그러나 이 순간 우리는 밖에서 들려오는 다급한 발소리를 들었다. 밖에서 문이 열렸고, 우리 앞에는 게르다 로테와 함께 엄청나게 화가 난 듯 보이는 남자가 서 있었다.

스마일리는 편지책을 자기 쪽으로 끌어당기려 했지만 게르다 로테가 더 재빨랐다.

"이 책이 바로 그 책이구나."

게르다는 우리에게 미소를 지었다.

"이분은 출판사 사장님이셔. 너희와 인사를 나누고 싶으시대."

우리에게 악수를 청할 때 보니 출판사 사장은 전혀 화가 난 것 같지 않았다.

"정말 영리한데. 누가 그런 아이디어를 생각해냈지?"

사장이 물었다.

"저였던 것 같은데요."

베리트는 이렇게 대답하며 겸손하게 보이려 애썼다.

그 사이에 스마일리는 고개를 조아리고 있었다. 그러다가 당황한 얼굴로 베리트를 바라보았다.

"무슨 아이디어 말이지?"

베리트는 상냥한 미소를 띠었다.

"당신이 책을 뺏으려고 닐스한테 달려들었을 때 난 전화기 버튼을 눌렀죠. 그 버튼 옆에는 게르다 로테라는 이름이 적혀 있었고요. 멍청한 짓은 아니었죠, 그렇죠?"

"물론 아니지. 그건 아주아주 재미있는 대화였거든."

게르다 로테가 말했다.

베리트는 나한테 윙크를 했다. 그때 베리트에게 키스를 해줄걸.

이제 우리는 여기 앉아 있다. 스마일리의 사무실에 말이다. 그가 어디 틀어박혀 있는지는 정말 모른다. 그 일에는 별로 관심도 없다. 그는 어쩌면 이탈리아로 갔을지도 모른다. 그곳에서 책 인쇄기술을 없애버리려고 말이다. 그렇다면 그는 마리오 브레자니의 맞수가 될 것이다.

우리는 비비의 도움을 받아 우리 편지책을 계속 써나가고 있다. 비비는 적절한 표현을 찾는 일을 도와주고, 사물들의 이름을 가르쳐준다. 뿐만 아니라 올바른 맞춤법도 가르쳐주고 있다. 그게 필요한 경우가 종종 있기 때문이다. 특히 우리 둘에게는 아주 큰 도움이 된다.

언어에 관한 한 비비는 우리에게 모든 것을 맡겨두지는 않는다. 우리가 아직 어리기 때문이다. 비비는 아직도 우리가 배울 것이 많다고 말한다. 그러나 자신이 우리한테 배울 것도 그만큼 많다고 한다. 비비 보켄은 그런 사람이다. 책을 진정으로 사랑하는 사람이다.

그리고 이제 더 이상은 이야기할 거리가 없다. 우리는 일을 끝내기 위해 열심히 해야 한다. 이제 벌써 10월 말이고 4월에는 이 책이 출판되어야 한다.

그 전에 표지 그림을 그릴 화가도 찾아야 한다. 그리고 발행인은 책의 판형과 글꼴도 결정해야 한다.(사본과 버클리 올드스타일이란 내가 생각했던 것처럼 무슨 괴물들이 아니라, 사실은 전혀 해로울 게 없는 글꼴의 이름이었다. 그건 이 책이 그의 의지와는 반대로 세상에 출판될 경우를 대비한 스마일리의 제안이었다. 그 일은 결국 일어나고야 말았다. 하지만 이제 이 책의 글꼴은 스마일리가 제안한 것이 아닌 팔라티노 11-13Pkt로 인쇄될 것이다.)

끝으로 우리 책은, 우리가 쓴 원고를 다양한 문자와 크기로 컴퓨터에 입력할 어떤 여자에게 넘어갈 것이다. 그런 다음 이 원고는 레이저 프린터로 인쇄되어 교정 작업에 들어갈 것이고, 교정을 보는 사람은 컴퓨터 입력 작업 때 생겨난 오자를 수정할 것이다. 저자인 베리트와 나도 마지막에 원고 전체를 다시 한번 읽게 된다. 그런 다음 출판사는 모든 것을 마무리하여 인쇄소에 보낸다.

이제 우리는 이 책을 끝낼 생각이다. 그래서 좀 서운한 마음이 들지만, 아주 슬프지는 않다. 베리트는 뭔가를 계획하고 있는 것 같다. 계속 자기 노트에 메모해넣고 있다. 아마 언젠가 베리트는 자기와 내가 어떻게 비비 보켄에 대한 한 권의 책을 썼는가를 다시 책으로 펴낼지도 모른다. 아니면 마르쿠스 부르 한센의 새로운 범죄를 상상해낼지도 모르고, 요스테달 빙하 밑에 숨겨진 신비로운 보물에 대한 이야기를 꾸며낼지도 모른다. 그리고 식육도시에서 온 진짜 살인마를 폭로할지도 모른다. 사실 그렇지는 않다. 이건 결국 내 이야기다. 베리트가 만일 그런 이야기를 쓴다면 내 아이디어를 도용했다는 혐의로 나는 베리트를 고소할 것이다. 이런 것은 '표절'이라고 부르며 법으로 금지되어 있다.

나는 나중에 작가가 될 거라고는 생각하지 않는다. 그보다는 삼십 년 후에 자서전을 쓰는 프로 축구선수가 되고 싶다. 아니! 나는 자서전을 쓰지 않을 것이다. 그렇게 되면 나는 베리트에게 내가 살아온 이야기를 들려주고 베리트가 내 전기를 쓰도록 해야겠다. 베리트는 그 일을 틀림없이 좋아하겠지. 하지만 난 지금 말도 안 되는 소리를 늘어놓고 있다. 내가 미래에 어떻게 될 것인지는 나 자신도 전혀 알 수가 없고, 실은 그 때문에 기분이 좋다. 내가 알고 있는 거라곤 많고도 많은 책들이 아직 쓰여지지도 않았으며, 스물여섯 개의 철자들 속에 어느 한 인간의 머릿속에 든 것보다 더 많은 것이 숨겨져 있다는 사실뿐이다. 근사한 생각들 말이다. 그리고 바로 이 순간에 빨간 옷을 입은 이상한 여자의 가방에서 편지 한 통이 떨어질지 누가 알겠는가? 한 소녀가 그 편지를 주워들고 알 수 없는 전율로 온몸이 떨려오는 경험을 하게 될지도 모르는 일 아닌가?

그리고 이런 느낌을 나는 알고 있다. 그것이 바로 '영감' 이라는 것이다!

아직은 읽어볼 수 없는 다음 세대의 책

제가 과학 저널리스트로서 일을 시작했을 무렵엔, 원고를 쓰다가 문장의 위치를 옮기려면 그 문장을 진짜 가위로 자르고 풀로 붙여야 했습니다. 오늘날엔 가위 모양의 아이콘을 사용해 전과 똑같은 일을 하죠. 그러나 원리는 역시 같아서, 문장을 옮기려면 그걸 잘라내 어느 곳엔가 붙여넣어야 한다는 겁니다.

—매트 리들리의 『게놈』에서

누구나 메일 받기를 좋아한다. 광고 메일이나 청구서가 아닌, 내가 좋아하는 사람이 보내온 메일은 언제나 기쁨을 주고 때로는 마음이 설레게도 하기 때문이다. 가까운 친구나 연인 사이에 하루에도 열두 번씩 휴대전화로 서로 통화를 하면서도 따로 이메일을 보내고 문자 메시지를 보내는 데는 이유가 있다. 목소리를 통한 청각 자극 못지 않게 문자를 통한 시각 자극이 강렬해서다. 그 자체로는 아무런 뜻이 없는 자음과 모음들이 일정한 규칙에 따라 이렇게 저렇게 조합되어 있는 문자들. 그러나 결국 그 철자의 조합 만들어내는 의미가 우리를 울고 웃고 화내고 흥분하게 만든다.

베리트와 닐스는 사촌 남매. 나이는 가아더의 『소피의 세계』나 『세실리의 세계』 주인공들처럼 중학생 또래. 베리트가 한 살 위인 누나인데다 키도 닐스보다 십 센티미터나 크지만 둘은 서로 친구처럼 지내는 사이다. 노르웨이에서 각각 다른 도시에 살고 있는 이들은 여름방학 때 만나 함께 소풍을 다녀온 뒤 '편지책'을 주고받기로 한다. "사진 대신 글이 채워져 있는 앨범이라고 생각하자." 하면서 빈 공책 안에 편지를 적어 상대방에게 보내고는, 답장이 든 그 편지책이 돌아오기를 열심히 기다려 다시 답장을 보내는 것이다.

'편지책'이라니! 얼마나 구식인가? 아주 오래 전에 이와 비슷한 일을 해본 기억이 난다. 매일 학교에서 만나면서도 밤마다 각자 편지를 써 아침에 만나면 주고받던 한 반 친구. 우리도 그때 공동의 편지책에 서로의 편지를 순서대로 붙여두었다. 함께 한 일, 둘이 동시에 겪은 일에 대해 두 사람의 느낌이 어떻게 달랐는지를 다음날 편지로 확인하는 일은 무척 즐거웠다. 그러나 요즘도 이런 편지책을 주고받는 친구들이 있을까? 컴퓨터와 인터넷을 사용하게 된 이후로 답장이 오기를 마냥 기다리는 인내심과 즐거움은 사라진 지 오래다. 이 책 『마법의 도서관』이 노르웨이에서 처음 출간된 시기는 1993년. 이메일이라는 것이 아직 세상에 알려지기 전이다. 함께 이 책을 쓴 요슈타인 가아더와 클라우스 하게루프가 2002년에 책을 썼더라면 주인공 베리트와 닐스도 편지책 대신 이메일을 이용했을지 모른다. 이메일도 편지책처럼, 받은 편지뿐만 아니라 써 보낸 편지까지 모두 차례대로 보관할 수 있으니 말이다.

베리트와 닐스는 어느 날 서점에서 우연히 마주친 어떤 여자(책들을 둘러보며 맛있는 음식 대하듯 침을 흘리는)에 대해 편지로 얘기를 나누는데, 그 이상한 여자는 베리트가 사는 곳 혹은 닐스가 사는 곳에 번갈아가며 모습을 나타내 이들을 놀라게 한다. 평범한 일상 속의 이야기를 주고받을 생각으로 시작된 두 사촌의 편지는 차츰이 '비비 보켄'이란 여인과 그 주위에서 벌어지는 일련의 사건들을 중심으로 해 흥미진진한 탐정소설의 형태로 바뀌어간다.

둘은 로마에 사는 '지리'란 여인이 노르웨이에 있는 비비에게 보낸 편지를 우연히 손에 넣는데, 그 안에는 '아직 쓰여지지 않은, 내년에 세상에 나올 책'에 대한 정보가 들어 있다. 이들은 이 비비가 책도둑이자 살인범으로 오슬로에서 지명 수배된 비르테 바켄일 거라 짐작하고 단서를 모으기 시작한다. 그러는 중에 베리트가 꿈 속에서 거대한 지하 도서관을 발견하는가 하면, 닐스는 그가 '스마일리'라 별명을 붙인 이상한 남자에게 끊임없이 쫓긴다. 스마일리의 목표는 바로 그들의 편지책. 물론 베리트와 닐스는 영문을 모른다.

2부에서 결국 베리트와 닐스는 비비 보켄이 어떤 인물인가를 알게 되고 그토록 궁금해하던 마법의 도서관을 직접 구경하게 된다. 마지막까지 집요하게 이들의 편지책을 뒤쫓던 비디오 제작자 스마일리는 베리트의 놀라운 기지로 파멸의 구렁에 빠지고, 베리트와 닐스는 '책의 해'에 세상에 내놓을 편지책을 함께 써나감으로써 비디오 문화에 위협받고 있는 문자 문화를 구원하는 데 한몫을 한다.

독일『타게스슈피겔』지에서 비평가 울리히 카거는, 베스트셀러 작가인 가아더의 이 책이 2001년이 되어서야 독일어로 번역되었다는 것은 이해하기 어려운 일이라고 말했다. 가아더가 쓴 어떤 소설보다도 흥미진진하고 유머러스한 작품이며, 심지어는 가장 최근에 출간되어 비평가들의 찬사를 받은 작품『마야』보다도 더 재미있기 때문이라는 것이다.

이 소설이 그처럼 재미있는 이유는, 교사답게 늘 교훈적인 면을 강조하는 가아더가 이 책에서만큼은 설교조를 빼버렸고, 거기에다 노르웨이의 유명 감독이자 극작가인 클라우스 하게루프가 극적인 긴장과 위트를 덧붙여주었기 때문이다. 가아더는 영리하고 치밀하며 꽤 어른스러운 소녀 베리트 역을 맡고, 하게루프는 어리숙하고 겁이 많으면서도 재치가 넘치고 통찰력 있는 소년 닐스 역을 맡아 번갈아가며 편지를 썼다.

요슈타인 가아더 작품의 번역이 벌써 네 권째지만, 그 네 권 가운데『마법의 도서관』만큼 번역중에 신선한 즐거움을 준 책은 없었다. 편지 끝에 붙인 감칠맛 나는 추신 때문에 웃고, 갑작스런 닐스의 영화 시나리오에 웃고, 베리트와 닐스의 티격태격에 웃고, 듀이의 십진분류표에 웃고……. 그런가 하면『곰돌이 푸』에 나오는 파란색 멜빵 얘기와 노르웨이의 아이스크림 광고(디플로메이스 에스키모)에 대한 짧은 시 때문에 문득 눈물이 솟기도 했다. 그처럼 예상을 깨고 출현하는 다양한 글쓰기 방식과 유머와 감동에 푹 빠져 있다 보니 어느새 번역 작업이 끝나고 말았다.

이 책은 한마디로 '책의 세계'를 다룬 책이다. 문자의 역사, 활자와 인쇄의 역사, 책의 역사, 작가와 그들의 글쓰기, 삽화가의 작업, 출판과 서적 시장에 종사하는 사람들, 서지학자, 그리고 책을 읽는 독자에 관한 모든 것이 담겨 있다. 그래서 이 책은 책과 글쓰는 직업에 대한 저자 두 사람의 애정 고백이라고도 볼 수 있다. 책 표지만 봐도 우리는 이 책이 '책 속에서 책을 다루고 있는 소설'임을 알 수 있다. 우리 나라에서도 작품집이 출간되어 잘 알려져 있는 화가 크빈트 부흐홀츠의 표지 그림에는 속이 텅 빈 책 한 권이 펼쳐진 채로 저녁 풍경 앞에 서 있다. 이 책은 두 사람의 생각과 느낌을 담아 함께 채워갈 수 있는 편지책인 동시에, 무엇이 담길지 아직 예측할 수 없는 미래의 책인 것이다. 그래서 이 책은 사고가 경직된 기성 세대의 책이 아니라 앞으로도 계속 변화해갈 다음 세대의 책이며, 이미 어른이 되었다 하더라도 여전히 미래의 가능성에 자신을 활짝 열어놓고 있는 사람들을 위한 책이다.

저자들은 '12세'를 독자 최저 연령으로 잡아 이 책을 '청소년 도서'로 소개했지만, 이야기에 깃든 다양한 상식과 정보 때문에 사실은 책을 유난히 많이 읽는 독자들과 출판업에 종사하는 사람들에게 가장 흥미로울 책이라고 평론가들은 말하고 있다. 그러니 결국은 모든 연령층의 독자에게 해당하는 책이 될 수밖에 없다. 현실과 환상의 경계를 자유롭게 넘나드는 이야기 방식 때문에 『해리 포터』, 『이상한 나라의 앨리스』, 『에밀과 탐정들』을 뒤섞어놓은 것처럼 흥미롭지만, 그러면서도 지식과 정보의 양과 질이라는 면에서는 결코 만만치 않은 수준을 보이는 책이다.

그런데도 이 책을 가장 권하고 싶은 사람은 책 읽기를 유난히 싫어하는 독자들이다. 가벼운 탐정소설 한 권을 뒤적이는 기분으로 이 책을 슬슬 읽다 보면 읽고 쓰는 일이 얼마나 재미있고 의미 있는 일인가를 어느새 깨닫게 되니까!

독일의 가아더 전문 역자 가브리엘레 해프스가 번역하고 한저 출판사에서 출간한 *Bibi Bokkens magische Bibliothek*이 우리말 번역의 원본으로 쓰였음을 밝혀두며, 노르웨이어 인명과 지명의 한글 표기에 도움을 주신 주한 노르웨이 대사관 조민아 님께 감사한다.

2004년 2월
이용숙